巻き添えで異世界召喚されたおれは、
最強騎士団に拾われる

CHARACTERS
ダレスティア・ヴィ・ガレイダス
ラディア王国最強騎士団「竜の牙」団長。
乙女ゲーム「竜の神子」の攻略キャラクターで
人気投票第一位の美丈夫。普段は冷静沈着だが、
鷹人が関わることとなると――
ロイ・アレクシア
ラディア王国最強騎士団「竜の牙」団長補佐。
非常に真面目な性格で、
普段は穏やかで微笑みを絶やさないが、
時折Sっ気が垣間見えることがある。
乙女ゲーム「竜の神子」には
登場していないはずだが……？
しのみや たかと
四ノ宮 鷹人
ブラック企業で働く社畜企業戦士。
いつも通りの激務を終えて家に帰りベッドで寝ていたはずだったが
目を覚ますと乙女ゲーム「竜の神子」の世界にいた。
乙女ゲーム「竜の神子」をこよなく愛する夢男子。
「竜の神子」の最推しはダレスティア。

アイル・リー・
ラディア
ラディア王国の第三王子で
乙女ゲーム「竜の神子」の攻略キャラクター。
色気が凄まじく大人っぽい見た目だが
ときおり子供っぽい一面を見せる。
しのみや たかね
四ノ宮 貴音
鷹人の妹で、
生粋の夢女子かつ腐女子。
鷹人が「竜の神子」をプレイ
するようになったきっかけである。
オウカ・レイ・
カーネリアン
ラディア王国最強騎士団
「竜の牙」副団長。
乙女ゲーム「竜の神子」のサブキャラクターで
もふりがいのある耳と尻尾を持つ
狼の獣人。
クーロ
王都から離れた街の宿屋に住む、
純真無垢な犬の獣人の少年。
鷹人にとても懐いている。

第一章

「っ……！」

「おら!!　大人しく檻（おり）に入ってろ!!　へへっ、こいつは高く売れるぜ」

　下品な笑い声を響かせながら、サーカスの猛獣を入れるような檻（おり）におれを入れて、男は立ち去った。

「うっ……いってぇ」

　無理やり枷（かせ）をつけられた足首が痛む。じゃら、と耳障りな音を立てる鎖（くさり）を握りしめ、どうすることもできない無力さに絶望し、冷たい床に横になった。視線を巡らせて確認したが、ここはゴツゴツとした岩肌がむき出しになっている洞窟のようだ。出入口は男が出て行ったところだけ。絶望的な状況だった。

　おれは昨日、ちゃんと自室のベッドで寝た……はずだ、多分。何せ弊社（へいしゃ）は天下のブラック企業。朝ご飯はもさもさするスティックバーをカフェインレスコーヒーで流し込み、昼ご飯はゼリー飲料に残業は当たり前、終電駆け込みもよくある。名前だけは金持ち風な、ただのサラリーマン戦士であるおれ——四ノ宮鷹人（しのみやたかと）は家に帰るのも久しぶりだった。倒れ込むようにベッドに入ったところまではなんとなく記憶にある。だが、目を覚ますと草木が生い茂る森の中に倒れていた。服は寝るときに着ていたワイシャツとスラックス。靴は当然ながら履いていなかった。

粗暴さがにじみ出る足音がして、回想を中断し閉じていた目を開ける。こちらを覗き込むのは、先ほどの男とは違う——森で途方に暮れていたおれを捕まえた男だ。山賊と言われたら納得してしまうような風貌で、にやにやと下品な笑みを浮かべている。

「よぉ、檻の中の居心地はどうだ？」

「……最悪だ」

「そうだろうなぁ……だが、オークションで良いところの貴族様に買われれば、毎日贅沢し放題だぜぇ。お前みたいに顔が小綺麗な奴は、性奴隷として変態どもに人気だからよぉ」

「……!?」

性奴隷!?　なんとなくこいつらの言動から、奴隷として売られるんだろうな、ってことは気付いてたが、まさか性奴隷だなんて……

「へへっ、怯えてやがる。良い顔だなぁ……。商品じゃなければ俺のムスコをその可愛い尻に突っ込んでやったってのに」

「ひっ……！」

男の舐めまわすような視線に、全身の肌がざわついた。

き、気持ち悪い……！

商品で良かった、と一瞬思ってしまったが、どうせ買うのは変態貴族だ。どちらにせよおれの処女は守れない……！　男なのに処女とか言いたくないけども！

「それにしても、ユダの森にこんな上玉が無防備に落ちてるとは思わなかったぜぇ。俺達が近づいても逃げねぇしよぉ。怪我してるわけでもねぇのに。まぁそのおかげで苦労せずに大金を手に入れられるから、何だっていいんだけどなぁ」

　混乱していたとはいえ、この悪人面を見て何で逃げなかったのおれ……。でも、目が覚めたら何故か都会ではありえないほど自然あふれる森にいるし、混乱してたところに人が現れたら思わず助けを求めちゃうだろ!?　いくら見た目がアレでも、もしかしたら心は優しい人なのかもしれないって思ったの！

　足枷をつけられるまで、悪い奴らに捕まったって気が付かなかったことは、自分でもどうかと思うけどさ……

　男は珍獣でも見るかのように、飽きもせずおれをじろじろと見つめる。頼むから、「舐めたら美味そうな白い肌だなぁ」とか「ピンクの乳首が透けてるぜぇ……じゅるり」とか言うのやめてぇ!!

　鳥肌が止まらない!!　てか乳首透けてんの!?　冷や汗かいたからか!?　やだ見ないで!!

　思わず身体を背け、男の視線から乳首を隠すような体勢になってしまう。おれ、男なのに……

　あまりの屈辱に堪らず涙目になると、男の喉がごくりと鳴った。

「俺が捕まえたんだから、ちょっとくらい味見しても構わねぇよなぁ……？」

「ひぃぃ……！」

　男が檻の鍵をがちゃがちゃと外す音が響く。これはまさに最悪の展開……！

「だ、誰か助け――」

「へっ！　ここはアジトの中でも奥にある、上玉を逃がさないように閉じ込めとく地下だ。俺の仲間以外、誰も来やしねぇよぉ！」

「やっ……!?」

ついに檻の中に入ってきた男に、足枷同士を結ぶ鎖を引っぱられて足を掴まれる。その乱暴な仕草に、おれの身体は恐怖で固まってしまう。満足に動かすことができない身体は、簡単に組み敷かれてしまった。

「ヒヒッ！　高級娼婦にも負けねぇ綺麗な肌してんなぁ……」

男のごつごつとした手がおれの頬に触れ、胸元に下りていく。あまりの気色悪さに吐き気がこみあげてくるが、男はそんなおれにはお構いなしで、身体中を撫でまわす。

「かぁわいい乳首だなぁ……一丁前にピンピンしてやがるぜぇ」

「……っ、ぃや！」

急に乳首に刺激が走り思わずそこに目を向けると、男の指がワイシャツの上からおれの乳首を摘んでいた。そのままこよりを作るようにひねられて、身体が跳ねる。

「ツ、ぅあ、やぁ……ぃたい！」

「いい声を出しやがる……！　我慢がきかねぇじゃねぇか！」

おれと男の体格差からして、力では敵わない。隙をついて男から逃げ出せたとしても、檻から出る前に捕まって、ジ・エンドだ。おれの尻が。

終わったな、おれの処女……。生まれてからずっと守ってきた処女をここで失うのか……。いや、守ってきたってなんだ。

心の中の呟きだけは無駄に冷静だが、冷や汗はおれの心情を表すように噴き出している。男の筋骨隆々とした腕に血管が浮き出て、おれの服を破ろうとする瞬間がスローモーションのように見える。おれは絶望のあまり意識を手放そうとした……その瞬間。

――ドガァァァァァァンン!!

「!?」

「な、なんだぁ!?」

突如として轟音が響き渡り、地面も壁も天井も全部揺れた。

「ちぃ……襲撃か！」

男は慌てて檻から出ると、ガチャガチャと手荒な音を立てながら鍵をかけようとする。するとと土埃のなか、男の後ろにある出入口から誰かが入ってくるのが見えた。それに気付いた瞬間、ヒュン！　という音と共に男のうめき声があがった。

見ると、男の肩には槍が突き刺さっている。

「ヒッ！」

槍が引き抜かれると、どっと血が噴き出した。突然のグロ展開に無意識に後退るおれは、そこで何故か冷静になって、檻の鍵がまだかけられていないことに気が付いた。よろめいた男が檻から離れた隙に、未だ鳴り響く轟音と、爆発によって収まらない土埃に隠れて檻から這い出る。

そのまま立ち上がって部屋の隅に逃げようとしたおれの肩が、ふいに誰かに掴まれて押さえられた。

「っひ……！」

反射的に暴れそうになったおれを、掴んだままの肩をぐっと押さえることだけで抑え込んだ誰かは、振り向くことも許してくれなかった。

「いやだ！　離してっ！」

「……大人しくしていろ。私はお前を傷つけたりしない」

諦め悪く喚いていたおれの耳元で、その誰かは低く静かだが力強い声で囁いた。

——この、声は。

「……いい子だな」

聞き覚えのある声に思わず抵抗を止めた。おれが大人しくなったからか、押さえつける力が弱まる。声の主を確認しようと顔を上げる。

松明の灯りに柔らかく照らされる、青みがかった銀髪。長いまつ毛が縁取る目には、鋭い眼光で男を睨むエメラルド色の瞳。その目のすぐ下にある泣き黒子が、とてつもない色気を放っている。

そして、耳には、特徴的なデザインのピアス。さらには先ほどのイケボすぎる声。

おれはこの美丈夫を知っている。

「何故ここにてめぇが!?」

いつの間にか数人の槍や剣を構えた人達に囲まれていた男が、苦し気に喚く。

そう。そうだ……。思い出した。このアジトを襲撃しているのは、この物語で重要な役割を持つ――

「そうだ。このアジトは間もなく陥落する。我が騎士団、竜の牙によってな」

美丈夫の冷たい声で告げられた言葉に、男は絶望の表情を浮かべ、対照的におれはテンションぶち上げで心臓発作を起こしそうになっていた。

今ので確信した。ここは爆発的大ヒットを記録した異世界召喚系乙女ゲーム『竜の神子』の世界。そしてこの美丈夫は、物語の舞台となるラディア王国の最強騎士団『竜の牙』団長、ダレスティア・ヴィ・ガレイダスだと。

てことはおれ、異世界召喚された神子？

主人公はある日突然、竜の守護を受ける国――ラディア王国に召喚される。王国を守護する竜と一心同体となる、竜の神子として呼ばれるのだ。

主人公は元の世界に帰らせてほしいと懇願するも、帰る方法はないと言われ絶望する。そんな主人公の心を支えるのが様々な個性あふれるイケメン達。

王子や近衛騎士団長、宮廷魔術師といった身分のよろしいキャラから、主人公が街で出会った近所のお兄さん風な商店の息子、虐げられていたところを主人公に助けられた元奴隷の猫獣人まで……、様々な身分・種族のイケメン達と心を通わせていくのだ。

『竜の神子』は、有名作家がストーリーテラーとなり、乙女ゲーム界隈で人気の絵師が作画、その神絵に数々のイケボ声優が声をあてたことで、世の中のお姉さま方を中心に爆発的な人気を博したパソコンゲームだ。パソコンゲームにもかかわらず、その影響力から様々なメディアに取り上げられ、いわゆる夢女子の妹がプレイしていたことから、おれも興味を持ち購入したのだ。

イケメン達の間をひらひらと蝶のように渡り歩く主人公には、男目線からどうかと思ったが、それ以上にイケメン達との逢瀬に男のおれものめり込んでしまった。

そしてそのイケメン達の一人、ダレスティア・ヴィ・ガレイダス。おれの目の前で奴隷狩りの男を睨みつけ、剣を突き付けている美丈夫その人だ。

「このアジトは我が騎士団、竜の牙が制圧に動いている。逃げきることは不可能だ。だが、大人しく投降すれば命だけは助けてやろう」

流石、人気投票第一位。かっこよすぎて声も出ねぇ！　いや、出たわ。フグゥッ……！　って心の叫びが。だって！　男も惚れたキャラクターランキングでも第一位だったんだもん！

今なら、実家暮らしの時に妹の部屋から夜な夜な聞こえた奇妙な声が何だったのか分かる……いくらゲームとはいえ、こんなイケメンに守られたら萌えすぎて心臓発作起こすわ、うん。

「お前は私の後ろにいろ。……安心しろ。もうお前を傷つける者はいない」

キュンっっってしたぁぁぁぁ!!

おれの乙女心が音を立てたのが分かった。これが！　萌え!!

そのゲームをやっている間は、おれの心は乙女になっていた。だから惚れてしまっても問題ない……と思っていたのだが、これは心が男状態のおれでも惚れるわ。かっこよ……。キュン死しそう。

「大丈夫ですか？　こちらに来てください」

突然の動悸に思わず胸を押さえていると、優しい声がして、手をとられた。ふと見ると、柔らかい笑みを浮かべる青年がいた。モフッとした茶髪に人懐っこそうなくりっとした目。まさに好青年だ。

「私達が来たからにはもう大丈夫ですよ。安心してくださいね」

おれが胸を押さえているせいで、過呼吸を起こしていると勘違いしたらしく、青年が優しく背中をさすって呼吸を整えようとしてくれる。ごめんな……これ萌えの発作やねん。大丈夫よ。

そんなことを優しい青年に言えるはずもなく、おれは大人しくその手を受け入れる。上から下に。下から上に。ゆっくりと動くその優しく温かい手を感じていると、唐突に目から涙がこぼれた。

おれの急な涙を見ても青年は驚くことなく、次から次へと溢れる涙を優しく拭ってくれる。おれは、それを茫然（ぼうぜん）と受け入れることしかできなかった。

どうして？　さっきまでおれは何ともなかったのに。むしろテンション上がってたのに。

なのにどうして、今は涙が止まらないんだろう……

「な、んで……おれ、泣いて」

「怖い目にあったんですから、泣くのは当たり前のことですよ。恐怖を感じたときに泣くのは、心の防衛本能です。あなたの心がまだ壊れていない。その証拠なんですから、泣くのをこらえないで……」

心の防衛本能……。青年の言葉が胸に残る。

「ギャァァァァ……！」

突然悲鳴が上がり、続けてドサッという音がしたためそちらに目をやると、そこには赤い液体で濡れた剣を男に向けるダレスティアと、片腕を失ってのたうちまわる男がいた。

「ッヒぁ……」

あまりにも凄惨な光景に、喉が引き攣った音を立てた。おれの恐怖心を悟ったらしい青年がおれの目を彼の温かい手で覆い、視界を塞いでくれた。

そこでようやくおれは、自分がダレスティアの登場で上がったテンションを無意識に無理やり継続させて、恐怖をやり過ごそうとしていたことに気付いた。

そうか……おれ、怖かったんだ。

「団長！」

視界を青年の手で塞がれていて音しか分からないが、どうやら騎士団の仲間が来たらしい。

「頭が投降しました。このアジトの制圧は完了です！」

「そうか」

部下だろう人の言葉に、静かに返すダレスティアの声。

その後の冷たい声を、おれは一生忘れないだろう。

「頭が死んだら貴様を拷問にかけて情報を得ようと思っていたのだが……生かす理由がなくなったな。腕が痛むだろう？　今、楽にしてやる」

ヒュッという音がし、地面に何かが落ちる音が聞こえた。ぴちゃ……ぴちゃ……という液体が滴る音が静かな空間に響いている。

あぁ、ダレスティアがあの男を殺したんだな……

そう思ったのを最後に、手の温もりを感じながらおれは意識を失った。

ガタガタ……という音と、身体に伝わる振動で、目を覚ます。ぼんやりとした視界に入ってきたのは、木の床板と床に置かれた何かを覆う白い布。

あれ、ここは……。おれはいったいどうしたんだ？　気を失ってたのか？

身体を起こすと、かけられていた毛布が落ちてぱさっと音を立てる。すると、白い布の向こうから一人の青年が顔を出した。

「あぁ。意識が戻ったんですね」

よかった、と微笑んでいるその顔を見て、霞がかっていた意識が覚醒した。

そうだ……おれは異世界に来て奴隷狩りに遭ってアジトに連れていかれた。そこで騎士団のアジト襲撃があって、騎士団長のダレスティアに助けられて――

「気分はどうですか？　大丈夫そうなら、この水を飲んでください。唇がかさついています。ずっと水分をとっていなかったのでしょう？　荷馬車はかなり揺れるので、気を付けて飲んでくださいね」

「あ、あぁ……ありがとうございます」

あの時おれを支えてくれた青年が、おれの手に革の水筒を渡した。革の水筒の中からは、揺れに合わせてぴちゃ、という音が聞こえてくる。

――その瞬間、おれは水筒を手から落とした。とっさに水筒を受け止めた青年の手を、茫然と見つめることしかできなかった。

『頭が死んだら貴様を拷問にかけて情報を得ようと思っていたのだが……生かす理由がなくなったな。腕が痛むだろう？　今、楽にしてやる』

おれが意識を失う直前に聞いた声が、頭の中で再生される。その後に聞こえた音も全て。

あの時、男は殺されたのだ。いくらあの男に犯されそうになっていたとはいえ、死んでほしいとまでは思っていなかった。

人が目の前で殺された。その事実がおれの脳内を駆け巡る。

青年の手の中から聞こえる水音が、頭の中の音と重なる。あれはきっと、首を落とした剣から滴った血の……

「……安心してください。あなたを傷つけた男はもういません。私達が責任をもってあなたの故郷にお連れしますから……」

おれの背中を、温かい手がゆっくりとさする。その手に押し出されるように口から出た声は震えていた。

「違うんです」

「え？」

「違うんです……」

頭の中をぐるぐると、見てもいない情景が駆け巡る。

情け容赦なく首を落とされる奴隷狩りの男と、血で濡れた剣を持ってそれを冷ややかに見下ろすダレスティア――

「人、が……目の前で殺されるのが、その、初めてで」

「……………」

「助けていただいたのは感謝しているんです……ですが、その……申し訳ないんです、が」

「……怖かったんですね」

顔を伏せて、すいませんと謝ることしかおれにはできなかった。

騎士団が悪人を殺すことは、別に不自然ではない。この世界での騎士団は、おれのいた世界で言う警察の役目を担っている。そのうえ、元の世界よりも命の重さが軽い。奴隷狩りは悪であり罪人である。反抗する罪人を制圧する、という任務において、騎士団が罪人である奴隷狩りを殺すことは罪でも何でもない。むしろ、正義の行為である。

おれがこの世界の人間だったら、あの男が殺されたことに思うことはなかっただろう。奴隷として人間を売りさばこうとしたのだから、罪を受けるのは当然だと考えるはずだ。

けれどその価値観に慣れていないおれは、簡単に人を殺せてしまうことに恐怖心を抱かざるを得なかった。

「私達は騎士です。国王陛下に忠誠(ちゅうせい)を捧げたこの剣で、王国の民を守る義務と責任があります。反抗する罪人には、その命でもって償(つぐな)いをさせなければならない。だから、団長もあの男を殺すことで断罪しました」

ゆっくりと、内容に反して穏やかに紡(つむ)がれる青年の言葉が、蘇った恐怖でガチガチに固まったおれの心を溶かしていく。毛布を強く握りしめて震えるおれの手を、柔和(にゅうわ)な見た目に反してごつごつとした手が上から優しく包んだ。

顔をあげると、柔らかい眼差しをした青年と目が合った。アジトでは暗くてよく分からなかったが、青年の目は美しいライラックの花の色をしていた。温かみを感じる、彼によく似合うその目はしかし、芯の強さを感じさせる。

「人が殺されることに恐怖してもいい。それは私達が失った大事な感情ですから。でもどうか団長を、私達を怖がらないでください」

青年は、おれが誰に恐怖を感じているのかを理解している。男が殺されたことではなく、情け容赦なく人の命を奪ったダレスティアが怖いのだと。

彼はおれのその感情が正しいと認めながらも窘(たしな)めた。それを容認してしまえば自分達、騎士団を貶(おとし)めることになるから。おれがダレスティアのことを『人殺し』だと感じることは、騎士としての責務を果たした彼に対して、あまりにも酷い仕打ちだろう。

「……ごめんなさい」

おれは、あまりに情けなくてまた謝ることしかできなかった。

命をかけて戦った騎士団にも、助けてくれたダレスティアにも失礼な考えだった。

いくら怖かったからっていっても、流石(さすが)にダメだろこれは……

落ち込むおれの手を、青年が優しく慰めるように握った。

「違いますよ」

「え？」

青年の目が悪戯(いたずら)っぽい色を見せる。

「私なら、謝罪の言葉よりも感謝の言葉を貰った方が嬉しいですね」

…………

……ちょっとキュンときた。

「……ふはっ」

「ッ！」

「……そうですね。助けてくれて、ありがとうございます。えっと……」

困った……どうしよう。これだけ良くしてもらってるのに名前を聞いてない！　ゲームに登場していない人だから知らないんだけど、この状況で、ところであなたのお名前は何ですか？　なんて聞けっこないじゃん。馬鹿か!?　おれ!!

てかそもそも、まだお礼を言ってなかったことが恥ずかしい。本当に気を遣わせてしまって申し訳ない!!

「……ふふ」

おれが心の中で慌てていると、青年が突然笑い始めた。口に手を当ててやりすごそうとしているが、なかなか笑いが止まらない。肩も震えている。

もしかしておれ、百面相でもしてたのか？　よく感情が顔に出すぎだって言われるし……それが面白かったとか？

思わず頬に触れて表情を確認したおれの手に、青年の手が重なった。そのまま流れるように上を向かされる。

「っん⁉」

「……っ、ふ」

え、と思う間もなく、おれと青年の唇が合わさっていた。温かい体温が、唇を通じて直に伝わってくる。

これって、キス、だよな……

なんでおれ、キスされてんの⁉　え、何で⁉

混乱して固まるおれをよそに、青年はおれの唇をやわやわと自分の唇で食んだり、角度を変えたりと積極的に動いてくる。

そしておれは困ったことに――それを気持ちいいと思ってしまった。あの男に触れられたときは、ただただ気色悪かったのに……

いや、そもそもいくら相手の顔がいいとはいっても、男にキスされて拒否感がないなんて、自分に驚きなんだけど！

　そんなことを考えている間にも、青年の手が頬から移動して首筋を撫でさする。その度に、甘い痺れがおれの身体をびくつかせた。

「っ、んぅ……んんっ！」

　舌先でぺろっとおれの唇を舐め、もう一度唇を重ねる。そして、チュッ……という音を立てて青年の顔が離れていった。

「な、なんで……キ、キス――」

「あなたは、可愛らしい人ですね……」

「へ……」

　おれの質問を遮るように、蕩けるような笑みを向けられた。先ほどまでの安心感を与える微笑みでもなく、茶目っ気のある笑いでもない――男の色気を感じさせるそれに、おれは頬が熱くなった。

　今、おれの顔は真っ赤だろう。

　これは仕方ないって！　すっごくえっちなんだよ!!

「ふふっ」

　そんなおれの顔を見て、青年はまた笑う。

「っそんなに笑わないでくださいよ！」

「ふっ……すみません。あまりにも可愛らしい反応なので、つい。それと、私の名前はロイ・アレクシアです。竜の牙に配属されてそれ程長くありませんが、ダレスティア団長の補佐を務めております」

「あ、えっと、おれは四ノ宮鷹人……タカト・シノミヤです」

どうやら、名前を知らないことで焦っていたこともお見通しのようだ。意地が悪い。

「タカト・シノミヤ……では、タカトとお呼びしても？」

「え、ああ、はい。いいですよ」

名前は呼び捨てなのか……おれの方が年上っぽいけど、まぁいいか。それにしても、団長補佐なのにゲームに登場してないのは不思議だ。こんなにイケメンで声も良いのに。

「ありがとうございます。では、私のことはロイと呼んでください。敬語もなしで構いません」

「あ、うん。ロイ……は、何歳なの？」

「私ですか？　二十二です」

「あ、やっぱりおれの方が年上だった」

「え……？」

「おれ、二十四歳」

目を丸くして言葉もなく驚いている青年——ロイ。ふとキャラクター説明を思い出したからダレスティアの年齢も聞いてみたら、おれの一つ上だった。でも数か月前に誕生日を迎えたらしい。頭の中で計算してみると、おれと同級生だった。推しと同級生って嬉しいなぁ。

「私より年下だと思ってました」

「ははっ。よく言われる」

「タカトの誕生日がダレスティア団長と数か月違いだなんて、驚きです」

「ははっ……呼び捨てはそのままなんだな……」

「はい」

ロイはにっこりとほほ笑んで頷いた。おれが睨みつけても、ロイは笑うだけで相手にしない。

「ふふっ、そんなに可愛い顔で睨まれても、怖くないですよ？」

「……ロイはいじわるだ」

成人男性に可愛いはないだろ、流石に。

じとーっと睨みつけると、ロイはまだくすくすと笑っていたが、ふいに立ち上がった。そして傍の白い布をめくる。布の下にはいくつかの木箱や布袋があった。ロイはその中の木箱の一つを開けると、リンゴを二つ取り出して蓋を閉め、元通りに布をかけた。

「いじわるをしたお詫びに、差し上げます。お腹空いてるでしょう？」

おれの両手に二つのリンゴをのせると、ロイは悪戯っぽく笑った。

「え、でもこれ、大事な食糧なんじゃ」

「目的の制圧は完了しましたし、それにこの馬車は竜達が食べる大量の食糧のうちの一つです。リンゴが二つ減ったくらい、誰も気付きませんよ」

そうは言っても、罪悪感は生まれるわけで――そうだ。

「あの……ロイ」

「はい、どうしました？」

おれは、片手をロイに差し出した。正確には、その手にのせたリンゴを。

「助けてくれてありがとうございます、ロイ」

お礼にお一つどうぞ。

そう言ったおれに、ロイはその目をまん丸に見開いて驚き、渡されるがままにリンゴを受け取った。

ふんっ！　散々おれを揶揄って遊んだ仕返しだ！

「これで、ロイも共犯だな」

ロイを驚かすことができて嬉しくなりそう言うと、ロイはようやくおれに揶揄われたことが分かったようだ。苦笑しながら、おれの隣に座った。

「まったく……本当に可愛い人ですね、タカトは」

「おれは別に可愛くない」

「そんなに唇を尖らせて……またキスして欲しいんですか？」

「なっ……!?　そ、そんなこと――」

「さきほどキスして思ったんですが、やはり唇がかさついています。水を飲んでくださいね。……次はしっとりとしたあなたの唇を楽しみたいので」

「へあっ……な、なに言ってるんだよ！」

「ああ、水を飲みたくないのでしたら――また私が潤してあげましょうか？」

そう言って、ぺろっと自分の唇を赤い舌先で舐めてみせた。そんなロイの色気に言葉も出ないほど完全敗北したおれは、揶揄う相手はちゃんと見極めようと誓った。

おれは少し不貞腐れながらも、長い時間運搬されていたにしては瑞々しいリンゴにかぶりついた。

「ところで、ずっと気になっていたのですが」

「んぐっ」

ロイが急におれの髪を撫でてきたせいでリンゴが喉に詰まりかけ、慌てて水で押し流す。

びっくりするからいきなり触るのやめてくれないかなぁ！

ロイのこの近い距離感には慣れない。こちとらパーソナルスペースが広い日本人なもので。

「ぷはぁ！　あー……死ぬかと思った」

「大丈夫ですか？」

「あ、うん。急に触られてちょっとびっくりしただけだから」

「すみません……あんなことがあった後なのに、無神経でしたね」

ロイの頭の上に犬耳が見える気がした。しかも落ち込むように伏せられている耳が。

本人は真面目に反省してるんだろうけど、なんか可愛いんだよなぁ。犬みたいで。

成人男性に可愛いはないだろうと思ったけど、ロイの顔が良いから可愛いという言葉が合うのだ。

ただロイがおれを可愛いと言うのは眼科に行った方がいいと思う。この世界に眼科があるかは知らないが。

「本当に大丈夫だよ。ロイはあいつとは違うし、ロイになら触られても平気」

「……私はタカトにキスしたのに？」

「うっ……」

思わず目を背けてしまった。先ほどのキスの記憶が唇に蘇る。触れるだけの優しいキス。それだけなのにとても官能的で……。最後に舐(な)められたことを思い出して、顔が熱くなっていく。

「……本当に、無防備すぎて心配ですね」

「え？」

ロイは、おれの手を握るとその指先にキスをした。指に……キス。

え、なんで⁉　何故急にイケメンにしか許されない胸キュンなことするの⁉　不覚にもドキッとしたんですけど⁉

「そんなに顔を赤くして可愛らしく恥じらっているのに、指先でわざわざキスを思い出すように唇をなぞるなんて……誘っているようにしか見えませんよ」

どうやら無意識に指で唇を触ってしまっていたらしい……。た、確かにロイのキスを思い出していたのは事実だけど、誘ってはいない！

「さ、誘ってなんかいないから！」

「ふふっ、そうですか？」

ロイの手から自分の手を引き抜く。するりと抜けていくおれの手を見つめるロイ。その目が優しいだけではない何かを含んでいる気がして……

「そ、そういえば、さっき何を言おうとしてたんだ？」

強引に話を変えた。話題を変えるの下手すぎるだろおれ……

「さっき？」

「おれの髪を触ったとき」

「あぁ」

思い出したというように、ロイがおれの頭に手を伸ばす。また撫でるのかと思ったが、その手はおれの髪を少し摘んで止まった。と、ロイが顔を寄せてくる。どうやら摘んだ髪を見ているだけらしいが、顔面偏差値の高い顔が横にあるだけで緊張する。

「ロ、ロイ？」

「うーん……」

話しかけても上の空。え、おれの髪すごく傷んでるとか？　寝る間も惜しんで働いてたから、きちんと手入れもできてなかったし……。だとしたら、そんなにマジマジと見られるの恥ずかしいんですけどぉ。

「あのー……おれの髪がどうかした？」

「……タカト、この髪は染めていますか？」

「え？」

髪？　染めてないけど……。大学時代に若気の至りで赤色にしたことはあるけど、あれはイケメンにしか似合わないことを痛感した黒歴史。今は社会人だから、ちゃんと染めずにもとの黒のままだけど……

「あ、もしかして黒髪だから？」

「……え？」

「ん？　違うの？」

確かこの世界の人間は、黒と白の色を生まれ持つことはないっていう設定があったはずだ。黒色は異世界から召喚された神子(みこ)だけが持っている色で、その黒髪と黒目が竜の神子(みこ)の象徴だとされる。だから主人公は城の外に出るときはフードで髪を隠したり、魔法で髪と目の色を変えたりして、『黒』を隠していた。けれど、普通に考えて黒髪が生まれないとか考えられないんだよね。絶対、数は少なくてもこの世界生まれの黒髪の人も存在しているはずだろ。

「あの男がおれのことを上玉(じょうだま)だって言って地下室に閉じ込めたのも、珍しい黒髪だからでしょ？　ロイが気になってるのもそこだと思ったんだけど……」

何故かロイは驚いた顔をしておれを見ている。実際に黒髪なのを見てるから、そんなに驚くことなくない？

「……タカトは自分の容姿の良さを自覚した方がいいですよ。あなたはとても愛らしいのです。私が保証します」

「それっておれが童顔ってこと、バカにしてる？」

「いえ、まったく。ただ事実を述べただけです」

おれが年上だって言ったことまだ疑ってるのかな。なんかショック受けてたし。

妹の友達に、「お兄さん、顔小さい！　目大きい！　肌白い！　羨(うら)ましい!!」って言われたことはあるけど、女の子に羨(うら)ましがられるなんて男としてちょっと凹(へこ)んだし、肌が白いのは不健康な生活をしていたからで。できればカッコいいと言われたかった……

「それと髪色ですが、タカトは元から黒髪なんですか？」

「そうだよ？　おれ、もう何年も染めてないし」

おれの言葉に、ロイは眉を寄せて何か考えている。え、マジでどういうこと？

「タカト、あなたの出身はどこですか？」

急に出身聞くの⁉　おれにとって超重要な個人情報なんだけど、このタイミングで聞く⁉

「もしかしてあなたは竜の神子と同じく、異世界からこの世界に来たのでは？」

察しが良すぎるってロイさん！　確かに黒髪の人間は異世界からの神子ってなってるけど、絶対この世界にも黒髪の人いるって‼

「その服も見慣れないものですし、目が覚めたらユダの森にいたというのも、あなたが異世界から来たのであれば納得できる。異世界の人間の召喚は、この国を守る『竜王』の力によって行われます。そしてあの森は、竜と相性がいい場所です」

で、どうなんですか？　と眼光鋭く詰め寄られて、おれは素直に頷くことしかできなかった。まるで懐いてきた犬に噛まれた気分。

ていうか、展開早くない⁉

冴えないサラリーマンのおれがイケメン騎士様に壁ドンされているという、なんとも映えない光景。イケメンの壁ドンは、相手がおれじゃなければ胸キュンポイント百点のシーンです。

どれだけ見ても顔がいいな、おい。良すぎる顔面凶器を間近で見た興奮による鼻血の大量出血で死にそう。まだギリギリ鼻の血管が頑張ってるけど。

「やはり、この世界の人間ではなかったのですね」

「――おれは、ここととは違う世界の日本という国の人間だ。夜遅くまで働いて、帰ってきてそのまま寝たはずなのに、起きたらあの森の中にいた。混乱していたところに、あの奴隷狩りがやってきて思わず助けを求めたらそのまま捕まっちゃって……」

「そうですか……」

おれの話を聞いてる間に、ロイはようやく壁ドンから解放してくれた。代わりにまた髪を触ってるけど。ちょっとくすぐったくなってきた。

「――この世界では、黒と白の色をもつ者は生まれません。唯一、異世界から召喚され、このラディア王国に繁栄をもたらすとされる竜の神子（みこ）のみが『黒』をもっていて、『白』は王国の歴史上存在した記録はないとされています」

本当に、この世界には黒と白を持つ者はいないのだろうか……。ゲーム上では確かにそういう設定だけど、それが本当ならすごい世界だな。生まれながらの白い髪といえば、だいたいアルビノだけど、そういう人もいないなんて。白髪キャラなんて異世界ものの定番だと思ってたんだけど。

「おそらく奴隷狩り達は、あなたの髪を染められたものだと思ったのでしょうね。奴隷の中には主人好みの髪色に染めさせられる者もいますし、黒髪を持つ竜の神子（みこ）は基本的に女性ですから」

「なるほどな……」

だからアイツら、そんなに驚いてなかったのか。確かに、あんな森の中に天然の黒髪を持った人間がいるなんて思わないだろう。あの時はまだ、ここがゲームの世界だとは気付いていなかったから不思議に思わなかったけど。

「そういえば、タカトはこの世界で黒髪が珍しいって、よく分かりましたね」

ギクッ。そうだったぁ！　おれ、この世界のこと何も知らないはずじゃん！

「いや、アイツらが黒に白とは珍しいって言ってたからさ。おれの黒髪と日焼けしてない不健康に白すぎる肌の色の人はあんまりいないんだなって思って……」

う、うーん……ちょっととっさに思いついたとはいえ言い訳が苦しいかも。何とか納得してくれないかなぁ。

「確かにタカトの肌はとても白いですね。ここは少し薄暗いので、その白さがより際立って見えます」

「一日中屋内にこもってることが多かったから、日焼けしてないだけだよ」

「この白い肌が日に焼けて失われるのは惜しいですね。タカトの魅力を引き立てていて、とてもそそられるのですが……」

すぐそういうこと言うー！　セクハラで上司に訴えてやろうかな。あ、ロイの上司ってダレスティアじゃん！　無理！

「そ、そういう感想はいりません！　それよりも、本当にこの世界じゃ、黒と白の色を持つ人はいないのか？　絶対に？」

「ええ。絶対に」

「それはこの国だけじゃなくて？　ほら、他の国とかにはいるかもしれないだろ」

「それもありえないですね」

おれの質問にロイは断言した。

「なんでありえないんだ？」

「我がラディア王国の他、数か国が存在するこの大陸以外は全て千年以上前の大天災で海に沈んだとされています。そして、その大天災の中、この大陸を守ったのが我が王国の竜王なのです。ですから、この大陸の人間は皆、竜の神子（みこ）のことを知っています。黒や白の色を持つ者が生まれれば、すぐに報告されるはずです」

この国のある大陸以外が大災害で海に沈んだ？　そ、そんな世界設定あったっけ？　いや、もしかしたら裏設定だったのかもしれない……。ゲームの物語の舞台はこの国だけ。この世界そのものの情報は必ずしも必要ではないからな。

「タカトの国には、髪の色が黒の人も白の人もいるのですか？　目の色も？」

「うん。おれの国だけじゃなくても黒髪黒目の人は普通にいるよ。おれの国はほとんどそれだけど。生まれたときから髪や目が白色の人も少ないけど、いないわけじゃない」

「途中で髪の色が変わる場合もあると？」

「自然に起こるものだと、髪は歳をとると段々白くなるし、あとはストレス——心労で髪が白くなる人もいるって聞いたことあるなぁ。目は病気でしか白くならなかったと思う」

「ストレスですか……そういえば、先ほど夜遅くまで働いていたと言っていましたが、どんな仕事か聞いても？」

　その質問で、思考を彼方(かなた)に飛ばしかけた。会社の話は地雷です。今はブラックな仕事内容のことは忘れたいんだけどなぁ。

　見るからに表情が死んだ（のが自分でも分かった）おれに、何かを察したらしいロイが焦り始めた。

「あ、あの、話すのが辛いのなら無理に話さなくても大丈夫ですから……」

　嫌なんじゃなくて、殺意が止まらなくなるから考えたくないだけなんだよ……なんてことをロイに言ったら引かれそうだからやめておこう。

「あー……特に面白みのない仕事だよ。毎日同じような内容のことやって、ノルマ達成できなくて怒られての繰り返し。あのハゲ上司、機械系が苦手だからって自分の書類整理もおれ達部下に投げるんだ。そのせいで仕事が定時に終わらないし、残業するはめになってなかなか休みとれないし。今日は数か月ぶりに取れた貴重な休みだったのに……」

　そうだよ！　貴重な休みだったんだ！　壊れて修理に出してたパソコンを受け取りにいって、『竜の神子(みこ)』のダレスティアルートをもう一度やるんだって時に！

　まぁ、そのダレスティア本人に会えたのは純粋に嬉しかったけど。

「タカトは、上司に恵まれなかったのですね……」

　やめて！　そんな哀れみに満ちた目でおれを見ないで！　泣いちゃう！

「いいよな……ロイは良い上司に恵まれて」

「……そうですね。はい。団長はとても尊敬できるお方です」

なんの悪意もなく照れたように微笑むロイを見て、おれは悔し涙を流さざるを得なかった。


ガタゴトガタゴト揺れていた荷馬車が、急に止まった。

「ん？」

「あぁ、着いたみたいですね」

ロイは立ち上がって御者と話している。荷馬車の内と外を隔てていた布が少し開いたことで入ってくる、久しぶりの日の光が眩しい。ん？　待て。御者……？

あーっ!!　完全に頭の中から消えてたけど、これ荷馬車だから御者いるじゃん！　いくら布があるからってそんなに厚くないし、色々聞かれちゃってるんじゃ……!?

「タカト？　どうしました？」

「い、いや！　なんでもない！」

戻ってきたロイの問いかけに思わず力がこもった返事をしてしまった……。訝し気な視線が突き刺さる。

「いや、あの……御者さんにさっきまでの話、聞かれてないかなって思って……ここ広いわけじゃないし」

「そういうことですか。それなら大丈夫ですよ。タカトの目が覚める前に荷台にはあらかじめ防音魔法をかけておいたので」

ロイが言うには、精神的に弱っている被害者に話を聞くときは、一人で対応することが基本らしい。思い出したくない酷い記憶を複数の他人に知られたくないとか、人が多いと怯えてしまうことがあるとかで。確かに、男に無理やりヤられそうになったなんて話を、いろんな人に聞かれたいとは思わない。それに配慮して、あらかじめ防音魔法をかけておいたのだそうだ。

だから、ロイはあんなに大胆にキスしてきたり、セクハラ発言したり、あなたは異世界から来ましたね？　なんて突拍子もない尋問ができたりしたわけか……

「ようやく野営する村に着いたそうです。やはり、陸を行くとかなり時間がかかりますね……荷馬車は久しぶりに乗りましたが、外の景色を見られないのが寂しいですね」

明日は前と後ろの布を上げましょう、と御者(ぎょしゃ)に提案しているロイには悪いが、それよりも気になることがある。

「村？　このまま王都に行くんじゃないのか？」

「ええ。ユダの森から王都までは陸路でだいたい一日かかります。竜に乗ればそれほどかからないのですが……」

え、竜ってそんな速く空飛ぶの？　よくそんな速さで飛ぶ生物に乗っていられるよな。息できてる？　おれ、飛行機にしがみついてるイメージしか浮かばないんだけど。

「竜達のほとんどは先に王都に戻っています。すでに竜舎(りゅうしゃ)でご褒美をいただいてるころではないでしょうか。彼らはメインディッシュに肉、おやつにリンゴのメニューが好きなんですよ」

「やっぱり肉が主食なんだ」

「ええ。流石に肉ばかりだと体調を崩すので、果物も与えます。リンゴを食べるときは可愛いですよ、食べ方が。こう、パクッと」

「パクッと」

ロイはニコニコしながら言うが、絶対そんな可愛い表現の食べ方ではない、と思う……

「そういうわけですので、王都には明日の到着です。今日は村の宿をお借りできたので、そちらに行きましょうか」

「あ、うん」

「では、この毛布で顔を隠すように身体に巻きますね。あなたの髪と目の色を見られるわけにはいきませんから」

「わかった」

やさしく毛布で身体を包まれ、頭部は深く被ったフードのようにして顔を隠された。これなら大丈夫だろう。簡単に脱げないよう胸の前の合わせ目を毛布の外側から握りしめると、荷馬車の後ろの布が上がった。

まるで、中世のヨーロッパのような建物と家。村人らしい服装の人と一目で騎士だと分かる鎧の人が、少し大きな建物の前で話をしていた。日はもう傾いていて、騎士団がつけたと思しき篝火がいたるところで目に付く。まるで、ファンタジーの世界の村そのものの風景だ。たとえここがゲームの世界でも、確かに生きてここで生活している人がいる。それを今、おれは実感した。

騎士達の姿に興奮する村の子ども達の笑い声。顔を赤らめながら一人の騎士を囲んで会話する女性達の姦しい声。それをはやし立てる男達の粗野な声。どこからともなく香る料理のいい匂い。さっきまでは入ってこなかった情報が一気になだれ込んでくる。それは、この世界がまぎれもない現実だとおれに突き付けているようで、思わず息が詰まった。

おれにはまだ、ここが夢の中なんじゃないかって思いがあったらしい。奴隷狩りの男が殺されたときに、現実なんだって理解したはずだったのに……。おれは自分で思うより諦めが悪いみたいだな。

「タカト、ここに足を下ろして座ってください。男に横抱きされるのは恥ずかしいと思いますが、その足で歩かせるわけにはいかないので——タカト？」

「っあ……そこに座ればいいんだな？　横抱きは確かに恥ずかしいけど、重いだろうからむしろ申し訳ないというか……ごめんな？」

少し重くなった気持ちを隠して、おれはロイに言われた通りに荷台の縁から足を下ろして座る。ジャラ……と足枷の鎖の音がやけに重く鳴った気がした。さっきまでは全然気にならなかった足枷が、おれの心情を表しているのか、まるで重りがついているように重い。

奴隷狩りにつけられた足枷と鎖は、未だにおれの足首にはまっている。これは王都の特殊な機関でないと外すことができないと言われたためだ。どうやらただの足枷ではなく、無理に外そうとすると仕掛けが作動するものらしい。

「邪魔なこれも、明日までの我慢です。王都に着いたらすぐに外してもらいましょう」

「あぁ……」

おれは足枷に刻まれた魔法の紋章を見つめた。この足枷にどんな仕掛けがあるのかは判らなかったが、きっとロクでもないものに違いない。無事に外れたら忌々しい鎖をぶった切ってもらおう。

「――ロイ」

できるだけ俯いてください、と言われ毛布を深く被り直し、ロイの腕が膝裏と背中にまわるのを感じたちょうどその時、ロイを呼ぶ声がした。ん？　聞き覚えがある声だな……

ついで、呼ばれたロイが驚いた声をあげる。

「っ！　ダレスティア団長⁉」

おれは思わず顔をあげてしまった。鋭い視線でこちらを見るエメラルドと目が合う。佇まいと洗練された雰囲気が格の違いを見せつける。竜達の部隊を引き連れて先に王都に戻ったはずのダレスティアが、何故か目の前にいた。

「団長！　何故こちらに⁉　報告のために王都へ行かれたのでは……」

「報告はもう終わった。残りの処理はオウカに任せてきた。退屈そうにしていたのでな」

「では王都に戻ってから、またこちらまで来られたのですか？　何か問題でもありましたか」

「いや、彼のことが気になっただけだ。王都に着けば、すぐに上に呼び出されるだろう。少々厄介なことになっている」

「もしかして、上の方々の相手をするのが面倒で逃げてきたのでは……」

「それもあるがな」

ロイと会話するダレスティアを、頭に被った毛布の隙間から覗き見る。落ち着いた深みのある声がその男らしい容姿に合っていて、これほどまでのイケメンが存在していいのかと思ってしまう。元々ゲームキャラクターだけど、実際に生きている人だと理解したら、顔を合わせづらい……。でも顔は見たい。

というか、本当に顔が良すぎてですね！　直視できないんですよ！　実際にこんなイケメンがいたら男として面白くないだろうなって思ったけど、一周まわって惚れるわ。同じ空間にいるのもおこがましいって感じになるな、これ。推しを前にしたオタクってこんな感情になるんだな……

ロイもイケメンだけど、ロイはゲームに登場していなかったから一人の人間として話すことができたんだと思う。でも、団長補佐ならイラスト(スチル)や声がついていても良いはずなんだけどな。

「それで、話は聞けたのか？」

「はい、大体は。やはり竜の神子(みこ)と同じように異世界からこの世界に来られたそうです。あの森にいた理由はまだ分かりませんが」

「それは王都の神殿の者達が調べることだ。今のところ、巻き込まれたとしか思えん」

「では、本来の召喚は成功したのですね」

「これまで通りの黒髪黒目の少女だそうだ。王都に戻ったら会うことになるだろう」

「そうですか……」

なんか二人が小声で話し始めたぞ。もしかして、おれが聞いちゃいけないような内容なのかな。じゃあおれがこの場にいるのは迷惑では？

「――あの、お話が終わるまでおれは前のほうにいますね」

丁度会話が途切れたタイミングを見計らって言うと、二人がおれを見た気配がした。顔をあげないように俯いて言ったため、頭頂部に視線が突き刺さっているのを感じる。

「…………」

む、無言の圧がキツイ！　何か言ってくれないかな……あ、さっさと移動しろよってことか！

慌てて荷台の縁に足を上げようとしたためか、先ほどよりも騒々しく足枷の鎖が鳴る。刺さる視線が足に移動した。と、毛布と顔の間に冷たい何かが侵入してきた。両頬を包まれて、顔を上に向かされる。

「っ⁉」

沈みかけの夕日の逆光で、見上げた顔に暗い影が落ちている。それでも、そのエメラルドの目は鮮やかに煌めいた。

おれの顔を上げさせている冷たい手の持ち主は、ダレスティアだった。

「別にそこまで気を遣わなくてもいい。聞かれて困る内容ではないからな」

「え……あ、えっと、はい……」

「私はラディア王国の騎士団、竜の牙の団長を務めている、ダレスティア・ヴィ・ガレイダスだ」

「あ……おれは、鷹人です。タカト・シノミヤ、です……」

ダレスティアの目に見とられていて微妙な反応になってしまった。しどろもどろな返事に、ダレスティアの目が細まる。ますます鋭さを増した目に見据えられ、耐えきれなくなったおれは、その視線から逃れるようにうろうろと目を彷徨わせることしかできない。ダレスティアの手はもう、おれの頬に触れているだけなのにそれを引き剥がすことができない。その右手の親指が、おれの左目の下から目尻にかけてなぞった。

「んっ……」

その触れるか触れないかの絶妙な感覚がくすぐったい。

思わずまたダレスティアを見ると、おれを見つめる視線とぶつかった。

「――綺麗な色だな。黒い目というのは、見つめられると吸い込まれそうな感覚に襲われると、竜の神子(みこ)に関する書物で読んだことがあったが……真実だったようだ」

いや、あなたの目の方が綺麗ですからぁ!!

そう叫びたい気持ちを無理やりしまい込む。最高級のエメラルドと比べられるそこら辺の石の気分。

「この髪も染めていないのだろう？　これほどまでに混じり気のない純粋な色は見たことがないな。やはり異世界の人間だからだろうか……」

今度は左手が、おれのこめかみの辺りで髪を撫(な)で、そのまま首筋まで下りていく。

「あのっ……」

「ん？」

いや、あの、触り方がえっちなんですけど……なんて言えるわけないだろぉ……

ダレスティアが何を気に入ったのか知らないが、何度も同じように撫(な)でてくる。

「ダレスティア団長。そのことで少々相談したいことがあるのですが、先に彼を宿の部屋に運んでもよろしいでしょうか？　話をするにも彼にとっても、そちらの方が安全ですし」

「あぁ。ちょうど移動するところだったのか。邪魔をしてすまなかった」

少しぬるくなった手が離れていく。おれは小さく息をついた。心なしか、うなじが熱い。

「いえ、そんなことは……。ではタカト、抱えますよ。首に手をまわして」

「う、うん」

ロイは重さを感じた素振りを見せることなく、おれの身体を抱えた。少しの浮遊感がして慌ててロイの首にしがみつく。怖がっていると思ったのか、ロイが安心させるように声をかけてくる。

「大丈夫ですよ、絶対に落としませんから」

「怖いこと言わないでよ……！　それより、重いだろ？　そっちの方が心配なんだけど」

「むしろ軽すぎるくらいなのですが……。ちゃんとご飯は食べていましたか？」

「うっ……」

地獄のノルマを生き延びた戦友はゼリー飲料なんだ……。アイツがいなかったらおれは生きていけなかったから、アイツを責めないでくれ……

妹に食生活の乱れを説教されたときのことが頭をよぎった。あれは怖かった……。しばらく昼ご飯に弁当を持たされて、食事管理されたっけな。

痛いところを突かれて身じろいだことで、またしても足枷（あしかせ）の鎖（くさり）が大げさに鳴る。

本当に邪魔だな、これ。うるさいし、重い。歩けるけど、走るのは難しい長さってのがまたイラッとする。

揺られてじゃらじゃらとうるさい鎖を睨んでいると、それに手が伸びてきた。

「⁉」

「この鎖、邪魔だな。なぜ外さない」

「あ、団長！　触ってはいけません！」

おれを抱えているためロイは両手が使えず制止が遅れ、ダレスティアの手が足枷の鎖を握ってしまった。

——瞬間、足枷の紋章が赤い光を放つ。

驚いたように鎖からダレスティアの手が離れるのと、おれの身体に熱い衝動が走り抜けるのは同時だった。

「っア……！」

身体中をかけ巡った熱い衝撃が、快感のような甘く痺れる余韻を残す。息をつく間もなく鼓動が速くなり、息が荒くなっていく。ロイが触れているところから伝わってくる熱がひどくじれったくて、無意識に身を捩ってしまう。

「なんだ、今の光は……」

「ダレスティア団長、お身体に何か異変は」

「私には何も影響はない。だが……」

「は……ぁ、ン……っ」

頭上で交わされる会話も耳に入らない。ただ熱くて仕方がない。どうにか、身体の内側にこもるこの熱を逃がすことしか考えられない。ロイが纏う鎧の冷たさが気持ちよくて縋りついた。

　冷たくて、きもちいい……

「っ、タカト？」

「ロイっ……身体があつ、い……っ」

　熱のこもった吐息が、ロイの首筋にあたる。息を詰める音がした。思考が霞み、上下した目の前の喉仏をぼうっと見つめる。

「なるほど……ペナルティは足枷をはめている者が受けるということですか。よりによって催淫系だなんて、悪趣味な……」

「無理に外そうとすれば、躾を受ける拘束型の魔道具か」

「はい。どのような仕掛けであるのかまでは判断できなかったので、そのままにしていたのですが……」

「それを私が発動してしまったということか……。すまない。軽率な行動だった」

「いいえ。こういった仕掛けのある魔道具は、あのような奴隷狩りが持つことなどありませんし、私も想定外でしたから……。とりあえず、部屋に運びましょう」

「あぁ……。タカト、振動が身体に響くかもしれないが、部屋まで耐えてくれ」

　冷たい何かが頬に触れる。熱に浮かされて閉じていた目を薄く開けると、精悍な眉を寄せたダレスティアがおれの頬を撫でていた。火照った身体には、その手が冷たくて気持ちいい。赤く染まっているだろう頬を擦り付けずにはいられなかった。

「はぁ……んっ、きもち、いぃ……」

「っ……ロイ、彼を早く部屋に」

「はい」

気持ちいい手がするりと離れていく。それを名残惜しく思う前に、おれの身体は緩やかな振動を感じ取り始める。あまりおれの身体に響かないように、それでいて速く歩くロイの気遣いを、霞がかったようにうまく働かない頭の片隅で理解したが、敏感になった身体はその僅かな振動さえも快感に変えてしまう。思考がまとまらず、ただ身体を快感に震わせてロイに身体を寄せることしかできない。髪を隠すために毛布を被っていて、この状態を宿の主人に見られなかったことだけが幸いだった。

「タカト、ここなら大丈夫ですよ。よく頑張りましたね」

「っん……」

ゆっくりと柔らかなベッドの上に下ろされる。ひたすら耐えている間に宿の部屋に運ばれたらしい。

先ほどよりも熱が上がったように感じられる身体は、冷たいシーツにすぐに懐いた。火照りを持て余して、全身をシーツに擦り付ける。それでもまだ足りない。まだ熱い。身体の疼きは、腰の奥を中心にうずまいている。

「あッ、はぁ……んぅっ」

「団長、ここの主人から水をもらってきます。少しは楽になるかもしれません。その間、彼をお願いしてもよろしいでしょうか」

「あぁ、わかった」

バタンと扉が閉まる音が聞こえ目を向けると、手甲を外しているダレスティアと目があった。ダレスティアは一瞬動きを止めたが、すぐに鎧を外す作業に戻る。心なしか動きが速く、乱雑になったような……

ぼうっとその動きを眺めていて、突然思いついた。そうだ、おれも服を脱げば少しは楽になれるかもしれない……

ダレスティアの目の前だとか、もう考えられなかった。もたつく指を必死に動かして、ワイシャツのボタンを外す。しかし思う通りに動かない指先は、その小さなボタンを二つ三つ外したところで限界がきてしまった。なかなか外せないボタンと自分のものではないかのような指に、苛立ちが募る。

「うぅ……なんで、ぇ……」

熱の影響か涙腺が弱くなっているおれは、情けなく涙を浮かべながら指を動かす。だが、焦ったところでうまくいくはずもない。相変わらず小さなボタンは指から逃げ回り服を脱げず、おれは熱を持て余す。

「……服を脱ぎたいのか」

ベッドの脇に、いつの間にか鎧を外し終えたダレスティアがいた。首元も少し緩めていて、鎖骨が覗いている。普段なら冷たい視線を見せるエメラルドの目は僅かに熱を帯び、目尻が薄く赤に染まっていた。

その暴力的なほどの色気に、もとより発情状態だったおれは簡単にあてられた。

下半身が熱い……。腰の奥がじくじくと疼いて仕方がない……どうにかしてほしい。

「はぁ、ん……脱がして、ダレス、ティアっ……」

「……ッ」

「じぶ、んじゃ……脱げな、ぁッ……」

震える指を、ダレスティアに伸ばす。必死に服を脱がしてほしいとお願いするおれは、傍からみたら滑稽だっただろうが、もうなりふりかまっていられなかった。全身が熱くてたまらない。

「も、おねがい……ダレスティア、ぁ……っ」

「……良いだろう」

おれの横に片膝をついたダレスティアの下で、ベッドがギシッと軋んだ。

ダレスティアの手がおれのワイシャツに伸びる。自分で外そうとした時はあんなに苦労したのに、とおれはぼんやりと考えながら、ボタンを簡単に外していく手を眺める。ズボンから引っ張り出した部分のボタンも外されて、完全に前がはだけさせられて素肌が露わになる。汗でへばりつく肌着が好きじゃなかったおれは、ワイシャツしか着ていなかった。素肌を撫でるひやりとした空気の気持ちよさに息を吐く。

「ぁ、は……っ」

「……赤いな」

ダレスティアがぼそりと呟いた。彼の方を見ると、ベッドの端に座りおれのさらけ出された肌を見ていた。その視線を追って自分の胸元を見ると、熱を出した時のように肌が赤く染まっている。隣で動く気配がした。首筋にひやりとした温度が触れる。反射で身体がびくつく。

これは……ダレスティアの手だ。

目を向けると予想通り、ダレスティアがおれの首筋に手を当てていた。荷馬車の時と同じように、首筋を上下に撫(な)でられる。男らしい武骨な手が、優しく触れている。

「……冷たいか？」

「う、ん……」

「私は体温が低い。首には太い血管がある。ロイが戻るまで冷やしてやろう」

「あ、りがと……」

ダレスティアに礼を言って目を閉じる。暗い視界の中で、ダレスティアの体温を感じる。熱を持つ身体の向こうで、一か所だけひんやりとしている。彼の冷たい手の下で、血管が熱く脈打っている。常よりも速いそれは、撫(な)でられる度に速度を増している。

ふと、暗闇の向こうで何かが動いたような気がして目を開けた。窓から入ってくる橙色(だいだいいろ)の光を背負って、ダレスティアがおれの顔を覗き込んでいた。青みがあるはずのその銀の髪は、夕日の色に薄く染まっているように見えた。逆光になっていても表情が読み取れるほど顔が近くにあって、鼓動が一段と高鳴る。同時に熱い息が吐き出され、忘れようと努力していた下半身の疼(うず)きが増す。

ダレスティアの手が気持ちいい。体温が、じゃなくて、その手に触られることが気持ちいい。

「はぁッ、うン……んー……」

ただ冷たくて気持ちいいと思っていただけなのに……おれはその手に欲情していた。もっと触ってほしい。首だけじゃなくて、全身を。じくじくと熱く脈打つアソコも……

「タカト、何を……」

戸惑った声が聞こえるがそれを無視して、カチャカチャと性急にベルトを外して、腰の締め付けを緩める。さっきはワイシャツのボタンすら外せなかったのに、こちらはもたつかずに外すことができたのは執念だろうか。

ベルトを外した勢いでズボンのボタンは外れたが、チャックのつまみは掴めなかった。小さすぎるそれは今のおれには難関すぎた。代わりに、ボタンが外れたことで緩まったズボンの中に片手を突っ込む。硬くなっている陰茎に触れると、待ちかねた刺激にビクつく。だが、そこを握りたい欲望を抑えつけて、そのまま股の方に向けて手を進める。すると、外に出していた人差し指がチャックのつまみを押していった。

ジジ……とゆっくり下ろされていくチャックの小さい音を拾い上げる聴覚。脳内で勝手に再生されているだけなのかもしれないが、その音にさえおれの性欲は刺激された。期待で呼吸が速くなる。

「はっ、はぁっ、は……ッ」

完全にチャックが下りきり手を引き抜くと、じっとりとしているズボンの中にもひやりと夜の気配をまとった空気が入り込む。

このまま脱ぎ捨ててしまいたいが、僅(わず)かに残った理性がそれを拒む。痛いほど張り詰めた陰茎は、パンツの中で触られるのを待っているのに触ることができない。腰の奥に居座って暴れる熱の衝動を解放したいと思うのに、最後の砦（とりで）とばかりに羞恥心が邪魔をする。

もう握っただけでイケそうなのに……！　でもダレスティアの前でそんなはしたないこと、できない……

ダレスティアへの申し訳なさと、果てることへの欲望とを秤（はかり）にかけ、申し訳ないが部屋を出てくれないかと頼もうと、彼を見たおれは、口を開けたまま黙るしかなかった。

ダレスティアの目は、おれの寛（くつろ）げたズボンから覗く張り詰めた陰茎を見つめていた。声をかけようとしたおれに気付いて、それはおれに向けられる。おれは、その目に込められたものに気付いて全身が沸騰したかのような感覚に陥った。

ダレスティアは、その目に隠しきれない欲を覗かせていた。少し赤く色づいていた目尻は、今は濃く彩られている。細められたエメラルドの目と、その下の泣き黒子（ぼくろ）が気だるげな雰囲気を醸（かも）し出す。

この国最強の騎士団の団長が、誰よりも清廉なダレスティアが、おれに欲情している。その事実に、おれは背筋をゾクリと慄（おのの）かせた。

「あ……」

「…………」

無言のまま、ダレスティアはおれに覆いかぶさる。それを止めることもせず、近づいてくる欲情を湛（たた）えたエメラルドの目に、おれは見とれた。この部屋に来るまでは冷たい鉱物のようだったのに、今は生気に満ちて輝いている。その輝きが美しすぎて、目が離せなかった。

ダレスティアの手が、顎を掴む。

あぁ、キスされる……

そう思うのにおれの手は指一本も動かせず、喉は呼吸以外の仕事を放棄し、隙間をなくすように重ねられた冷たい唇を拒むことはできなかった。

「っぁ……」

「ん………」

「お待たせしまし――おや」

少し離れた唇の間を行き来する吐息。そこに割り込んできた声に、スッと離れていくダレスティアの身体。開けた視界に、瓶とコップがのった盆を持つ笑顔のロイの姿が入った。

「ロイぃ……」

「タカト、大丈夫ですか？　……まだ熱いですね」

ロイの微笑みに安心感を抱いたおれは、ロイに向かって左手を伸ばした。ベッド脇のチェストの上に盆を置き、その手をロイが握ってくれる。ダレスティアのように冷たくはないが、その体温にほっとする。

「ダレスティア団長、そんな目で見ないでください……。タカト、少し待ってくださいね。水を用意しますから」

「うん……」

そっと手が離れる。つい寂し気な声が出てしまった。いつからおれはメンタルが弱くなったんだ。

と、右手を握られる。反対側に顔を向けると、ダレスティアがおれの手をぎこちなく握っていた。彼の顔を見ると、その唇に目がいく。必然的にその感触を思い出してしまった。身体がカッと熱くなる。

「タカト、身体を起こせますか？」

水の入ったコップを持つロイが、おれの肩に触れる。その言葉に従って身体を起こそうとするが、力が入らず頭が僅かに浮き上がる程度しか動かせない。

「ごめ……むりそ……」

「いえ、大丈夫ですよ。無理はしないでください」

「っでも、水……」

「――失礼します」

「え」

ロイが持つコップの中の水は涼しげで、おれはそれを物欲しそうな目で見てしまった。と、その水はロイの口の中に消えていく。え？　おれの水……

困惑するおれをよそに、ロイの顔が近づく。完全に油断していたおれは、ロイのぴったりと閉じられた唇で半開きの口を塞がれた。握られた右手にかかる力が強くなった。

「んっ……」

口の中に、舌が痺れるほど冷たい水が入りこんでくる。あまりの冷たさに飲み込むのを躊躇うと、ひやりとした感触が上顎を撫でた。

「んんっ!!」

「ン……ふ……」

驚いて、思わず水を飲み干してしまう。ゴクリと動いた喉を、ロイの手が撫でる。まだおれの口に入り込んだままのロイの舌は、堪能するように口内を一周するとロイの口の中に戻っていった。

そのまま唇も離れていく。

「ぷはっ……！」

「ふふ……冷たくて気持ちよかったでしょう？　魔法で瓶の底だけ水を凍らせたんです。水全体が冷えるまで少し時間がかかってしまいましたが」

飲み込みきれずに口の端から水が一筋流れる。それを拭いながら、ロイは彼の濡れた唇をペロリと舐める。しばらく放っておいても冷たいままですよ、なんて言っているが、冷たい水を飲まされたにもかかわらず、口移しでむしろ熱が再燃したおれの頭には入ってこなかった。

「それで戻るのが遅かったのか」

「はい。団長がついていらっしゃるので大丈夫だと思いまして。予想外のことは起きていましたが」

「…………」

「ふふ……安心してください。副団長には言いませんから」

「はぁ……流石は元『竜の眼』だな」

「他の方でしたら、これくらいは弱みというほどでもないのですが……これまで浮いた噂のなかった団長が、ですからね。それにしても……」

「んぁっ！」

不意に、つ……と脇腹を撫でられ、あられもない声が飛び出る。咄嗟に口を手で押さえるが、遅すぎた。ロイは微笑みを深くし、ダレスティアは繋いだままの右手を先ほどよりも強く握った。

「随分と煽情的な姿ですね。確かに、これを目の当たりにして抑えられる自信は私にも無いです」

「――この状態異常は、どれほど続くと推測する？」

「二、三時間といったところでしょうか。あまり長く発情状態が続くと身体に悪いですし。身体にこもった熱を発散すれば、少しはマシかもしれませんが……」

「熱を発散……」

「本来長く興奮状態を保つことは難しいのに、無理やり長引かせられている状態なのです。興奮状態を収めるためにするのと同じように、射精すれば幾分か楽になると思います」

ロイはダレスティアと話しながらも、その指先でおれの身体をなぞっていく。欲を煽るその動きに翻弄され、口を押さえた手の隙間から小さなうめき声が絶えず漏れる。必死に声を抑えて耐えるおれを尻目に、ロイの手は段々と下がっていく。腰を撫でられて、身を捩る。強い力で右手を握りしめられ、意識がそちらに向いた瞬間、おれは手で押さえていたにもかかわらず、甘い悲鳴をあげてしまった。

「んぁア!!」

鋭い快感が脊髄を走る。身体は不規則にビクつきながらのけぞり、足の指先はギュッと力が込もっていた。

「あ、ぁあ、ひ……」

「イッちゃいましたか」

一瞬の硬直のあと、身体が弛緩する。脳が快楽に溶けきり、自分の状態が理解できない。何が起こったのか、ロイの言葉で気が付いた。

――おれ、ロイの手で握られただけでイったんだ……

「……はぁ……はぁ……ん、はぁ……」

突然の射精に荒い息が止まらない。心臓は早鐘を打ったように速く、全身に酸素をハイスピードで回している。

「んんっ！　あ、いやだ、まだ……！」

果てても硬度を保ったままの陰茎に刺激が走る。ロイがパンツの上から扱いていた。ぬるついた生地が、ピタリと張り付いて少し気持ち悪い。それでもそこから与えられる快感は強く、息も整わないおれは、咄嗟に制止していた。

「――そうですね。連続で吐き出すのは辛いでしょうし、急な射精で驚いたでしょう。少し間をあけましょうか」

「え……」

あっさりと、手が離れる。おれのソコは熱く脈打ったままだ。

ロイはそのまま部屋の隅で鎧を外し始めてしまう。ロイはおれの言葉を聞き入れてくれただけなのに、落胆が強い。どうして手を離してしまったのか。どうしてもっと触ってくれないのか。逸る気持ちそのままに、腰を揺らしてしまう。

もういっそ、自分で触った方が――

あれほど人前で触ることに抵抗があったのに、一度射精したことで抑えがきかなくなった。自分の陰茎に手を伸ばそうとして、その手を握られた。もう片方の手と一緒に頭上に纏めて押さえつけられる。

「え……なんで……」

「触りたいか」

ダレスティアが、ギラついた目でおれを見ていた。その眼光に息をのむ。答えないおれに焦れたのか、ダレスティアの手がおれの陰茎の先を掴んだ。

「ひぁっア!!」

「ここを触って、扱いて……また吐き出したいか?」

そのまま指先で亀頭から付け根までを撫でおろされる。またしてもすぐに射精してしまいそうなほど敏感になったソコへの甘い刺激に、おれの残された羞恥心は簡単に溶かされた。

「イキたい……っ」

「そうか。だが、ロイの言うとおり身体に負担がかかるのは良くない。少し我慢しろ」

「や、むり……っ」

必死に訴えるも、ダレスティアの手は無情にも離れてしまう。吐き出したはずの熱がまた生まれ、今すぐにでもあの解放感をもう一度、と求めている。それなのにおれの両手は相変わらずダレスティアに封じられたままだ。思い通りにならない状況に、熱の疼(うず)きと心の焦りが混ざり合う。

「――ぃ、んン……ッ！」

「……痛いか？」

突然きゅうっと胸の突起をつねられ、がくんと首を反らした。目をやると、ダレスティアの右手がおれの乳首をいじっている。

摘(つま)まれてくりくりこねられたり、柔くひっかかれたり、乳首への愛撫(あいぶ)なんて初めてなのに、おれはそれに快感を得て上半身がびくびく痙攣(けいれん)する。

「なんで……あっ、そんなところ」

乳首なんて感じないはずなのに、切ないほど気持ちいい。おれが欲しかったものとは違うが、やっと与えられた快感だ。ぼうっとしてきた頭は、もっと触ってほしいとねだっている。

「どうやら、乳首でも感じるようですね」

鎧(よろい)を外して軽装になったロイが、ベッドに上がりながらそんなことを言う。でもそれを認めたくないおれは頭を振り乱して否定する。

「ち、ちがッ……感じてないっ！」

「本当に？　でもここは素直ですよ」

「――ッぁ!?」

乳首への刺激でおれの腰が浮き上がった隙に、ロイはおれのズボンとパンツを一緒に下ろした。そして飛び出たおれの陰茎を握って上下に扱いてきた。あまりの早業に一瞬理解が追い付かなかったが、身体の方は素直に待ちわびた刺激を受け入れていた。

乳首への愛撫によって再び溢れ出した先走りでソコは既に濡れそぼっており、くちゅくちゅと卑猥としか言いようのない音を立てながら扱かれている。電流が走ったかのような快感が背筋を駆け抜けるが、そのまま頂点に達することはできなかった。

イってもおかしくないほどだったのに。困惑しながら見やると、ロイが指で陰茎の根本を締め付けて、吐き出せないようにしていた。

「ここ、ぐちゃぐちゃですね。こんなに先走りが溢れて止まらないのに、感じてないなんて嘘はダメですよ」

「ちがぁ、ロイがそこ、んあァッ、触るから……あぁぁ、乳首やめっ、あッ!!」

ロイが愉しそうにおれのソレを弄りまわす間も、ダレスティアがおれの乳首を摘んだりこねたりはじいたりと刺激してくる。容赦ない愛撫を受けている右側の乳首だけが真っ赤に色づいている。

「そうですか……ではココをこれ以上触るのはやめましょうか」

「え、あ、うそ……やだぁ」

素直にならないタカトにお仕置きです、なんて言って、またしても手を離すロイの微笑みが悪魔の微笑に見えた。

ドSっ！　天使の仮面を被った悪魔！　変態!?

言いたい文句がグルグルと頭の中を巡るが、どれも言葉として口から出ることは叶わず、あうあうと唸(うな)ることしかできなかった。

「あぁ、団長。そちらばかりいじるから、反対側が寂しそうですよ」

「ん？　あぁ、本当だな」

「健気にピンと立って、愛らしいですね……」

左の乳首は限界まで尖って刺激されるのを期待しており、その周りで薄く色づいている乳輪の縁を、ロイの爪が触れるか触れないかくらいでくるくるとなぞる。

「っ……あ、っあぁ……あ、あ……、はぁっ……」

刺激が待ち遠しくて尖りを増す乳首と、段々と息が荒くなるおれを見て、くすくすと笑うロイはやっぱりドSだ。ロイはすりすりと指の腹で乳輪をなぞるように擦りながら、少しずつ輪を狭めてくる。その指先を見つめるおれは、ロイがダレスティアに目配せし、いつの間にか右側の乳首への刺激がなくなっていたことに気付かなかった。全ての感覚が、左乳首に集中していたといってもいい。

「は、あ、んっ、はぁ、あ、あ、アァっ――!!」

指先が乳首に近付いていく様子がスローモーションのように見えた。指先が乳首の先端をひっかいたと思ったら、思い切り弾かれた。ピンという幻聴まで聞こえたその動きは、敏感になっていた乳首に凄まじいほどの快楽を与えた。脳内を焼き尽くしそうな快感は、熱を放出するのに十分なほどだったが、またしてもおれが求めていた解放感は得られなかった。

熱の解放を求めて震えるソレを、今度はダレスティアが握って放出を阻んでいた。

「な、なんでっ……」

「お前は、胸だけで達することができるのか？」

「え、あ……」

「あんなに感じないと言っていたのは、やはり嘘だったのですか？」

「だ、って……身体が、おかしいから……」

「発情してるから？　でも、それとこれとは別問題ですよね」

意地悪な笑みを見せるロイは、おれの胸に顔を寄せ、乳首をぺろっと舐め上げた。絶頂に達しなかったことで、身体はさらに敏感になっている。もはや言い逃れできないほど性感帯となっているそこへの強すぎる刺激に、おれは背を反らして全身をびくつかせた。

「随分とよさそうだな」

「ええ。ここまで魔道具の効力が強いとは……もしかして、タカトは元々快楽に弱いのかもしれませんね。もし奴隷商人に売られていれば、この色のことがなくても目玉商品間違いなしだったでしょう」

「……国王陛下に、奴隷売買法をより厳しく改定していただこう」

「そうですね。その際は、私が持つとっておきの情報をお渡しします」

二人が話している間も、その手はずっとおれを責めたてている。全身が弛緩している状態のおれに抵抗できる力などない。すでに拘束されていた両手は解放されているが、それはダレスティアも両手が自由になったということ。

不埒な冷たい手は、両方ともおれの陰茎に絡みついていて、絶えず溺れるような快楽を与えるのに、達しようとすると片方の手によって解放を妨げられる。出すことが許されない精液の代わりに、こぷりと絶えず溢れる先走りは、ダレスティアの手によってちゅくちゅくと耳を塞ぎたくなるような卑猥な水音を立てている。亀頭から根本、その下の膨らみにまで塗り広げられ、手の動きをスムーズにしていた。

「あっ、もっ、ダメ……どっちもはダメぇ……」

ただでさえ、最も敏感な箇所への刺激が止まらなくて辛いのに、性感帯に変えられてしまった乳首を苛める手もある。

ロイはその長い指で器用に両方の乳首を、それぞれ違う動きで弄ってくる。

「んっ、ひゃっ……ぁう……」

ダレスティアに赤くなるまで苛められた右の乳首は、先ほどのダレスティアの動きを真似るかのように、ロイの指に摘まれてこねられている。少し痛いくらいの力でキュウッとされたかと思えば、赤くなったそこを労わるように、優しく指の腹で円を描くように撫でられる。

左側は、爪でカリカリと細かい動きで先端を引っかかれている。痛痒いほどの時もあれば、こそばゆいくらいの時もあり、刺激に慣れたら爪を立てられる。異なる愛撫を受ける二つの胸の頂は、痛いほど尖り切って、その甘い責め苦を甘受している。摘まれる度に赤く色づき、引っかかれるほど尖りを増す。

「……快楽で蕩(とろ)けた目も美しいですが、この髪もとても美しいですね。まるで、天使を辱(はずかし)めているかのような背徳感があります」

ロイがおれの髪に手を伸ばし、その毛先を指先に絡めている。長くはない髪で遊んでも楽しくないだろうにと、頭の中の冷静な部分がそうこぼすが、このくすぐったさがどこか心地いい。

「天使、か。神やその使徒を信じたことはないが、確かにこれほど美しいものを見たことはない。念入りに手入れすれば、より美しさは増すだろうな」

ダレスティアも、おれの髪に触れる。こちらは繊細なものを扱うように、指先で柔く撫(な)でてくる。まるで自分が壊れやすい硝子(ガラス)細工にでもなったかのような錯覚に陥った。

二人から与えられる、まるで恋人同士のような甘い触れ合い。しかし、そんな雰囲気も、段々強くなる快感に流されてしまった。

刺激に慣れ始めた乳首を甘く弄(いじ)られれば胸を突き出し、敏感な亀頭を強く苛められれば腰を突き出す。淫猥な踊りを、美麗な二人の騎士の手によって踊らされている。この異様な状況を半ば冷静に判断する部分と、快楽に蕩(とろ)けきってぐずぐずな判断しかできない部分が、脳内で争っていた。

他人の、それも憧れたダレスティアの手で射精なんて、したくない。

もう何でもいいから早く楽になりたい。気持ち良く、この熱を全て吐き出してしまいたい。

異なる欲求が身体を駆け巡る。もう、何も考えられない。限界……

「ふっ……は……ふんんぅ！　ソコっ……先っぽダメっ」

「嘘をつくな。こちらはこんなに素直だというのにな」

「……ううっ、ひっ……あっ……乳首もっ、もう引っかかないでぇ……あたま、おかしくなるぅ……」

「ふふっ、ココは赤くなって震えてますよ。可愛いですね……もっと苛めたくなります」

「もうっ……むりぃ……！」

どこまでも意地悪な二人に、身体も心も限界を訴えるように涙が溢れる。左頬をつたって痕を残す雫を、零れ落ちる前にロイが舐め取る。

「少し苛めすぎたか……」

右目の縁に溜まって今にも転がり落ちそうな涙を、ダレスティアがチュッと音を立てて吸い取った。まるで恋人にするかのような甘い行為に、心臓が音を立てた。

「そうですね。これ以上は私の理性も保ちそうにありませんし……」

「私も同じだ……。タカト、よく我慢した」

「ん……」

優しい声と共に、体温が違う二人の手ですりすりと頬を撫でられる。甘やかすようなそれに、心身共に疲れてしまっているおれは、温かい気持ちになった。

しかし、それもすぐに快楽に押し流されてしまう。

「あっ、あ！　あっ、ああっ、あ……ッ!!」

ダレスティアの手が、おれの陰茎を強く上下に擦る。暴力的とも思える快感にガクガクと身体を揺さぶられ、おれは泣きながら嬌声を上げた。目の前がちかちかと白く光る。

「ここもちゃんと触ってあげますね。ほら、もう我慢しなくてもいいですよ」

ただの飾りだった乳首は今や立派な性感帯だ。赤く腫れたそこがこねられ弾かれ揉まれる度に、おれは全身を反らしてさらに喘ぎ声を上げた。

「……イけ」

「はぁっ、あっ、ァあっ、イくっ！　あああっ、も、イっ、ぁ、ああ——!!」

一層強く扱(しご)かれ、尿道口に爪を立てられた瞬間、こみ上げる衝動に引きずり上げられるように腰が浮いた。足枷(あしかせ)の鎖(くさり)がジャラッと音を立てる。ピンと弓なりに張った背中を中心に全身が痙攣(けいれん)し、一瞬の静止の後、弛緩した身体はベッドに深く沈んだ。

「ア、は……っ」

尿道口から溜め込まされた精液が噴き出し、胸まで白濁した液が飛んでいた。ようやく熱を吐き出せた陰茎は、その余韻にぴくぴくと震えている。

指一本動かせないほど疲弊したおれは、瞼(まぶた)が落ちて視界が暗闇に沈むのに任せ、意識を失った。

SIDE　ダレスティア

乱れに乱れたタカトは絶頂し、意識を失った。汗やら色んな体液で汚れたタカトの身体を拭く。

他人の身体を拭くなど、入隊直後の救護任務訓練以来だ。

「――ダレスティア団長」

「なんだ」

「タカトのこと、どうお思いですか？」

足枷のついた脚からスラックスをどう脱がせるかを考えていたロイが、唐突に問うてきた。その質問は的確で、先ほどやっと自覚し、悩みとなっているその問いに、素直に返答すべきか迷う。

「私は、タカトのことが好きです」

「……それは」

「もちろん、愛しているということですよ」

私がすぐに言えなかった答えを何の葛藤もなく語るロイが、羨ましかった。これは、嫉妬心だろうか。

「随分と、急だな。誰よりも慎重なお前が、そんなことを言い出すとは」

「ええ。私も自分のことながら驚いています。ですが、タカトを見る団長の表情を見て、これはうかうかしてはいられないと、恐れながら先手を打たせていただきました」

ロイを見ると、彼もまた、私を見ていた。好青年だった顔が『男』の顔をしている。

「団長も、タカトのことがお好きなのでしょう？」

「……好意的には思っている」

「愛しているのでしょう？」

「……愛らしいとは思う」

「欲をぶつけたいと思うのでは？」

「ロイ、それは」

「私は全てそう思います。好きですし、愛していますし、願わくば欲をぶつけ合いたいと。出会ってすぐとか、身分がどうとかは関係ありません。できれば、私ただ一人で彼を愛しぬきたいのですが、団長でしたら共に愛でるのもやぶさかではありません」

ロイの思わぬ発言に言葉を失う。愛した相手を私となら共有できると言っているのだ。だが、そんなふしだらな行為を、私は瞬時に咎めることができなかった。

「それは……本気なのか」

「はい。団長はタカトのことを愛しています。先ほど、共にタカトを愛撫してそのことがよく分かりましたから」

悪戯っぽく笑う目の前の好青年に、私は苦笑いを浮かべるしかなかった。

「……私の負けだな。私はまだそこまで素直になれない」

「おや、あのダレスティア団長が私に負けを認めるなんて。こんな貴重な情報は誰にも話せませんね」

「まったく……。食えない奴だ」

「お褒めの言葉として受け取っておきます」

「タカトに想いは伝えるべきか？」

「いえ。まだ早計です。いくら恋に時間は関係ないとはいえ、タカトはまだ異世界に来て初日。想いを伝えたとしても混乱させるだけでしょう」

「そうか」

その言葉に、正直安堵した。先ほど、この想いを自覚したばかりなのだ。落ち着いて考える時間が欲しい。

「それにしても……」

「どうした」

「これ、どうしたらいいのでしょうか」

困ったように眉尻を下げたロイが指すのは、足首にはめられた足枷(あしかせ)が邪魔をして、未だ脱がせることができていないスラックス。しかし流石(さすが)に汚れたまま、足枷(あしかせ)が外れるまで穿(は)かせ続けるわけにはいかない。脱がせることができないなら、最終手段しかない。

「諦めて切ったらどうだ」

「そうですよね……このままにするわけにもいきませんし」

悲痛な顔をしたロイがハサミで切っていく。無事に脱がせたはいいが、代わりの服を着させることが思いのほか難しく、それは断念した。

「遅くなったが、夕食をいただくか」

「そうですね。あぁ、寝る場所はどうされますか？　タカトの隣で寝ますか？」

「……お前は、裸の想い人を前にして朝まで耐えきれるのか？」

「……自信がないですね」

結局、私は元々取ってあった部屋で休み、ロイはタカトの警護をするために、彼の部屋の前で寝ずの番をすることになった。タカトのファーストキスを奪ったお詫びだということで、ありがたく受け取っておいた。

第二章

柔らかな太陽の光で目が覚めた。鳥の鳴き声が耳に入る。

けたたましい目覚ましの音でもなく、電話の着信音でもなく、太陽光と鳥の声で目覚めるなんて、ここ数年味わっていない健康的な朝。あまりにも平和で、まるで夢みたいだ。くわぁっと欠伸がこぼれる。

あれ、夢の中で欠伸ってするっけ？　というか、ここおれの部屋じゃない……？

ボーッとしながら思考を巡らせるも、考えた傍から消えていく。

そうだ、あいつにパソコン返しにいかなきゃ……。なんか創作の神が降りてきたから、はよ返せって言われたんだった……。それで、仕事の帰りに直してもらったパソコンを受け取って……帰ったらダレスティアルートをもう一度やって――

ん？　ダレスティア？

『お前は私の後ろにいろ。……安心しろ。もうお前を傷つける者はいない』

『私達が来たからにはもう大丈夫ですよ。安心してくださいね』

そうだ。久しぶりのおふとぅんにダイブして寝たはずなのに、目を覚ますと『竜の神子』の世界で、奴隷狩りに捕まって――

そこをダレスティアに、竜の牙に助けられた。それで、王都に戻る途中、村に泊まることになったんだった。

おれは段々思い出してきた記憶に頭を抱えようとして、シーツが素肌を撫（な）でる感触に気付いた。

ちょっと待って。え、おれ、もしかして何も着てない？

跳ね起きるように身体を起こして、掛け布団をめくり下半身も確認する。足にもシーツの感触が伝わってくるから、素肌だということは分かっていても、実際に目で見て確認するまでは認めたくなかった。

「何で……？」

結論を言うと、真っ裸でした……。掛け布団の下には、服を何も着ていない下半身があり、その分足首につけられた足枷（あしかせ）の存在感が増していた。

「ん、起きたか」

「ぅえ⁉」

部屋の中におれしかいないと思っていたのに、突然話しかけられて驚かないやつはいないと思う。

声の方を見ると、ダレスティアが、おれのあまりの驚き具合のせいか少し面食らった様子で立っていた。

「ダ、ダレスティア……さん」

「そんなに畏（かしこ）まらなくてもいい。ダレスティアで構わない」

「で、でも……団長さんだから、偉い人ですし……」

同い年とは思えないほど威厳あるしなぁ……。もうオーラが違うよ。こんなおれが同級生でごめんなさいって感じ。いや、同級生って関係でもないけど。

「お前は団員ではないだろう。それに、昨晩はあんなに『ダレスティア』と呼んでいたのだから、今更だ」

「っ……」

冷徹にも思える無表情だった顔に、笑みが浮かんだ。口角が軽く上がった程度だが、それでも印象が変わる。刺々（とげとげ）しい冷たさを感じる氷から、温かみを感じる溶けかけの氷のような感じ。棘が消えて柔らかい丸みを帯びた雰囲気になるんだ。

そんな顔で、昨晩は……なんて言われてみろ。思い出しちゃったじゃんかー!!

『はぁ、ん……脱がして、ダレス、ティアっ……』

自分で服が脱げないから脱がしてほしいと、天下の騎士団長であるダレスティアに、子どものようにに駄々をこねたし。

『ここを触って、扱（しご）いて……また吐き出したいか？』

『イキたい……っ』

『そうか。だが、ロイの言うとおり身体に負担がかかるのは良くない。少し我慢しろ』

暴れ狂うような快楽の中、限界まで寸止めさせられて……

アーッ!!　恥ずかしいってもんじゃない。今すぐこの世界から消えたい……。異世界に来て、一日で恥をかくって何!?　神よ、この試練は厳しすぎます……

「ううぅぉおおお……」

「どうした、腹でも痛いのか？」

違います……。神の無情さを嘆いてるんです……

「いえ……あの、昨晩は大変見苦しいものをお見せしてしまい……」

「見苦しくなどない。私は好みだった」

「ぇぇー……」

そんな真っ直ぐな目で断言しないでほしい。反応に困るから。

この愚直すぎるほど真っ直ぐな性格は好きなんだけどなぁ。騎士団長として、狡猾（こうかつ）さも備えてはいるけど、本来は清廉で、信条を曲げない人だ。男らしいその姿勢は尊敬する。けど、もうちょっとそのあたりのこととかは、こっちの心情を慮（おもんぱか）ってほしいところだ……

「と、ところで、何故おれは服を着ていないのでしょうか……？」

「あぁ、汚れたからな」

何でとは聞かない。聞かないったら聞かない。

「脱げないはずのズボンと下着は……」

「切った」

「切ったんですか……」

おれの戦闘服……久しぶりのまともな洗濯もしてやれないまま、無残な姿になるとは……南無。

え、じゃあ、おれはしばらくノーパンに下の服もなし⁉　そんな露出狂みたいな格好なんて嫌な

んだけど⁉

「流石に何も着ない訳にはいかないからな。これを着ろ。王都に着いて、足枷が外れたらまともな物を渡す」

おれの悲痛な思いが顔に表れていたのか、おれが何かを言う前に服を手渡された。上はおれが元々着ていたワイシャツだ。夜に洗濯して朝に乾くなんて、洗濯機がないこの世界では出来るはずがないから、魔法かな。そして、髪を隠すための布。

下着は……一言で言えば布切れだった。やたらと紐がついた小さな布。なんか見覚えがあるぞこれ……あ、女子の水着だ……。サイドで紐を縛るやつ。女子はこんな心もとない布切れを身につけて、堂々とプールサイドやビーチを歩いてたなんて……自分が穿くとなった今、尊敬しかない。可愛いのためだもんね……強いなぁ。

あ、下着の上に着るのはスカートでした。いや、何となく察してたし、下着の威力に比べたら全然マシに思える。ロングスカートだし。股がスースーするだろうけど、ミニスカよりは安心感がある。ロングスカートが流行った理由が少し分かった。

「服を着たら、外にある井戸の水で顔を洗え。落ちないように気を付けろ」

渡された服をマジマジと見ていると、ダレスティアは言葉少なにそう言い、返事をする暇もないくらいすぐに出て行ってしまった。

着替えを見られるのは恥ずかしいからいいんだけどさ、もうちょっと話したかったなって思ったりしたんだけどな。昨日は結局、あんまり会話できなかったし。そう思いながら、渡された服を無心で着る。

井戸ねぇ……おれ、水汲めるかな。筋肉の欠片もない、細い腕を見る。もやしのような体つきだから、似合わない女装のような悲惨なことにはならないだろうと思って女性物の服を渡したんだろうけど、まったくもって、悲しくなるような事実だった。


さてさて、井戸はどこに……

服と一緒に渡された布を頭に頭巾のように巻いて、そろっと宿の裏口から外に出ると、井戸はすぐそこにあった。宿泊客しか使えない裏口だからか、誰もいなかった。そもそも今この宿に泊まっているのは騎士団の人間しかいないらしいから当たり前か。もうすでに太陽は真上に近い。こんな時間に起床する団員はいないだろう。規律が厳しそうだし。

宿の正面玄関の方からは、子どものはしゃぐ声や、昼食を作る前の井戸端会議に花を咲かせる女性達の笑い声が聞こえてくる。平和だ……とてつもなく平和だ。

「……めっちゃ井戸じゃん」

ほっこりとした気持ちになりながら辺りを見渡すと、井戸ですって感じの井戸があった。ロープがかかった滑車付きの屋根が付いていていて、おれの腰あたりの高さまで石が円形に積まれている。ロープが持ち手に縛られた木のバケツも置かれていた。

なんか、感動した。今の日本でこんな井戸なんてほとんど見ない。ちょっとワクワクしながら、バケツを井戸に落としてみる。少し経って、ちゃぽんっという水音が周りの石に反響しながら届いてくる。うーん、ちょっと深めか？　覗き込んでみると、下の方は黒々とした闇が見えるだけ。水、多分入ってるよな。よし、上げてみよう。

　結論から言うと、無理です。いくら会社で大量の資料が入った箱を抱えることがあるって言ったって、所詮紙。それに、運ぶのと汲み上げるのでは全然違った。

　ロープを引っ張り始めてはや十五分。最初の方は順調に引っ張ることができたのに、手が滑ってそのままバケツは水の中に戻っていった。落下の衝撃で水が多くバケツに入ったらしく、更に重みが増したバケツを落とすこと数回。もう手に力が入らなくなってきて、せっかく綺麗にしてもらったシャツが汗でべたつく始末。泣きたくなってきた……

「そこで何してるの？」

「へ？」

　突然後ろから話しかけられて、思わず振り向いた。十歳くらいの少年が、バケツを持って立っていた。バケツには、少し汚れた布巾のようなものがいっぱいに詰まっているのが見える。少年がいる方には従業員用の出入り口があるのをさっき見た。恐らく、ここの宿屋の子だろう。

「もしかして、お客さん？」

「え、ああ……うん」

　訝し気に問いかけてきた少年に少しどもりながらも、そうだよと答えると、急にキラキラとした笑顔を向けて走り寄ってきた。よく見ると、少年は犬の獣人だ。子どもだからか、垂れた耳が髪と一体化していて、パッと見では獣人だと気付かなかった。尻尾は背中に隠れて見えていなかっただけだった。今はちぎれそうなほどパタパタ振っている。かわい……

「じゃあ、騎士団の人⁉　そうだよね！　今泊まってるのって、騎士団の人だけだし！　でも、変な格好だね？　なんでスカート穿いてるの？」

「う……えっとぉ」

「まぁいいか！　ねぇねぇ、お兄さん達は竜の牙の騎士って本当？　竜の牙って、最強の騎士団なんでしょ⁉　昨日はユダの森で悪者を倒してきたんだよね⁉」

まるで太陽が笑っているかのように眩しく輝く笑顔で、少年は興奮したように捲し立てながら詰め寄ってくる。うっ、笑顔が眩しすぎて直視できない。真っ直ぐな尊敬の目を向けないで！　おれ、騎士じゃないから！　こんなスカート穿いてる騎士なんて嫌でしょ⁉　あとそんなに寄られると、髪と目の色がバレる！

思わず後退ると、ジャラッと足の鎖が鳴る。その音に、少年の目がそっちに移った。

「何これ、鎖？」

「こ、これはね！　王都で流行ってるファッションアイテムなんだよ！」

少年は鎖が付いてるのが足枷だって、まだ気付いていない。ダレスティアの配慮か、ただ単に裾が長かっただけか、スカートの丈はおれの足首まであった。でも少し動けば見えてしまうかもしれない。気付かれれば、おれを逃げ出した囚人だと思って、叫んで騒ぎを起こすかもしれない。そうなれば、ダレスティアとロイに迷惑が掛かってしまう。だからおれは焦って、王都のファッションアイテムだなんて下手くそな嘘を口走ってしまった。

「足に鎖を着けるのが流行ってるの？　王都で？」

「そ、そうだよ……ほら、なんかさ、カッコいいでしょ？　鎖って」

おれは冷や汗をかきながら、苦しい嘘を貫こうと頑張った。もっと何かマシな嘘があっただろ、と後悔しながら。

「えー、歩きづらくない？　これだと足に引っかかって躓きそう……」

「っダメだ！」

しゃがみ込んだ少年が、鎖に触ろうとする。それを見て、昨日の大惨事が頭を過った。あんなキツくて恥ずかしい思いはもうしたくない！　それに……あんなっ、あんなの二日連続は無理！　まだ昼だし!!

「うあっ……！」

少年の手を避けようとして、慌てて後退る。焦るあまり、鎖の長さを忘れて。

「危ない！」

ピンと張った鎖によって足がもつれ、そのまま身体が後ろに倒れる。硬い何かが腰にぶつかり、手のひらには冷たくざらついた石の触感。そのまま足が浮き、次いで身体全体を浮遊感が襲う。詰め寄る少年に気を取られ、後ろにあった井戸の存在を忘れていた。先ほど覗き込んだ時の黒々とした闇を思い出す。

井戸の中へ落ちていく直前、少年の焦った声とこちらに手を伸ばす姿が見えたが、重力に従って落ちかけている大人の身体を支えることなど、子どもにできるはずもない。最悪巻き添えにしてしまう。それに、物理的に手が届く距離じゃない。

そんなことを、身体が落ちる最中のコンマ何秒で考える。アニメでよく見る、落下してるときに何秒話すんだよっていう回想。あれ、体験して分かった。落ちていく一秒が長く感じる……

どうやっても助かりそうにない状況に、頭が勝手に諦めて、意識が遠ざかる。そういえば、人間が高いところから転落するとき、地面にぶつかる前に脳が勝手に死んだと認識して、生命活動を止めるって聞いたことがある。なら、痛みは感じないかもしれない……

それでも生存本能か、無意識に足掻く(あが)ように手が上に伸びた。しかし藻掻(もが)いた手は空しく宙を掴んだ。

あぁ……おれはここで死ぬのか？　せっかく助けられたのに。助けられた命なのに。ロイとダレスティアに申し訳ない……

目が完全に閉じる前に、上に伸ばした手の手首を強い力で掴まれた。痛みすら感じるその強さに、遠ざかった意識が戻る。はっと目を見開くと同時に、身体がぐんっと上へ引っ張られる。

「うぐっ……！」

井戸からぬけ出し、引き上げられた勢いそのままに地面に転がる。体重を一本で支えていた左腕が燃えるように熱く、痛みを訴える。もしかしたら肩が外れているかもしれないが、命には代えられない。頬にあたる土の感触に、生きていることの実感を得た。

「お兄さん！　大丈夫!?」

地面に横たわるおれのそばに、泣きそうな声をしている少年が駆け寄ってきた。視界に入ったその顔は泣きそうな声そのままで、目には涙が溜まっていた。尻尾は垂れ下がって地面についた膝の間に入り込んでいる。

人が井戸に落ちかけたのを見たんだ。トラウマになっても仕方ないくらいのショックなことだっただろうに、心配して動いてくれた少年の優しさにも涙が出そう。

「大丈夫か」

「ダレスティア、さん……」

「落ちるなと言っただろう。側にいなかった私も悪いが……」

「いえ……ごめんなさい。うっ……助けていただきっ、ありがとうございます……」

痛みに耐えながら目を向けると、ダレスティアが少しだけ焦ったような表情で覗き込んで来た。おれを間一髪で引き上げてくれたのはダレスティアだった。脂汗で額に張り付いたおれの前髪を指先で払い、そのままおれが手で押さえている肩に触れる。鈍い痛みが走って、うめき声が漏れる。

少し触診すると、ダレスティアは傍らでうずくまる少年に指示をした。

「肩が外れている。冷やすものと、清潔な布を用意してくれるか？」

「う、うん！」

「水で濡らした布も、できれば頼む。あと、宿にロイという男がいるから、彼を呼んでくれ」

「わかった！」

少年のぱたぱたと走る音が、頭をつけた地面から伝わってくる。脱臼って、こんなに痛いものなんだ……

「水、ここに置いておくね！」

布は今から取ってくる！　と言うと、また少年は走り去った。水って、まさか井戸から汲んだのか？　おれでも汲めなかったのに……。それにたった今、人が落ちかけた井戸に近付けるなんて、心の強い子だな。

「身体を起こすぞ。外れた骨を戻す」

「うぐ……治せるん、ですか？」

「あぁ。これならすぐにはめた方がいい。痛むが、我慢しろ」

「わ、かり、ました……」

いくぞという宣言におれは頷き、衝撃と痛みに備えて目をギュッとつむり顎に力を入れた。

SIDE　ダレスティア

「タカト、大丈夫ですか？」

「うん、なんとか……」

先ほど私が外れた骨を戻し、今はロイによってその肩に治癒魔法をかけられているのは、昨日奴隷狩り共を制圧した際に救出した青年。その身体は団員の中でも華奢な方に入るロイよりも細く、少し強く掴んだだけで骨が折れそうだと思った。井戸に落ちかけた身体を引っ張り上げたときに感じた体重の軽さ。彼のいた世界は、食べるものに困るほど飢えているのだろうか。だが、着ていた服はしっかりとした生地で、良い物だった。貧困だったというわけではないだろう。

タカト・シノミヤという異世界から来た青年は、表情がころころ変わる。本人が言うには成人しているらしいが、幼く見える顔立ちとその表情の変わりようが相まって、子どものような印象を受ける。ロイが世話係のようになっているのも頷ける。庇護欲を掻き立てられるのだ。元々の性格もあるだろうが、ロイはまるで母親のように甲斐甲斐しく治療をしている。騎士団の医療部隊の術士に任せればいいものを、自分の手でやらないと気が済まないようだ。あのいつも冷静で慎重なロイが、会って一日も経たない青年の世話を焼いているというのは、他の騎士団の連中にとっては信じられないことだろう。

足枷（あしかせ）のペナルティにより発情し、最終的に気絶したタカトが目を覚ましたのは昼頃だった。裸になっていることに戸惑うタカトに服を渡し、そのまま長居することなく部屋を後にした。何も身に纏（まと）っていないタカトがベッドにいる、という状況は、思っていた以上に衝撃が強かった。しかしこの時、欲望に負けず共に行動していたのなら、タカトを恐ろしい目に遭わせずに済んだと思うと、浮ついていた自分を殴りたくなる。ロイは私のせいではないと慰めてくれたが、納得はできなかった。

戻ってくるのが遅いタカトの様子を見に井戸に行かなければ、タカトはあのまま落ちていた。間に合ったのは奇跡だ。咄嗟にかけた強化魔法がなければ、間に合わない距離にいた。落ちていきながら伸ばされた彼の手を掴んで井戸から引きずり上げたとき、私は無我夢中だった。地面に伏せる彼を見て、心に浮かんだのは安堵ではなく、恐怖心だった。根がはえたように動けなくなって、地面に倒れ込んでいる彼に、すぐに手を伸ばすことができなかった。動けたのは、宿屋の子どものおかげだ。あの子がタカトに駆け寄らなければ、私は木偶の坊のように立っているだけだっただろう。

肩は外れていたが、幸い骨をすぐに戻せば大事にはならない外れ方をしたため、その場で処置の準備をした。痛い思いをさせてしまうが、死ぬよりは何倍もマシだ。そう考えて、痛みに呻くタカトの肩をはめた。

子どもに連れられて駆けつけたロイに後の治療を任せる。私よりも、ロイの方が治療は得意だからだ。私が得意なのは戦闘に関する攻撃魔法や強化魔法。対してロイは、戦闘を補助する治療魔法や補助魔法を得意としている。普段ロイと共にいることが多く、二人揃えばバランスが良いからと、これまで得意分野以外の魔法を高めようとは思わなかったが、これからは訓練しようと誓った。命を助けることはできたが、怪我をさせてしまった挙句に自分では治療することができないなど、惨め以外の何物でもない。

ロイの治療のおかげで、タカトの顔から苦痛の色が薄れる。私は安堵のため息をついた。これが、もし肩の骨のずれだけでなかったら、更に深刻な事態になっていた。

「ダレスティアさんも、すみません……」

「どうして私に謝る？」

「え……だって、井戸に落ちないようにって注意していただいたにもかかわらず、こんなことになってしまったので……」

「……確かに、まさか本当に落ちるとは思わなかったな」

「う……」

小声で「すみません」と言うと、タカトは俯いてしまった。まるで叱られた犬のようだ。落ち込んでいる気配が、その姿から漂ってくる。

……どうしてこうも、劣情を掻き立てられるのだろうか。可愛がりたい気持ちと、苛めたい気持ちがせめぎ合う。それを紛らわすように、布が巻かれた形の良い頭をぐりぐりと撫でてやった。

「え、わっ、ちょ……えぇ？」

「危なっかしくて目が離せないな」

「そんな、手がかかるペットみたいに言われましても……」

「ふふ。まるで子犬と飼い主みたいですね」

「子犬って……そこはせめて成犬にして！」

「文句をつけるのはそこなのか」

「犬派なので、犬みたいと言われたのは嬉しいです！　犬って賢くてかっこいいじゃないですか！」

おそらく、タカトは凛々しい狩猟犬にたとえられたと思っているのだろうが、どんな雄々しい犬でも、子犬の頃はただただ愛くるしいのだということを分かっているのだろうか。キラキラとした目で犬の良さを語る姿は、やはり子犬だ。純粋無垢で好奇心旺盛。

「お前は、やはり子犬だな」

「なんで子犬……」

「子犬のように愛らしいということです」

「……なんか納得いかない」

タカトは言葉通りの表情を浮かべる。ころころと感情のままに変わる彼の表情を見ると、胸の奥がじんわりと温かくなる。

「……よし。これで痛みはなくなったと思います」

「本当だ！　全然痛くない!!」

「ダレスティア団長の処置が早かったので、魔法での治療も簡単でした。流石(さすが)ですね」

「お前も騎士団に入団した際に対処法は教わっただろう」

「知っていても実際に遭ったとき、とっさにできるかどうかは別物ですよ」

「ダレスティアさん、やっぱりすごいですね……！　かっこいいし、憧れます！」

「っ!?」

聞き慣れた賛辞だというのに、タカトに言われると胸が高鳴った。

「おや、珍しいですね。団長が照れていらっしゃる」

「お！　本当だ、耳が赤い」

「……私を揶揄(からか)うとは、いい度胸だ」

そう脅すが、ロイとタカトはくすくすと笑い合っている。ロイには王都に帰り次第、大量の書類仕事をさせてやろう。元々その予定だったが、少々多めに振り分けても罰は当たらないはずだ。

そんなことを心の中で計画していた時ふと、こちらを覗き見る気配を感じた。

「っ!?　誰だ!!」

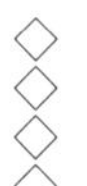

ロイに、脱臼した肩の痛みを治してもらった時、急にダレスティアが鋭く声を上げて剣に手を伸ばすから驚いた。それに反応して、ロイがおれを守るように前に立つ。ロイも剣に手を伸ばしている。まだ二人とも柄に手をかけていないのは、注意を向けた先にいるのが味方かもしれないからかな。もし偉い人とかだったら、敵意があるとみなされるかもしれないし。ここではダレスティアが一番偉いけど、ダレスティアも柄を掴んでないあたり、身体に染みついてるんだろうなぁ。

「あ、あの……」

「お前は、先ほどの……」

明らかに子どもの声が聞こえてきて、ちょっと拍子抜けした。なんか、魔獣みたいなのが出たのかと思った。この世界、確か人を襲うタイプの魔獣いたし。

ダレスティアとロイが警戒態勢を解いた。ロイの後ろから顔を覗かせると、さっきの宿屋の少年がいた。

ダレスティアの殺気にあてられた少年は、髪の一部と化している耳は震え、尻尾は細かく振動しながら股の間に挟まっている。大人でさえ、最強騎士団の団長の殺気にはビビるしかないのに、子どもなら恐怖で気絶してもおかしくないだろう。特に、犬の獣人なら本能で、自分より強い相手から逃げ出したいと思うはずなのに、身体を恐怖で震わせながらも立ち去らないその根性はすごいと思う。ただ単に、動けないだけかもしれないけど、失神しないだけ偉い。おれは気絶したからな。事情は違うけど。

「どうした。仕事に戻れと言ったはずだが」

「あ、あの……あのっ……！」

少年は涙ぐみながら何か言いたげに口を動かしているが、それ以上言葉にならないようだ。身体の震えがどんどんと増している。

いてもたってもいられなくて、おれは少年に歩み寄った。

「タカト？」

ロイの戸惑ったような声がして、ダレスティアから訝し気な視線が飛ぶが、それを一旦無視して少年の前にしゃがむ。

「……？」

「よーしよしよし」

少年の頭をわしゃわしゃとかきまわす。

うわ、ふゎふゎだぁ……

柔らかい髪を、耳を揉み込むようにしてぐちゃぐちゃに撫でる。少年は突然の事態に驚きすぎたのか、尻尾をピンと立てて固まっている。あれ、驚いたときに尻尾が立つのって猫だっけ？　まぁ獣じゃなくて獣人だし、そこらへんはもとになってる動物の性質というより、本人の感情次第なのかな。

「え……あ、あの、ちょっ、やめ……」

「君、偉いね」

「え」

かきまわしていた手を、今度は髪を整えるように動かす。乱れた前髪の隙間に叱られた犬のような目が見える。う～ん、可愛い！

「おれね、大人なのに井戸の水が汲み上げられなかったんだ。力が弱くてさ。けど、君は子どもなのに一人で水を汲み上げてた。しかも、おれが落ちかけてすぐに。おれなら怖くて近寄れない」

おれはビビりだから、人が死にかけた場所には近寄りたくない。でも、この子はおれのために水を汲んでくれた。すごいと思う。

「偉いね」

頭をよしよしと撫でる。ぼさぼさにした髪は、綺麗に戻してあげた。

昔、落ち込んだ妹にこうしたら、笑って元気になったんだよね。悲しそうな顔をしてたのが笑顔になると、おれもつられて笑顔になった。今はこれをやると怒られるけど。でも、誰かが悲しげな顔をしていると、つい手を伸ばしちゃうんだ。

「……僕、ごめんなさいが言いたくて」

「うん？」

なぜに？　この子、何かしたっけ。

何も思い当たらなくて首を傾げると、少年の目からぶわっと涙が溢れだした。

え！　ええー！　ごめん、わかんない!!

「ぼ、僕が、触ろうとしなかったらっ、ひぐっ……お兄さん、落ちなかった!!」

触ろうと……？　あー！　足の鎖（くさり）か！　確かに少年の手を避けようとして後ろに下がったけど、落ちたのは少年のせいではない。おれがドジだからだ。

そう言おうにも、少年はうぐうぐ言いながら泣いてるし、後ろからは、どういうことだと言いたげな視線が突き刺さる。

「えっと、とりあえず落ち着こうか。ほら、あんまり泣くと目が痛くなっちゃう」

少年の目から溢れる涙を袖で拭ってやる。ちなみに、泣きすぎると目が痛くなるのは実体験だ。目がカピカピして目薬をさしまくったさ。

「ぐすっ……」

「まず言っておくけどね？　おれが井戸に落ちかけたのは、君のせいじゃないよ」

「でもっ」

「おれが後ろに注意していればこんなことにはならなかったし、鎖（くさり）の長さを忘れて動いたのもおれ。だから、悪いのはドジなおれなの」

「で、でも……」

うーん、なかなか頑固だ。それだけ優しい子なんだろうけど。

「マヌケなおれがドジ踏んだだけ。だから、君はまったく悪くないんだ。でも、君はそれじゃ納得できないんだろ？」

少年は、また目に涙を溜めながら、しかし、しっかりと頷いた。責任感が強い！　あのクソ上司共にこの子の爪の垢でも煎じて飲ませてやりたい!!

「じゃあさ、君の尻尾触っていい？」

「うえ……？　尻尾……？」

後ろからはロイが噴き出すように笑う声と、ダレスティアの呆れたようなため息が聞こえてきた。目の前の少年はキョトンとしている。ロイとダレスティアには、おれが犬派だとさっき教えたからだいたい察したのだろう。おれが、癒しを求めていると!!

「うん。君のそのモフりがいのある尻尾。おれ、犬が大好きなの。今まで獣人に会ったことなくて、気になってたんだよねー」

「僕の、尻尾……？」

少年は、自分の尻尾の先を摘ん(つま)でじっと見ている。少年の尻尾は毛がふさふさしていて、ブラッシングしたいくらいとても魅力的だ。髪の触り心地からして、尻尾もさぞモフり心地がいいだろう……

「……本当に、僕の尻尾を触るだけでいいの？」

「うん。おれにとって何よりのご褒美です」

ちょっと変態みたいになったけど間違ってはいない。そこにモフれる毛があれば、モフりたくなるもの。みんな、手触りのいい毛布とか好きだろ!?

「じゃあ、はい。触ってもいいよ！」

「ぅわあ……ふぁふぁだ……最高!!」

少年が背中を向けて尻尾を差し出す。久々に触れるモフモフに、テンションが爆上りして振りきれた。そこ、変態とか言わない!!

痛くないように、そっと毛並みを撫でる。この村の子なら、きちんと手入れしたことはないだろうけれど、すごくふわふわで気持ちがいい。ちょっとぴくぴく尻尾の先が動いてるのも可愛い。

「タカトがあそこまで犬好きだったとは……。副団長に会ったらどうなるんでしょうか」

「会わせたくない」

「私もそう思います」

後ろで何かこそこそ話してる声が聞こえるけど、どうせおれが変態だとか言ってるんだろ！　気にしないけどな、おれは！

「お兄さん、ちょっとくすぐったいよー！」

「うあっ！」

優しく触れすぎたのか、くすぐったさに耐えきれなかった少年の尻尾が大きく振られ、モフモフが顔に激突してしまう。幸せな気分になったのも束の間、衝撃で体勢を崩してしまい、わりと勢い良く尻もちをついた。最悪なことに、地面がめちゃくちゃ固かった。腰まで響く鈍い痛みに身悶える。

「お兄さん！　大丈夫……」

「いたた……ん？　どうした？」

少年は痛みに悶えるおれに手を伸ばそうとし、大きく目を見開いて固まった。不思議に思って立ち上がろうとしたおれの膝に、パサッと何かが落ちてきた。見るとそれはなんだか見覚えのある布……

「お兄さんの髪、真っ白……綺麗」

「……え？」

待て待て待て。確かにこの布は頭に巻いていた布だ。うん、今思い出した。それがさっきまでの色々な衝撃に耐えていたが、今の尻もちで限界を迎えてほどけた。で、今のおれは髪を隠せていない状態。つまり、黒髪が少年の目の前に晒されているはず。だけど、今この子はなんて言った？

「お兄さんの髪、真っ白」って言ったよね？　え、知らない間にストレスで白髪が増えたのか？

いや、そしたら元の黒とくたびれた白の、見るに堪えない残念な頭になっているはず。決して真っ白ではないし、ましてや綺麗でもない。

「髪は白いのに、目の色は黒なんだね！　黒目ってことは、神子様？　でも、神子様は髪も黒いって聞いたような……？」

すごいね少年！　よく知ってるじゃないか！

そう。竜の神子は黒髪黒目。髪は白で目は黒とかいう容姿ではない。というか、目は黒いままなんだな！　これで目も真っ白ですとか言われたら、もう一回気絶するとこだった。もう髪と目を見られたことで落ち込む余裕はない。さっきまで少年は涙でよく見えてなかったから、目の色には気付かなかったんだろうけど、髪色は誤魔化せない。ついでに涙はもう止まっているから、髪も目もばっちり見られている。おれ、危機感なさすぎるのでは？

いや、今はそれどころじゃない。おれは今、どんな見た目してんの？

「タカト」

「ロ、ロイ！　おれの髪、黒くないの!?」

「ええ。混乱させるかもしれないと思い黙っていましたが、あなたの髪は綺麗な白色です」

ほら、と差し出された小さな可愛らしい手鏡。どうしてこんな可愛いの持っているのかという疑問は置いておいて、おそるおそる受け取り、それに映ったおれを見る。

くたくたの疲れた白髪なんかではなく、若々しさのある白い髪に、馴染みのある黒い目。顔の造形は変わらないのに、髪色だけが違うおれが映っていた。信じられなくて、髪に触れる。鏡の中のおれも、同じ動きをする。一本、髪の毛を抜いてみた。プチッという音と頭皮が引っ張られた小さな痛み。抜いた髪の毛を目の前に持ってくる。

それは、いつか見た絹のように真っ白な髪の毛だった。

井戸の一件のあと、おれはまた気絶したらしい。あまりのことに脳が現実逃避したんだろうな。記憶にないけど。気絶しすぎじゃないか、おれ。

出発時間をおれのために遅らせることはできないから、おれはまた荷馬車の後ろに乗せられた。

目を覚ましたのは、村を出て一時間後。空腹を訴えるお腹の音で目が覚めた。寝ていて朝ご飯も食べてないし、気絶していて昼も食べてないから流石に限界だったようだ。身体を起こそうとして、隣で誰かが寝ているのに気付いた。

「……え？」

おれの隣で身体を丸めて転がっていたのは、宿屋の少年だった。混乱するおれをよそに、すぴょすぴょと寝息を立てている。可愛い……ってそうじゃない！

「すごいお腹の音でしたね、タカト」

くすくす笑いながら、ロイが御者席から顔を出した。

「ロイ、なんでこの子、ここにいるの？」

「あぁ。この子、あなたの色を知ってしまったでしょう？　そのまま放っておくわけにはいかないので連れてきました」

「え、いいの？　それ……」

おれのせいで、この子を親のもとから無理やり引き離してしまったのなら、罪悪感が強いんだけど。そんなおれの気持ちが顔に出ていたんだろう。

「付いてくるかどうかは、その子の意志を尊重しましたよ。決めたのはその子自身です」

「宿屋にいたご両親は？」

「宿屋の夫婦は人間ですので、その子の両親ではありません。その子は村に住んでいた犬の獣人夫婦の子どもだったそうですが、ご両親は獣人がかかりやすい流行り病で、一年ほど前に亡くなったそうで……」

「そうなんだ……」

幸せそうな寝顔をしている少年を見る。見つめられてることを感じたのか、耳がぴくっと動いて目が薄く開いた。まだ意識は夢の中なのか、ぼーっとしている。その頭をゆっくりと撫でてやる。

家族が突然いなくなるというのは辛い。まだ甘えたい盛りの子どもだ。親が二人ともいなくなったとき、広い世界に一人取り残されたような気持ちになっただろう。宿屋の人達がいい人でよかった。

「おれも、親がいないんだ。おれが十六歳の時に、事故で二人とも……」

「……そうでしたか」

「だけど、おれには妹がいた。それに伯父さんや叔母さん達周りの人もおれ達の面倒を見てくれたし、幸運だったんだ。いきなり両親がいなくなって、そりゃ悲しかったし辛かったけど、妹は落ち込みそうになるおれの足を前に進ませてくれた。憎まれ口を叩きながらもね。強い奴だよ、本当に。妹がいなかったら、おれは今頃生きていないかもしれないな」

「……妹さんと、とても仲がいいのですね」

「うん。アイツは否定するかもしれないけどね。友達に同じような事を言われた時も、お兄ちゃんと仲がいいとかありえないから！　って言ってたくらいだし」

「それは照れ隠しなのでしょう？」

「そう！　照れ隠し！」

おれとロイは、くすくすと笑い合った。アイツの照れ隠しは、真似をしているだけでも分かってしまうようだ。

「妹はおれに全然遠慮がなくてさ。買い物に付き合わされたときは、ついでに食事も奢（おご）らされたな……。尻にしかれすぎだって周りに笑われたよ。アイツの方が姉だと間違えられる時もあったなぁ」

今でも忘れないよ……。服を買いに付き合わされたときに、店員さんに姉と弟だと間違われたこと。しばらく揶揄（からか）いのネタにされたんだよな……

「でも、いい子なんだよ。おれを心配して食事作りに来てくれることもあるくらい。本当に、いい子なんだ……。会いたいな……」

「…………」

口が悪いけど、優しい妹。まさか、こんなに急に会えなくなるとは思わなかったな……

「まぁでも、おれは本当に幸運だったよ。妹と、優しい親戚がおれを支えてくれたから。でも、この子はこの世界にもう血の繋がってる親戚はいないんだろ？」

「ええ。この子の両親は二人とも別の地域からやってきたそうで、誰も彼らの親戚を知りませんでした」

「……寂しかっただろうな。宿屋の人達が優しくしてくれても、寂しさは変わらなかったと思うよ」

撫でられるのが気持ちいいのか、少年は頭を手に擦り付けてくる。

「宿屋の人はなんて？」

「突然のことで驚いてはいましたが、この子が自分で決めたことなら、止める理由はないと」

「そっか」

少年はまたすぴょすぴょと寝入ってしまった。おれはその頭を、また腹の虫が鳴るまで撫で続けた。


「王都まであとどれくらいなの？」

ロイからもらった、少し脂っこいベーコンが挟まったパサパサぎみのパンを食べながら尋ねた。最近はずっとゼリー飲料ばかりだったから、顎の力が弱くなってる気がする……。弱ってる胃にはちょっと重い食事だけど、水で誤魔化しながら胃に入れた。食べないとロイの視線が……

「夕刻には着きます。この辺りから先の街道は魔獣がほとんど出ませんし、舗装されていますから、警戒して進む必要がありません。護衛の竜達も先に戻る予定になっています」

「じゃあ、ダレスティアさんも？」

「団長は先に戻っていますよ。流石に副団長に全部押しつけたままではいけませんし」

「え、仕事を押しつけてきたんですか!?」

仕事を部下に押しつける……それはおれが今まであのブラック弊社で受けてきた仕打ち。まさかダレスティアはあのクズ上司と同じ……ではないな。

ダレスティアは自分の仕事にはちゃんと責任を持つ人だ。おれの上司と同じにしたら失礼で、何より直属の部下のロイが自慢するほど良い上司。押しつけたのには何か理由があったに違いない。うん。きっとそうだ。

「団長自らが処理する必要はない雑事です。副団長は今回の任務には参加せず、留守番をしていたのでお暇だったようですし。それに、ダレスティア団長には他にも多くの仕事が待っていますから」

「そうなんだ……」

確かに、団長なら報告とかいろいろな仕事があるんだろうな。大変そうだ……

「そういえば、奴隷狩りの討伐って結構大がかりな任務だったんだろ？　竜の部隊もいたし。なんで副団長は留守番なんだ？　副団長なら、騎士団の中で二番目に偉いはずなのに」

「ああ……」

副団長のことを聞くと、何故かロイは遠い目をしてしまった。聞かない方が良かったことなのかな。機密事項だったら申し訳ないんだけど。

「聞かない方が良かった……？」

「いえ、隠すようなことではないですよ。副団長がやりすぎてしまっただけ、ですから」

「やりすぎた？」

「あの人には悪い癖があります。少し前、街中で女性と子どもを狙った引ったくりが多発していた際に、副団長がたまたまその現場に出くわしたんです。あの人の身体能力なら、犯人を簡単に捕縛できたはずなのに、王都全体を使った追いかけっこをお楽しみになられたようで。その遊びに巻き込まれた王都の住民達は大混乱。罰として宿舎で謹慎処分を受けているので、今回の任務はお留守番なんです」

まったく、とロイはご立腹のようだ。どうやら、副団長さんはなかなかにクセが強い人のようだ。

戦いを楽しむタイプって感じがする。

「狼の獣人なら、狼らしくさっさと獲物を捕らえたらいいのに……まったく

「狼？　狼の獣人なの!?」

「……あ」

何故か、しまったという顔をしているロイ。でもおれは竜の牙の副団長について思い出すので忙しかった。確かに、ダレスティアルートの時、よく登場してた！　ふさふさの耳が可愛くて、でもワイルドな感じのイケメンだった気がする……。キャラデザも声もあったのに、残念ながら攻略キャラではなかったんだよな。男のおれが攻略対象じゃなかったことを残念に思うのはどうかと思うけど。

あのお耳がちょっと気になってたんだよなぁ。ワイルドなイケメンの頭についてる可愛いふっさふさの犬耳……いいと思わない？

でも、ダレスティアルートにしか出てこなかったし、ゲームでは攻略対象のダレスティアの存在感を引き立たせる役割だったから、あんまり記憶に残ってない。貴族としての地位は獣人の中ではこの国一番だってことは何となく覚えてるけど。ロイの話を聞く限り、あまり関わらない方が良さ

そうな感じはする。そもそも会う機会があるかわからないし。

「副団長のことは、今はどうでもいいのです。それよりもタカト」

「ん？」

「王都に着いたら、まずあなたはこの足枷を外しに、魔術機関に行かなければなりません。そちらには私がお連れしますのでご心配なく」

「う、うん。ありがとう。そっか。やっとこれから解放されるのか」

「移動するにも邪魔ですし、リスクが高すぎますしね。それはタカトが身をもって証明してくれたわけですが」

「ちょっ、ロイ！　頼むからそれで揶揄うのはやめて！　おれの男としての沽券に関わるから！」

ロイの揶揄いがおれのメンタルにクリティカルヒットしている件。正直、あの夜のおれは、おれじゃなかったと思いたい。でもちゃんと記憶があるのだからどうしようもない。はぁ……

「確かにあのペナルティはえげつなかったけど、おれはまだ男を捨ててないからな」

「ふふっ。分かりました」

笑いやがってコイツ……

「それが外れたら、私とデートでもしませんか？」

「またまたご冗談を。ロイならおれなんかよりも可愛い女の子とデートしたほうが絵になるって。それに鎖が外れたら、おれはこの子とめいっぱい遊ぶつもりだよ。ボール遊びとか、追いかけっことか……。楽しそうだろ？」

「それは、とても可愛らしい光景でしょうね」

「あー、確かに」

笑顔で楽しそうに走りまわるこの子は可愛いだろうなぁ。子どもは遊んでるだけでも可愛いけどね。

そう思って同意したのに、なぜか頭を撫でられた。まるで偉い偉い、と子どもを褒めるみたいに。

おれはロイより年上のはずなんだが……？

撫でられた頭に手を置いて茫然としていると、ロイは更に衝撃的な話題転換をした。

「そしてその後ですが、国王陛下に謁見していただきます。『神子』として」

「……へ？」

国王様に謁見？　なぜおれが？

「な、なんで？　おれ、黒髪じゃないから神子だって確定してないよね？」

「ですが目は黒いですし、神子の資格はあると思います。既にダレスティア団長がタカトのことを陛下に報告しています」

それは逃げられないやつじゃん！　うっ、胃が……。無理やり参加させられた接待の記憶が蘇った……最悪だぁ。

「で、でも、正式に召喚されていない得体のしれない人物を、無暗に国のトップに会わせるのはいかがなものでしょうか！」

「タカトが安全だということはダレスティア団長と私が確認しています。国内最強の騎士団の団長とその補佐が認めているのですから、これ以上安心なことはないでしょう？」

「それは、そうかもしれないけどさ……」

ダレスティアが認めたなら、それに異を唱える奴はいないだろ。

「それに、国王陛下ならば元の世界への帰還方法をご存知かもしれません」

「本当か⁉」

思わずロイに詰め寄る。おれにとって一番重要なことだ。原作のゲームでは、神子が元の世界に戻ることはできないとされていたけれど、おれが神子である可能性は低い。だとすれば、なにか方法があるかもしれない！

「竜の神子に関しては、この国の王族に代々伝わっている伝承のようなものなのです。神子の召喚に関して一番詳しいのは、国王陛下になります」

「なるほど……。おれが国王陛下に会えるのなんて、向こうから謁見の機会が与えられているこのチャンスしかないだろうし。謁見のときに質問すれば、もしかしたら帰れる方法が見つかるかもしれないんだな？」

「はい。ですが、あまり期待はしない方がいいかと。希望を与えておいて酷な事を言いますが……」

申し訳なさそうなロイの肩を叩く。これはおれにとって、蜘蛛の糸だ。いつ切れるか分からない、ほんのわずかな希望への期待。ダメもとでも聞きたい。

「気にしないでよ。おれが神子でも、神子じゃなかったとしても、帰れる見込みはほぼゼロに近いことくらい察してる。でも、おれに可能性を示してくれてありがとう」

「タカト……」

「まぁ、やっぱりおれは自分が神子じゃないと思うんだけどな」

第一に状況がおかしいし。おれが神子だとしたら、いつから『竜の神子』は成人向けゲームになってしまったんだって感じだよ。

「ですが、異世界から人が渡ってくるのは神子を召喚する時だけです。必然的に、異世界から来た者は神子であるはず」

「そうかもだけどさ、ほら、おれは男じゃん」

「ええ、知っていますよ。身体の隅々まで拝見しましたので」

「そういうことは言わないの！」

すーぐそういう方向に話を持っていこうとするんだから！

でもそれを抜きにしても、ロイはおれの言わんとしていることが分からないという顔をしている。

まさか本当に分かんないの⁉　もしかして、この世界はゲームと少し違うのか？　いや、でもこの世界が『竜の神子』の原作世界のままだとしたら、おれが神子の時点で世界の成り立ちから破綻すると思うんだが⁉

「神子って、女性だけがなるんでしょ？　昨日教えてくれた、神子の話。竜の神子は基本的に女性だって言ってた。おれは男だし、こんな中途半端な見た目じゃん！」

必死に言い募るが、ロイは首を傾げている。この世界は乙女ゲームの世界のはずだ。それなら、ゲームの主人公である神子は女性でなくてはならないはず。女性向けゲームでも一部のＲＰＧなら男の主人公もありえるけれど、『竜の神子（みこ）』は男性キャラクターと女性の主人公との恋愛を主軸においているため、神子（みこ）が男性ってのはありえない。まぁ、主人公のキャラデザはなかったから、男のおれでも楽しめたんだけど。

「あぁ、そのことですか。それなら問題はありません」

「え？」

いやいや！　問題大有りだろ!!

「竜というのは両性です。雌雄同体なんですよ」

「雌雄、同体？」

「えぇ。少し前にユダの森に、竜の群れがいると報告がありました。そのリーダーの竜は賢く、魔力も強い。そして群れの中のどの竜よりも身体が大きい。では、この竜は雄と雌、どちらだと思います？」

「ええ!?」

流石（さすが）に竜の生態まではゲームで出てきてないって！　というか雌雄同体なら雄も雌もないんじゃないの？

「直感でいいですよ。竜も番（つがい）関係を結べば、夫役の雄か妻役の雌に分かれるのですから。とはいえ身体の構造が変わるわけではないので、どちらも雄と雌両方の生殖器は持ったままですけれどね」

「そうなの？　えーと……じゃあ、雄？　身体が一番大きくて強いなら雄って感じがするから」

「なるほど。確かに、そう考えることもできますね。でも、リーダーは妻役、雌でした」

「マジか……自分より弱い相手を番にして、自分は雌になったってこと？　それって自然界ではあまりないことだと思うけど……」

　そもそも雌雄同体の生物があまりいないから分からないけど。あ、でもペンギンは同性でカップルになるし、イルカも同性で交尾するし、魚の中には性転換するのもいるって聞いたことあるから、別におかしいことではないのか？

「確かに竜は強い個体を夫にしたがる習性があるので、強い方が夫になる場合が多いです。竜は知能が高く、誇り高い。群れのリーダーともなればその力はとても強大ですから、他の竜達は妻になりたがります。そうした沢山の番候補の中から、気に入った相手を選ぶ権利が優先的にあるのがリーダーなんです」

　狼とか、ライオンとかと同じ感じでリーダーが決まるんだろうけど、番関係はわりとシビアなんだな。孤高のリーダーとか、不良校の一匹狼的なトップって感じがして、かっこいい。このたとえは失礼か。

「番関係を結べば、やはりリーダーはほとんどの場合で夫役になります。でも時々妻役になるリーダーもいるんですよ。この群れのリーダーは、番にした竜のことを気に入ってたんでしょうね。リーダーのスキンシップが激しかったって話ですから。もともと雌としての本能の方が強かったのかもしれませんが」

「色々と複雑なんだね、竜の生態って。他にも妻役になる理由ってあるの？」

「ありますよ。相手の竜が無理やりリーダーを妻にしてしまうとか」

「え……」

それは、つまり雌堕ち……うっ、こんなところで妹に無理やり聞かされた知識が蘇るなんて……聞かなかったことにしよう。

「竜にもいろいろあるんだね……」

「まぁ、そういうことなので、男が神子になる可能性はあるので問題はないのです」

「つまり、おれは竜王の夫もしくは妻に選ばれたと……？」

「そうだとしたら、妻として選ばれたのでしょう」

「なんで断定するの⁉」

「竜王ですよ？　人間の妻になるとは思えません」

納得してしまった自分が悔しい。さっきの話に出た群れのリーダーみたいに変わり種かもしれないじゃないか。いくら物理的に竜の妻になるわけではないと分かってはいても、そんな雌堕ち確定みたいなポジション嫌なんですけど！　『竜王の妻』とかＢＬ小説のタイトルにありそうで嫌な予感しかしない……

「というか、おれが神子なら召喚の儀式は失敗したってこと？　そういうのって召喚の間みたいなところに召喚されると思うんだけど」

「あー……よくご存じで……えっと、それはですね――」

なんだ？　ロイにしては珍しく歯切れが悪いな。

顔を覗き込もうとすると、ひょいっと逸らしてしまった。これは、なんか隠してるな？

「ロイー？　なんかおれに隠してるだろ」

「いいえ。何も」

追及すると、今度はにっこりと満面の笑みを貼り付けた顔を向ける。キラキラと光のエフェクトが見えるような気さえする。本当顔がいいな!!

「まぁ、陛下に謁見していただければ分かることですから」

「ここで言う気は？」

「ありませんね」

笑顔でさらっと拒否してきた。押せばいけると思いきや、そうはいかないところ……嫌いじゃない。ってそうじゃない！

「どうしても？」

「ええ。それに、ダレスティア団長からも口止めされてるんです」

「え、ダレスティアさんに……？」

「はい。団長命令には逆らえませんから」

すみません、と本当かどうか分からないことを満面の笑みで言ってくる。なんか、そこまではぐらかされると余計に気になるんだけど!!

「ね～、ロイ～……教えて？」

「ダメです」

「いいじゃん～。ちょっとだけでいいからぁ～」

「ははっ。タカトの可愛らしいお口、今日は少し生意気なようですね。塞いで躾けてあげましょう」

「ひぇ……ごめんなさい」

「おや、反抗期はもう終わりですか？」

口達者なロイにおれが勝てるはずもなく、未だにすやすや昼寝を楽しむ宿屋の少年が起きるまで、散々揶揄われていじめられたのだった。


「大丈夫です。では次――!?」

「ご苦労様です。竜の牙の団長補佐、ロイ・アレクシアです」

「は、はい！　ご苦労様であります!!」

「こちらの荷馬車は検めなくても結構ですよ。他と同様に竜達の食料が載っているだけですので」

「は……ですが、団長補佐であるあなた様が、何故このような荷馬車に？」

「――実は、制圧したアジトから奴隷狩りに捕まっていた者を助けたのです。酷く怯えているため、私が荷馬車で話を聞いていたのです。まだ他の者には怯えてしまいますので、覗かないように、お願いしますね？」

「しょ、承知いたしました……」

よくそんなスラスラと説得できるよね。すごく真実味があるし、問い詰められても言い逃れができる。流石、団長補佐。

今おれ達は、王都の門で検問を受けていた。たとえ王国で最も名のある騎士団だとしても、検問を受ける必要があるそうだ。知らない間に荷物に間者が潜んでいることがあるらしく、特に荷馬車はきちんと確認されるらしい。徹底しててすごいな。まぁ、今回は団長補佐の一言で例外が生まれたけど。でもこれも竜の牙の信頼が厚い証拠だよね。

王都の門兵の返事から少ししてロイが戻ってきた。御者席との間の布をしっかり閉めると同時に、また荷馬車が動き始めた。これまでとは違って、身体に響くような振動はない。綺麗に舗装されている道の上を進んでいるのだと分かった。さすが王都。

「ロイさん、王都に着いたんですか？　覗いてもいい？」

「クーロ、宿舎に着くまで我慢してください。これからここに住むのですから、後で好きなだけ探索できますよ」

「はーい」

「ですからタカト、こっそり仕切り布をめくらないでくださいね」

「うっ……はい」

「クーロが我慢できるのに、大人のタカトが我慢できないなんてこと、ないですよね？」

「……大人しくしてます」

「よろしい」

流石に子どもよりも落ち着きがないのは恥ずかしい。ちょっとゲームの舞台である王都を見てみたい欲が高まっちゃったけど、大人らしく我慢しますよ、はい。

クーロというのは宿屋から付いてきた少年だ。貴族じゃないからファミリーネームはないらしい。荷馬車の中で昼寝から目覚めた後、改めて自己紹介をした。そこでついてきて良かったのか本人にも確認したけど、しっかりと目を見つめて、一緒に行きたい、って言われたら何も言えないよ。

クーロはおれに愛称で呼んでほしいと言ったから、おれは「クー」と呼ぶことになった。代わりになのか、クーロはおれを呼び捨てにする。なんか、兄弟みたいでちょっと嬉しい。

ロイに子どもに接するかのように注意され、少しいじけていると、クーロがおれの頭を撫でてきた。

「えっと、クー?」

「タカトはいい子だから、我慢できるもんね!」

思わずチベットスナギツネのような顔になったおれは悪くないと思う。一連のやり取りを見て噴き出したロイは後で殴る。

「ねっ!　タカト!」

「ウン……ソウダネ」

なんで同年代どころか、年下扱いされてるんだ?　おれ、ロイよりも年上なんだけどなー。ロイには敬語なのにおれにはタメ口……なのは、ちょっと複雑だけどいいとして、せめておれは大人だと認識してほしい。小学生くらいの子に弟扱いされてる成人男性って字面がヤバい。今すぐどこかに隠れたいけど、生憎狭い荷台だ。あるのは竜達のおやつが詰まった木箱だけ。詰んだ。

「うわっ……!」

「おっと！」

急に荷馬車がゴトッと音を立てて揺れた。衝撃でクーロの身体が倒れてくる。それをとっさに支える。が、耐えきれなくておれの身体は後ろに倒れた。ドミノ倒しのようになって床に転がりそうになった二つの身体を、ロイが受け止める。

「大丈夫ですか？」

「うん……おれ、鍛えるね……」

明らかに軽そうな子ども一人も支えられないなんて……情けないにもほどがある。決めた、鍛えよう。せめてこの子を抱えられるくらいには体力つけなきゃ……

「急に揺れたからびっくりしたー！」

「クー、大丈夫だった？」

「うん！　タカトありがとう！」

満面の笑みとパタパタ振られている尻尾に、鼻の奥が熱くなるところだった。危ない危ない。もー本当に、この年頃の子にしては素直で真っ直ぐで、いい子すぎるくらいにいい子だわ。

「今の揺れは舗装されていた道から外れたからでしょう、宿舎の辺りは道が舗装されていませんので。ということは、そろそろ宿舎に着きますね。この荷馬車は騎士団宿舎敷地内にある竜舎に向かいます」

降りる準備をしましょうか。そう言って、ロイが布を手におれの前に膝をついた。

「タカトの髪、また隠しちゃうの？」

「えぇ。まだタカトの髪を晒すわけにはいかないので」

「綺麗なのになぁ……」

「また後で好きなだけ触らせてあげるよ」

「ほんとっ⁉」

クーロはおれの白い髪が気に入ったようで、アラブの人みたいに布を被ったおれの頭を名残惜し気にガン見している。正直、おれの髪よりダレスティアの髪の方が断然綺麗だと思うんだけど、まぁ物珍しさもあるんだろう。

「ん？」

「ロイ？」

ガタンッと止まった荷馬車。荷台を覆う幌の向こうから微かな騒めきが聞こえてくる。もう宿舎に着いたのだろうかと思ったが、顔を上げたロイが眉間に皺を寄せている。どうやらこれは予定外のようだ。

「おかしいですね……もし宿舎に着いたのなら竜達の鳴き声が聞こえてくるはずなのですが」

「……それっぽいのは聞こえない」

「確認してきます」

ロイが立ち上がって御者席の方に向かおうとした時、閉じていた後方の布が開いた。太陽の明るい光が、荷台の中に無遠慮に入り込んでくる。

「あれ？　可愛い子犬もいるね。てっきりロイと『白の神子様』だけだと思ったんだけどなぁ」

「あ、あなたは……！」

「ん？　……あぁ、君が白の神子様かな？」

せっかく兄上達より先に白い髪を見ようと思って来たのに、隠しちゃったのー？　と、ゆるふわっとした口調のイケメンが、荷台を覗き込んできた。

太陽の光を浴びてキラキラと輝く柔らかな金の髪が眩しい。眠たげに細められた碧眼が壮絶な色気を纏っている。『竜の神子』のキャラクター選挙において、養いたいキャラクターランキング一位に輝いた男。

「アイル王子殿下!?」

この国の第三王子にして攻略対象の一人、アイル・リー・ラディア。見た目は天使。中身は腹黒。それでも養いたい、ヒモでいいから家にいてほしい、と売れっ子ホストのような人気を持つ彼は、多くの女性を虜にした蕩けそうな笑顔であっけらかんと言い放った。

「はじめまして、白の神子様。俺はアイル。一応この国の第三王子だよ。兄上達や父上よりも先に会えて嬉しいなぁ。ふふっ、ダレスティアを撒いてきた甲斐があったよ。できればその髪も見せてくれると嬉しいんだけどなぁ」

あのダレスティアが、この王子に撒かれた……だと!?

「ねぇその頭の、外してくれない？　ダレスティアを撒くの大変だったんだから、ご褒美ちょうだい？」

アイルはにっこりと笑って荷台に乗り込もうとする。いや、ちょっと待って!?　ダレスティアを撒いたってどうやったの？　てか、白の神子様ってなに？

「アイル王子殿下……なぜ、こちらにいらっしゃったのですか？」

「なぜって、さっきも言ったでしょ？　兄上と父上よりも先に白の神子様に会いたくて、だよ」

「殿下自らが我らの団長を撒いてまでいらっしゃった理由としては薄い気がいたしますが」

「うーん……そう言われても、本当にそれだけだからなぁ」

困ったように頬をかくアイル。ロイが警戒するのも分かる理由だが、彼が言っていることは本当だろう。色気があってある意味大人らしい彼だが、妙に子どもっぽい一面も持っている。黒髪であるはずの神子が、白髪。それが気になったから、という理由で突拍子もない行動をするのが、第三王子アイル・リー・ラディアだ。壮絶な色気の中にある無邪気さ、というギャップにやられたファンは数知れず……

「ロイ、とりあえず乗ってもらったほうがいいんじゃないか？　流石にここでいつまでも立ち話するわけにもいかないし……。ところで今はどこに止まってるんですか？」

「訓練場の正面だよ」

「一番人の目がある場所じゃないですか……。分かりました。殿下をお乗せするような馬車ではありませんが、今は仕方ありません。殿下、こちらへ。急いで竜舎に向かいます」

訓練場と聞いて、ロイは額に手を当てた。確か、訓練場は全ての騎士団が合同で使用しているはずだ。所属する騎士団の垣根を越えて切磋琢磨するように、という理由らしい。つまり、訓練場には常に多くの騎士団員がいる。その前を、帰還した竜の牙の補給部隊の荷馬車が通ったと思ったら、突然現れた第三王子がそのうちの一つを止めて荷台に上半身を突っ込んでいる、なんて注目の的間違いなしじゃないか……

よいしょ、と言いながら軽々と縁に足をかけて乗り込んでくる元凶を、思わず恨みがましい目で見てしまう。当の本人はそんなおれの目をものともせずに、相変わらずの笑顔でにじり寄ってきた。クーロが怯えたようにおれにくっついてくる。あ、ちょっと尻尾の毛が逆立ってる。

出してください、というロイの声が聞こえて再び荷馬車は動き始めた。心なしか速い気がする。と、頬に手があてられて強制的に顔の向きを変えられた。目の前にはドアップのイケメンの顔面が……って近い近い近い!!

「あ、のちょっと！　近いです!!」

「本当に目は黒いんだねー。ここはちょっと薄暗いから、明るいところでじっくり見たいなぁ。ここで見ても、吸い込まれそうな黒さがとても素敵だけどね？」

人の話を聞け！　近いって言ってるのにもっと寄るな！　近づいてもイケメンなのなんか腹立つんですけど⁉　あれ、これ前にも言ったことあるような気がする……

「殿下、怯えていますので」

急に視界が塞がれた。同時に頭上からアイルを咎めるロイの声が降ってきた。瞼に伝わる温かな体温から察するに、ロイがおれの目を手で覆ってアイルから離してくれたんだろう。

「だって、こんなに近くで黒い目を見るの初めてなんだよ？　興奮するに決まってるでしょー。それに、あの堅物で有名なダレスティアが落ちたくらいなんだしさ」

「へ？」

ダレスティア？　最後の方だけ小声でよく聞こえなかったんだけど……

「――どうして、団長のことをご存じなのですか？」

「あ、そこは隠さないんだ？」

「あの方はそういった方面に関しては隠そうとしても無駄だと思いますので。特に殿下のような方には誤魔化すだけ時間の無駄です」

「なかなか手厳しいこと言うねぇ。まぁその通りだよ。アイツ、わざわざ俺のとこに来て『絶対に手を出すな』って忠告してったんだよ？　一応、神子様だからって建前は言ってたけど、あんな顔じゃ意味ないって。まるで番を得たばかりの竜みたいな顔してさー」

「はぁ……団長らしいと言えばそうなのですが……」

「まぁ、君も人のこと言えないけどね。俺からこの子を引き離すとき、ダレスティアと同じ目をしてたよ」

「……失礼いたしました」

「俺がそんなこと気にしないの知ってるだろ？　王子って言ったって第三だしね。君達の団長とは乳兄弟なんだしさ、もっと気楽にしてよ」

「善処いたします」

「君、いい性格してるよね、ほんと」

何を、話してるんだろうか……？　ロイにさりげなく耳を塞がれてしまって何も聞こえないんだけど。クーロは耳を塞がれてないのに、おれだけ聞いちゃいけない内容ってなに？　会話に入れないから、ひたすらクーロの尻尾の動きを見ることしかできない。さっきの名残で毛がぶわってしてるんだよね。ふわふわだろうなぁ……

「ねぇ、神子(みこ)様のお名前はなんていうの？」

「え？」

もふもふ尻尾に癒されてる間に、いつのまにか耳を解放されていた。っと、名前だっけ？

「鷹人です。タカト・シノミヤと言います」

「シノミヤ？」

「え、はい、四ノ宮です……」

「へぇ……？」

アイルはそのまま考え込むように黙ってしまった。

「殿下、どうかなさいました？」

ロイが怪訝(けげん)な顔している。さっきまでウザいくらいに絡んできていた人が急に黙ると、違和感しかない。

「ふーん？」

「な、なんですか？」

またしても顔が近づく。しかも今度はなんだか品定めでもするかのように、じっくりと眺められて落ち着かない。

「タカトに近付かないで!!」

「おっと」

ビビりながらも、クーロがおれとアイルの間に飛び込んできた。そしておれの首にしがみつくように抱きついてきた。

「……うわっ、ちょっ、苦しっ！　首っ、首絞まってる！」

おれの首に抱きついたクーロは段々と腕の力を強め、振りほどこうにもなぜかロイに後ろから抱きつかれていて、満足に身動きできない。そんな状態のおれは、絞まっていく首に耐えることしかできない。不本意ながらもアイルに涙目で助けを求めたが、なんか微笑ましそうに見ているだけだった。助けろよ！

なんとか意識が旅立つ前におれに抱きつくロイを振りほどいて、クーロを首から離すことに成功した。クーロは胡坐をかいているおれの膝に乗っかって抱きついている。コアラというか、子ザルというか……可愛いからいいけど。クーロがまだ成長期じゃなくて良かったな。大きかったら確実におれは気絶してた自信がある。まだ子どもなのに力強い……

「んー……」

「あの、何なんです？」

「いや？　ふふっ……楽しみだなぁって思ってね」

ニッコニコと花のような笑みを撒き散らしているアイルに、おれは嫌な予感をビシビシ感じた。

アイルは好奇心のままに周りを引っ掻きまわす設定がある。今はそういった悪癖は出さないでほしいんだけどな――

「アイル第三王子」

「嫌だなぁ、ダレスティア。そんな硬い呼び方しないでよ。あと顔怖いよ。結局タカトの髪はお前の部下のせいで見られなかったんだから、そんなに怒らないでよ」

「……覚悟していろよ。次の特別訓練のときは最初から最後まで私が相手してやろう。それと彼を気安く名前で呼ぶな。あれほど言っただろう」

「別に良いじゃないか名前くらい。独占欲が強い男は嫌われるよ？　それに、俺があんな男だらけのむさくるしい訓練に参加するとでも？」

「竜の神子が召喚されたら、ひと月に一度の特別訓練に王子は全員強制参加だ。国王陛下もご観覧されるから逃げられないぞ」

「うっそぉ……」

何とか無事に竜舎の傍まで来ることができたおれ達を、眉間に皺を寄せて荷馬車の後ろで仁王立ちしたダレスティアが出迎えた。もっとも、アイルを待ち構えていたといったほうがいいかもしれないけど。言い争っている二人だが、険悪な雰囲気は一切なく、そのやり取りで二人が気安い間柄だということが一目で分かる。

「ダレスティア団長、お取込み中のところ申し訳ないのですが、タカトを抱えていただいてもよろしいでしょうか。このまま歩いて連れていくのは危ないですので」

「……ああ」

「え、ロイが連れて行ってくれるんじゃないの？」

ロイが足枷(あしかせ)を外してくれる魔術機関に連れて行ってくれる、って話じゃなかったっけ？

驚いて思わず声をかけると、こちらに手を伸ばしていたダレスティアの動きが止まった。途端にキラキラと眩しいエフェクトを纏(まと)った笑顔を浮かべるロイと、口に手を当てて小刻みに身体を震わせるアイル。え、どうした？

「――どこかの第三王子のせいで予定が変わった。宮廷魔術師のところに行く」

「なんか棘がある言い方だなぁ。せっかく俺があらかじめ要請しておいてあげたのに」

「彼らの実力は認めるが、苦手だ」

「それはお前の私情でしょ？　早くタカトからやっかいな足枷(あしかせ)を外してあげたいなら、さっさと連れて行ってあげなよ」

「まぁ、宮廷魔術師の実力は確かですから、解呪(かいじゅ)はあっという間でしょうね。殿下はどうやって足(あし)枷(かせ)のことを知ったのやら……」

「ダレスティアから魔術の呪いの残滓(ざんし)を感じたからね。対象はダレスティアじゃないってことは分かったし、ロイもそんなヘマはしない。それならダレスティアが熱烈に話してたタカトが呪われたんだなって思ったんだ」

「あぁ……殿下は魔術の素養(そよう)があるのでしたね」

「そうそう。一応、大切な神子(みこ)様だからね。王族の務めだと思って受け取ってよ、俺の好意」

「お前の好意には大抵裏がある」

「酷いなぁ」

真顔で呟いたダレスティアと、カラカラと笑うアイル。本当に仲がいいんだな。ゲームではルートが違うからかあまり接点がなかったし、こんな関係だったなんて知らなかった。

「宮廷魔術師達は王宮の研究棟に工房を持っています。そちらを訪れるのなら、私よりも王宮に詳しい団長が適任です。私はクーロを騎士団宿舎に連れていきます。急遽(きゅうきょ)部屋を用意させましたが、まだ準備が残っているようですので私も手伝おうかと」

「そっか……」

「私では不満か？」

どこか拗(す)ねたような雰囲気でダレスティアが聞いてくる。またアイルが笑いをこらえるように手を口に当てた。なんでそんなにツボってるの。

「不満なんてあるわけないじゃないですか。事前に聞いていた事と違ったので、驚いただけです」

よろしくお願いします、と彼に向けて腕を伸ばした。やってから気付いた。これではまるで、おれが抱っこをねだっているみたいじゃないか？　うわっ、恥ずかしい！　でも、鎖(くさり)がついたままじゃ、歩くの大変だし……これは介護だ介護!!　……いや、それも恥ずかしいわ。

段々と顔が熱くなっていく。多分、今おれの顔は真っ赤だろう。

そろそろ限界って思ったころ、ダレスティアがゆっくりと身体を屈(かが)めて、おれをそっと抱き上げた。思わず見上げたその顔には、硬派な彼からは想像できないほど、柔らかで甘い微笑みが浮かんでいた。

その表情のあまりの美しさに、鼻血を出してしまったおれは悪くないと思う。推しの微笑みって尊い……。


「あの、ダレスティアさん、そんなに慌てなくても大丈夫ですからっ……」

「何もないのに出血するわけがないだろう」

「も、もともと鼻血が出やすい体質なんです！　だから、だから走らないでくださいー!!」

怖い怖い怖い！　この人、馬にも勝てるんじゃないのってくらい走るの速いんですけど!?

おれは今、研究棟の宮廷魔術師の工房に向かっている。全力疾走するダレスティアに抱えられて。

鼻血を出したおれを心配したダレスティアが慌てた結果だ。突然険しい顔をして走り出したから、クーロに「行ってくるね」も言えなかった。まぁ、クーロはいい子だからロイの言う事をちゃんと聞くと思うけど、おれが寂しいんだよぉ！

「安心しろ。もうすぐ到着する」

「うわあああぁぁぁぁぁぁ……!!」

なんで加速するの！　何も安心できないんですが!?　ジェットコースターに乗ってる気分だよもう!!　イケメンに姫抱きされて、きゅんっ……どころじゃないってばぁ!!

そんなおれの心の叫びを置いてきぼりにして、絶叫マシーンと化したダレスティアは工房に向かう螺旋(らせん)階段を恐ろしい速さで駆け上った。

「ぜぇ……ぜぇ……ぜぇ………」

「なんでコイツ、こんなに疲れてんの？　あと、なんで鼻血出てんの？」

とりあえずこれでも詰めといて、と小さく丸めた綿を渡されたので、おれはそれを鼻に入れて、その部分を鼻の上から手で押さえる。ほぼノンストップで走り抜けた当の本人は汗一つかかずに、椅子に座ったおれの後ろに立っている。対して抱えられていただけのおれは、冷や汗と動悸が止まらない。訝し気に見てくるこの工房の持ち主の質問に答えようにも、浅く速い呼吸が邪魔をする。鼻呼吸ができないし、呼吸はまだ落ち着きそうにない。

「気にするな。それよりも、その呪具はすぐに解呪可能か？」

「誰に向かって言ってるの？　ボクにとっては、こんなの室長からの課題より簡単だよ」

そう言って、目の前の小柄な青年はおれのふくらはぎを持ち上げると、足首に嵌った足枷に刻まれている魔法の文様を見つめた。

「使われている文様からして、単純に発情だけを付与するタイプだな。所詮奴隷狩りが使えるのはこの程度か」

「対処が面倒だと、ロイが言っていたが」

「それは魔術機関の話だ。ボクら宮廷魔術師を彼らと同じにするな。室長が聞けば、また侮辱だなんだと騒ぐぞ」

「………」

「そうそう。ボク達の前では黙っていた方がいい」

「……今日は一段と饒舌だな」

「せっかくの忠告を無視するとは、いい度胸だな」

宮廷魔術師は苦手だと言っていた割には、仲が良さそうだ。他にも工房っぽい部屋がいくつかあったが、それを無視して一番奥にあるこの工房に来たのも、彼を信頼をしているということだろう。単に、他よりマシってだけかもしれないけど。

「無駄話はそこまでにして、出来るのなら早く解呪しろ」

「相変わらずいけ好かない。こういった呪具ってのは、粗悪な造りの物のほうが詳しく解析する必要があるんだよ。下手に術式を書き込むと、暴発する可能性がある」

「ぼ、暴発⁉」

物騒な言葉に目を剥くと、青年はにんまりと笑った。ぼさぼさの前髪に隠れた目が、髪の隙間から爛々とおれを見てくる。

「そう、暴発だ。といっても、言葉のまま爆発するわけじゃない。魔法の暴発とは想定外の効果が付与されてしまうことだ。例えばこの足枷の文様には、発情の魔術式が刻まれている。これの効果は身をもって知っているだろう？　一度発動した形跡があった」

「うっ……そうですけど」

「発情を解呪する魔術式をそれに上書きすれば、発情の魔術式は破壊されて呪具は壊れる。だがもし、これに刻まれている魔術式が発情だけじゃなかったら、どうなるか……分かるか？」

「わ、分かんないです……」

「かみ合わない魔術式がぶつかると、新たな効果が発動する。もし、従属という効果の魔術式が一緒に刻まれていて、それに気が付かずに発情を解呪（かいじゅ）する魔術式だけを全体に刻んだら、魔法は暴発し、精神破壊という効果が新たに発動する。そうなったら、対象は生きた屍（しかばね）同然だ。これはよくある事例だからな。嘘じゃないぞ」

「こ、こわ……」

「もちろん、ボクはそんなヘマはしない。安心しろ。きちんと解析して一つ一つの魔術式に合わせた解呪（かいじゅ）の魔術式を同時に刻めば、解呪（かいじゅ）できるんだから」

つまり、金庫によくあるダイヤル式の鍵を合わせるみたいなものなのか、解呪（かいじゅ）って……

この世界の魔法はおれにとって、まだまだ謎だらけだ。怒涛（どとう）の説明ラッシュに頭がついていけず、ほえ～としていたら急に足枷（あしかせ）がバラバラに砕けてめっちゃびっくりした。

え、解呪（かいじゅ）終わったの？　あっという間じゃん。天才か？

「ふんっ、終わったぞ。本当に一つの魔術式しかなかった。遊びにもならんな」

「流石（さすが）は『稀代（きたい）の天才魔術師』だな」

「ボクがその二つ名を好きじゃないの分かってて言ってるだろう、それ」

稀代（きたい）の天才魔術師かぁ～。本当に天才じゃん。

……ん？　稀代（きたい）の、天才、魔術師？

聞き覚えのある二つ名に、思わず目の前の青年をマジマジと見てしまう。髪はボサボサで着ている服はよれてしまってだらしがない。この声は記憶にある……気がする。でも、確か彼はとても無口でほとんど喋らなかった。声優の無駄遣いと言われたキャラなのだ。それがこんなにおしゃべりなはずがない。

「何？　ボクの顔に何か付いてる？」

「え、あ、いや……」

見つめすぎて、視線に気が付いた青年が少し不機嫌になる。しどろもどろになってしまったおれを、前髪の隙間から眼光鋭く睨(にら)む。

それに焦って、とりあえず何か言わなきゃと口を開いたと同時に、工房の扉が勢い良く開いた。全員の視線がそちらに集まる。

「よぉ、坊ちゃん。ダレスティアも、やっと捕まえたぜ」

白銀に輝く髪に、狩りをする狼のような鋭い目つき。その目の色は左右で違っている。右目は青く、左目は橙色(だいだいいろ)。にやっと笑った口元からは、鋭い犬歯がちらっと覗いている。ダレスティアと同じ隊服は着崩されているが、それが男らしさを助長させ、ワイルドな顔立ちの彼に似合っている。そして、ワイルドな男を体現したような彼の頭には、ピンと立った犬耳。仁王立ちした股の間からはもふもふな髪と同じ色の尻尾が揺れている。

乱入してきた男のその姿を見て、おれは再度の興奮によって鼻の血管を切れ散らかし、鼻を押さえる手を伝う温かい液体を感じた。そしてそのまま、焦った表情をして身体を支えるダレスティアを尻目に、意識を旅立たせた。

副団長、もふりがいがありそうだなぁ……

『……おーい』

『……おーい』

『……また寝てる？』

『……つまんないの！』

近くで声が聞こえる。いや、遠くの方か？　分からない。幼さを感じる声だ。しかも何故か拗ねている？

眉間を軽く押されたような感覚がしたあと、誰かがすっと離れていったような気配がした。


「……大丈夫か？」

「……ん」

目を開けると、横になったおれを覗き込むダレスティアの顔があった。いつも通りの無表情だが、答えると少しだけ雰囲気が緩んだ気がする。

「サファリファスが言うには、急に出血したことによる神経反射で気絶したらしい。気分が悪いということはないか？」

「んー……大丈夫です」

「そうか。どうやらタカト自身にも魔法の痕跡があったそうだ。意識が飛んだり、鼻血が出たりしたのはそのせいだろうと」

「魔法？　おれに、ですか？」

この世界に来てからのことを思い出すが、足枷以外でそれらしいものを受けた記憶がない。

「ロイとか……？」

「いや、かなり強力なものだったようだ。この世界の者は誰でも魔法を使うことができる。だが、その威力は本人の魔力によって決まる。ロイや私では、タカトの身体に現在まで魔法の残滓を残せるほどの強い魔法は使えない。それができるのは、サファリファスくらいの魔術師か、オウカくらいだろう」

「あの、サファリファスとか……オウカって――」

「ん？　呼んだか？」

「っ!?」

逆さまの男の顔が急に頭の上から現れて、心臓が止まるかと思った。男の頭部にはもふもふの耳が付いていて、少しぴくぴく動いている。ふと、脳内に目の前の犬耳のような、もふみのある銀色の耳とふさふさな尻尾が浮かんだ。さっきこの工房に乱入してきたのはこの男だ。そしてその姿は、確かにゲームで見た彼と一致している。

「あなたは、竜の牙の副団長？」

「おう。ここに入った途端、お前が急に鼻から大量の血を出して倒れたのにには驚いたが、意識ははっきりしてそうだな」

「え、ええ。はい」

「タカト、何故オウカが副団長だと分かった？　初対面のはずだが」

「あ……えっと、ロイから色々と聞いていたんです。狼の獣人だとも聞いていましたし、入ってきたときにダレスティアさんのことを親しげにダレスティアって言っていたので」

確かに、初対面なのに知ってるのはおかしいよな。おれは異世界の人間なんだから余計に。不思議そうに聞いてきたダレスティアだが、おれの答えに納得したのか、それ以上は追及されなかった。

「察しの通り、俺は竜の牙の副団長、オウカ・レイ・カーネリアンだ。気軽にオウカと呼んでくれ」

カラッとした笑顔で手を伸ばしてくる彼は、とても貴族とは思えないほどフレンドリーな人柄のようだ。とてもロイが言っていたような『遊び』をするようには見えないが、ロイが嘘をつくとも思えない。とりあえず、『遊び』のターゲットにならないようにすれば大丈夫だと思いたい。

「あ、ど、どうも。鷹人です。タカト・シノミヤ。おれのことも、鷹人と呼んでもらって構いません」

「おう！　じゃあタカト、その堅苦しい話し方もなしにしようぜ」

「え、えぇ……」

身体を起こして握手したおれに、オウカはロイとは系統が違うキラキラしたエフェクトがかかった笑顔を向けてくる。これは、陽キャの気配だ……。絶対友達が多くて、モテまくってて、優秀。

顔も身体も、ワイルドな男。そんな陽キャの気配がするぞ……

「そんで、サファリファスってのは、あそこで死んだように寝てる奴のことだ」

「え、あれ倒れてるんじゃなくて⁉」

オウカが指さした先には、床の上で文字通り倒れたように寝転がる魔術師の青年の姿があった。

おれ、ベッドで横になってたみたいだけど、そのせいで床で寝る羽目になったとか……？　部屋の持ち主が床で寝るとか申し訳なさすぎるんだが。

「面白い寝方だよな。坊ちゃんはいつもああなんだ」

「確かにいつも地面で寝ているところを見るな。宮廷魔術師はだいたい変わっているが、彼もなかなかの変人だな」

「そうだな。あぁ、タカト。忠告しておくと、坊ちゃんのフルネームはアリス・マイヤー・サファリファスっていうんだが、坊ちゃんは自分の名前を嫌ってる。女々しい名前だってな。もし揶揄って（からかって）アリスって呼ぼうものなら、えげつない仕返しをされるぞ」

「例えば……どんな？」

「あー……少し前だと、ひたすら運が悪い目に遭わされてる奴がいたな。機嫌が悪かった貴族のおっさんと廊下でばったり出会ってしまったばっかりに、その後しばらくおっさんの愚痴（ぐち）に付き合わされたとか。朝・昼・晩と、食べたかった食堂の定食が目の前でなくなったりしたとか。地味だけど、そんなのがひと月以上もネチネチと続くんだぜ？」

「うわぁ……それは地味だけど精神をやられそうだな。気を付ける」

「これは周りが巻き込まれることが一番多い厄介事なんだ。マジで、気を付けてくれよ」

「うん」

「それと、稀代の天才魔術師って呼ぶのも、名前の次に危ない言葉だ」

ＮＧワード多いのな、この人。稀代の天才魔術師って、さっきダレスティアが言っちゃってたけど、あれは不発だったってことか。危なかったぁ……

大きいのドカンってのより、小さいのをちまちまと積み重ねられるほうが、精神的ダメージ大きそうだもんね。

名前を聞いてやっと確信できたけど、サファリファスはゲームの攻略キャラクターの一人だ。無口で、人との接触を避けて生きている彼に、笑顔と成長するきっかけを与えたのが神子だ。彼にとって唯一無二の存在となった神子に対する、彼の執念がすごかった記憶はある。一言で言えば、ストーカー気質。アダルト版ならヤンデレ属性が付与されてただろうな……。こちらに背を向けていて見えないその顔と、ゲームストーリー内での顔を脳内で比べながら、できるだけ地雷を踏まないようにしようと誓った。

ヤンデレ怖い……

「まぁ、今は坊ちゃんのことは置いておいて、だ。タカトは意識もはっきりしてるし、大丈夫そうだな。じゃあ、これに着替えてくれ」

そう言ってオウカが差し出したのは、艶やかな光沢を放つ、滑らかな手触りの黒い服だった。

「えっと、これは？」

「国王陛下に謁見するのに、その格好はマズいだろ」

「……そうだった」

そうじゃん！　おれ、これから王様と会うんだったぁー!!

「ロイが任務から戻ったって聞いて、謹慎の交渉をしようと思って竜舎に行ったらよぉ、なんでかアイル殿下がいらっしゃるし、ちいせぇ子犬もいるし……ロイには使いっぱしりをさせられるわで散々だぜ」

「これでもう、『遊び』には懲りたか？」

「それ関係あるか？　ま、逃げる獲物は追ってこそだろ」

「それなら狼らしく賢い狩りをしろ」

「狼らしさを俺に求めても無駄だぜ。知ってるだろ？」

おれは奥の一室を借りて着替えてる間、ダレスティアとオウカの会話に耳をそばだてる。どうやらロイの言った通り、オウカはかなり好戦的な性格のようだ。ダレスティアルートは、最強の騎士となるべく生きてきた彼の、鋼のように硬く冷たくなった心を主人公が温めるという、第一王子や近衛騎士団長に並ぶ純愛系のストーリーだった。

元々王道の乙女ゲームだから戦闘とかはほとんどなくて、狙われた主人公を守るためにしか戦っていなかったはずだ。それで、オウカのことはゲーム本編ではあまり触れられなかったんだろう。分かっていることは、ダレスティアとよく鍛錬する仲だということ。狼の獣人だということ。これだけだ。

「着替え終わったよ」

「おー……」

振り返ったオウカが、おれの顔……というか頭を見て硬まった。目を大きく見開いて、口もあんぐりと開いている。その隣ではダレスティアも心なしか、目を見開いておれを見ていた。

「えっとー……」

「っお、おお。悪いな。……本当に黒目に白い髪なんだな」

「やっぱり、びっくりするよね」

「まぁ、な。存在しないと言われたものが目の前にあったら、そりゃ驚くだろうさ。どれだけ最初に聞かされていてもな」

オウカはおれが元々着ていた服を受け取る傍ら、マジマジと目と髪を見てくる。オウカは、目も髪も隠していないおれの周りをクルクル回りながら「目は黒いんだな」とか、「俺の髪より白い」とか言っている。頭の上の耳を立てて、少しぴくぴく動かしてるところを見ると、本当に好奇心が止まらないんだろう。まるで子どものような無邪気なオウカの姿は、好奇心旺盛な子犬のように見えて少しときめいた。

……犬耳と尻尾のせいだよ？

と、それまでおれ達の様子を傍観していたダレスティアが近づいてきた。

「オウカ、そのくらいでいいだろう。タカトも困っている」

「あぁ、悪いな。じろじろ見て」

「大丈夫だよ。なんだか、わんこが興味津々って感じでちょっと可愛かったし」

「わんこ……？　俺は狼なんだが……」

「タカトは犬好きでな」

「犬と狼を一緒にされちゃあ困るんだが？」

「同じイヌ科だろう」

やっぱり犬と狼は一緒の扱いをされると嫌なのかな。気を付けよ。

「それよりも、タカト」

「はい？」

「タカトの白い肌と真っ白な髪に、黒い服がとてもよく似合っている。神秘的な黒い目も合わさって、まるで神聖なものを見ているようだ」

「うえ⁉」

「神聖なものなぁ……俺はなんかこう、まっさらなキャンバスをめちゃくちゃに汚したくなるような……そんな欲求が湧いてくる。綺麗なものほど汚したくなるだろ？　そんな気分っ、いってぇ‼」

「……謹慎期間を延長する」

「はぁ⁉」

オウカの後頭部を剣の柄で軽く殴ったダレスティアに、心の中で拍手を送った。

……オウカの発言は聞かなかったことにしよう。

「それで、謁見はいつなの？」

「んぁ？　確か十八時の鐘が鳴ったらすぐだって聞いたな」

「十八時の鐘？　王都に着いたのが十七時くらいってロイから聞いたから……」

その時、おれの声を遮るように大きな鐘の音が鳴った。荘厳なその音は、王都中に響き渡っている。おれは、その余韻が終わらぬうちに口を開いた。若干、冷や汗をかきながら。

「ねぇ、この鐘の音って……？」

「……三回鳴ったから、十八時の鐘だな」

「それって……ヤバくない？」

ダレスティアは目を逸らし、オウカはただただ笑顔で親指を立てた。……ヤバいじゃん。

「い、急がないと間に合わないんじゃ……!?　王様待たせるとか不敬でしょ！」

「まぁ落ち着けって。転移魔法かけてやるから」

「珍しいな。お前が気楽に魔法を使ってやるなんて」

「流石に緊急事態だろ、これは。俺はともかく、ダレスティアが非難の的になるのは気分が悪いしな。てか、ダレスティアは知らなかったのか？　謁見の時間」

「……アイルを追いかけていたんだが」

「あぁ、あの追いかけっこか。貴族専用通路に逃げ込まれて、令嬢方に取り囲まれたんだろ？　殿下がいい笑顔で話してたぜ。だが、それがどうしたってんだ？」

「……アイルがタカトに手を出すかもしれないと考えていたら、時間のことは記憶から飛んだ」

「……は？」

信じられない、といったような顔でダレスティアを見るオウカ。ダレスティアはオウカから顔を背けた。妙な空気が流れる。色々気になる発言はあったが、今は聞いてる時間はない。

「その話は後で！　オウカ、早く！」

「お、おう……。じゃあ、謁見の間の目の前だと警戒させちまうから、少し離れた所に飛ばす。ダレスティア、流石にボケないでくれよ。タカトは場所が分かんねぇんだから」

「ボケてなどいない」

「ツッコミがいねぇんだよ！」

漫才を見せられてる気分なんだが!?　仲いいな!!

オウカはダレスティアと言い合いながらも、懐から何かを取り出した。キラッと光る小石くらいの宝石だ。

「タカト、初めてか？　魔法は」

「えっと、防音の以外なら」

「そうか。なら、目をつむっておけ。それと団長に掴まれ。慣れてないと危ないからな」

「タカト、手を」

「は、はい」

それじゃあいくぜ、と言うと、オウカは指先で摘んだキラキラ輝く宝石に力を入れて砕いた。その瞬間、窓も開いていないのに風が吹いた。おれは慌てて目を閉じる。何かを初めて経験する時って、緊張する。無意識に力を込めてしまった手を、ダレスティアが優しく握りしめてくれた。

「リーネス！」

オウカが一言呟いた瞬間、一瞬だけ身体が浮遊する感覚を得た。しかし次の瞬間、両足は地面に着いていた。重力が戻ってくると同時に、足元がふらついてこけそうになった。それを力強い手が支える。目を開けると、ダレスティアがこちらを見ていた。どうやら、オウカの助言は正しかったようだ。手、繋いでて良かったぁ。

「大丈夫か？」

「はい。大丈夫です……もうふらついてる感じはしないです」

「そうか。やはり、アイツは魔法の腕がいい」

「そうなんですか？　初めてなので、違いが分からないんですが……」

「オウカの魔法は精度が高い。転移魔法は、術者によっては転移先が数メートルずれることもある」

おれは辺りを見渡した。少し先に、両脇を兵士に守られた扉が見える。恐らくあそこが謁見の間だろう。オウカはおれ達を謁見の間から少し離れたところに飛ばす、と言っていた。おれ達が転移した場所は、その扉から少し離れたところだ。オウカの能力が高いというのは、おれでも分かった。

「確かに、言っていた場所ピッタリですね」

「ああ。……そろそろ陛下がいらっしゃる頃だ。行くぞ」

「は、はい！」

おれは、緊張のあまり少し声を上ずらせながらも返事をする。そしてダレスティアにピッタリとついて広々とした廊下を謁見の間を目指して進んだ。……ビビッてないからな！

◇◇◇◇

サファリファスの工房では、オウカが魔法を使った後に漂う粒子を見つめながら佇んでいた。その視線は、彼の足元に移動する。

「おい、坊ちゃん。起きてるんだろ？」

呆れた声で、足元に寝転がる身体を靴の爪先でつつく。途端、もぞもぞと動いた塊は、髪に埋もれた目でオウカを睨み上げた。

「……蹴るな」

「なら床で寝るな」

「…………ちっ」

舌打ちを一つして、サファリファスは気だるげに立ち上がった。そしてうっとうしげに前髪をかきあげた。

「坊ちゃんも呼ばれてるんだろ？」

「……行きたくないんだけど」

「陛下直々の呼び出しだ。さっさと身支度を整えろよ」

「はぁ……こっちは徹夜明けだってのに」

オウカの言葉に今度はため息をこぼすと、指先を鳴らしてめんどくさそうに呟いた。

「ルーファ」

途端に、ぼさぼさに乱れていた髪は綺麗に整い、くたびれていた服は綺麗で皺一つないものに変わった。

そこに立っていたのは、美青年といっても過言ではない顔立ちの青年だった。気だるげながらも鋭い目つきの顔はハッキリと見える。蜂蜜のような金色の目と炎のような髪色で、この美青年がサファリファスだと分かる。金色のその目は、不機嫌な色を隠さない。面倒極まりないといった表情だ。

「お前、それだけ早くできるならいつもやれよ」

「面倒だ。お前も魔石なんて使わなくても転移魔法程度、簡単にできるだろう」

「相手は神子様だぜ？　魔石を使った方が魔法は安定するし、万が一事故っても俺は安全に配慮しましたってことの証拠になる」

「打算か。……それにしても、さっきのあいつ」

「タカトか？」

「そうだ。呪具以外にもあいつ自身に魔法の痕跡があった。しかも相当古くて強力なもの。ダレスティアやあいつの補佐役ではとても扱えないものだ。……もしかしたら、ボクやお前でも」

「そんな魔法が、どうしてタカトに？」

「さぁ？　けど、昨日の召喚の儀は間違いなく成功している。召喚の間に黒髪黒目の少女が現れた。伝承通り、彼女が竜の神子で間違いない。だとすれば、白髪黒目のあいつは、いったいどうしてこの世界に召喚されたんだ？　なんの役割で？　ただの巻き添えにしては疑問点が多い。発見場所がユダの森なのも引っかかる……」

「それはおいおい確かめていけばいいさ。とりあえず、坊ちゃんも謁見の間に行け。お前なら少しくらい遅れても大丈夫だろう」

心底嫌そうに顔をしかめるサファリファス。その顔が、ふと思い出したという表情に変わった。

「……そういえば、面白いことが分かった」

「なんだ？」

「あいつから、『魅了』の特性を感じた。それもこの前騎士団で話題になっていた、竜の群れのリーダーが持っていた特性に似ている。あの雌の竜だ」

タカトが着ていた服を袋に仕舞っていたオウカは、動きを止めた。その目は大きく見開かれている。

「おいおい。竜が持つ特性を人間が持ってるなんておかしいだろ。それも異世界の人間が」

「だが事実だ。まぁ、祝福程度の弱いものだがな。それにしても、一部の竜しか持ちえない魅了の特性を持ってるなんて面白いだろう？　なにせ俗称『雌堕ち』の特性だ。どれだけ強くてもこの特性を持った竜は、番う際に妻役になる。あの竜も、魅了の特性さえなければ立派な雄竜になれたというのにな。酷いセンスの俗称がついたものだが、納得ではあるな」

「……坊ちゃん、その話はまだ黙っとけよ。面倒なことになる予感しかしねぇ」

「分かっている。だが、こんな面白いことをボクだけで抱えておくのは惜しいと思ってな」

「……ほんとにお前、今日はよくしゃべるな。いつもは寝てるのかってくらい話さないのに」

「言っただろう？　徹夜明けだと」

オウカは心配になった。謁見でサファリがやらかしやしないか、と。なにせ、オウカの上司と、この天才魔術師は相性が悪い。いつものサファリファスは無口だからいいが、今日の彼は徹夜明けで精神が昂っている。嫌な予感がする。

「勘弁しろよ……」

オウカは幾何学模様が美しい天井を仰いだ。

「おおっ！　ガレイダス殿!!」

「すまない、遅れたな」

「いえ、陛下のご到着が少々遅れていらっしゃいます。問題はないでしょう」

「そうか」

謁見(えっけん)の間で警備をしていた兵士が近付いたおれ達に気付き、興奮したように声をかけてきた。

……ダレスティアに。

ダレスティアの背中に隠れるように歩くおれには気付かなかったようだ。あ、気付いた。

「ガレイダス殿、その者は……」

「今回の議題だ」

その紹介の仕方はどうかと思う。ほらぁ、兵士さんも困ってるよ。おれは顔が隠れるような薄いベールを頭にかけられている。まだ、おれの存在は機密事項なのだとかで、王様に言われるまで外しちゃダメだってダレスティアに言われた。おれから見たらスケスケだけど、向こうからは何も見えないんだってさ。だから、この兵士さんにはおれが神子(みこ)だと分からない。

「議題、といいますと？」

「そのうち分かる」

「はぁ……」

と、謁見の間の中から扉がノックされた。それが合図だったのか、困惑の表情を浮かべていた兵士さん達は姿勢を正し、凛とした表情で扉の取っ手に手をかけた。

「お時間のようです。よろしいですか」

「ああ……タカト、周りのことは気にせずに私に付いてくるように」

「え」

え、もう？　もうなの？　心の準備をする時間は無いの⁉

思わず固まってしまったおれを待たず、扉は開いてしまった。

ざわざわとした小声の騒めきが、煌びやかな広間に満ちていた。

――周りの視線が痛い。ついでに広間の金ピカ装飾に反射した光で、ベールをしていても目が痛い。

謁見の間には、向かって右側に上位貴族らしき人々、左側に騎士の服装をした人々が何重にも列をなし並んでいた。誰も彼もが、おれを見て隣りの人と何事か囁き合っている。それをおれは、ベール越しに見ている。視線の圧で一瞬止まった足を、背中に回されたダレスティアの手が押し出した。歩くことを強制されているようだけれど、むしろ支えられている。あそこで立ち止まっているより、早く前に進んだ方が注目のされ方もマシだろう。

ダレスティアに連れられて、広間の奥にある段差の上、そこに鎮座する玉座の前で立ち止まった。

突き刺さる視線が背中側と横側だけになった分、だいぶマシだった。

と、背中に添えられていた手が外される。隣のダレスティアを見上げると、ちらりとおれを見ていた。少しだけ細められた目は、目尻が下がっていて優しげな印象を受けた。表情は無表情のまま変わらないけれど、その目だけはおれを安心させるように微笑んでいるようで——

「国王陛下のご登壇である！」

広間に響き渡った声に、うるさいほど騒めいていた人々が一斉に口を閉じた。そして、おれに向けられていた視線は、一斉に謁見の間に入室してきた王様に向けられた。

王様は、少しくすみを帯びた金色の髪と立派なひげを持つ、国王としての威厳を感じさせる人だった。輝かしいほどの金髪だったアイルとは違い、年齢を感じさせる金色の髪は風格がある。玉座の前に立った王様は、正面を向いておれと対面する形になった。周囲の人々が一斉に頭を垂れて礼をする。隣のダレスティアも礼をしているんだろう。王様の深い湖の底のような深みのある碧眼とおれの目がベール越しに交差する。……ダレスティア、せめて礼の仕方くらい教えておいてくれよ！

おれは慌ててお辞儀をした。元の世界での最高礼だ。この世界のは知らないから、これで許してくれー！

王様がゆっくりと玉座に腰かけた気配がして、声が聞こえた。

「皆、楽にせよ」

すると衣擦れの音があちこちでする。頭を上げても良いということだろう。隣りからも姿勢を正した気配がして、おれも頭を上げた。王様の目は、まだおれを見ていた。当たり前か。これから先の主役はおれなんだから。なんだかメインディッシュにされそうだけど。

「騎士団、竜の牙の団長、ダレスティア・ヴィ・ガレイダスよ。そこの者が、お前が報告した『白』を持つ者か？」

「はっ」

王様に問われたダレスティアは、跪(ひざまず)いて答えた。

「この者が、以前ご報告いたしました白い髪の青年でございます。奴隷狩りから救出し、そのまま我が騎士団が保護しております」

「うむ」

「先の報告では、彼が意識を失ってしまったことでお伝えできませんでしたが、彼の目の色は黒です」

「なに……？　白い髪というだけでなく、黒目だというのか？」

「はっ」

ダレスティアの言葉に、周囲がまた騒(ざわ)めく。が、王様が片手を挙げると静かになった。

「確認はすぐできる。……そこの者、ベールを取るがいい」

おれは緊張で震える手で頭からベールを取った。視界がクリアになると同時に、また視線で串刺しになる。周りの目がおれの白くなった髪を見ている。無言の重圧で顔が上げられない。

「……面(おもて)をあげよ」

静かに命じられる。大声で威圧的に怒鳴られるのも嫌だったが、これもなかなか圧がすごい。今すぐ逃げ出したいけど、逃げられるはずもない。おれは意を決して、王様を正面から真っ直ぐに見た。

謁見の間にいる全ての人が、おれと王様を見ている。そんな中、王様は玉座から身を乗り出した。妙な緊張感が漂う。まるで、この石ころは本当に宝石なのか、と鑑定されている気分だ。

…………

………………

無言の時間が、一分ほど続いた。おれ、そろそろ緊張で胃に穴が開きそう。

周りが固唾を呑んで見守る中、王様は口を開いた。

「確かに髪は白く、目は黒い。この世界ではありえない色だ。異世界から召喚されたとみて間違いないだろう」

ため息をつきながら、王様は椅子から乗り出していた身を引いた。代わりに、周囲が騒めき始める。不安になってダレスティアの横顔をちらと見る。視線に気付いたダレスティアが、僅かに顔を上げておれを見た。

助けてくれー……ダレスティアさんー……

困ってます、という切実な想いを視線に乗せてみたけど、ダレスティアはそのまま視線を前に向けてしまった。見捨てられた感が強いんだけど。でも今は確かに何もできないよね、ごめん。

「ガレイダスの報告通りだ。黒髪ではないが、白髪というのも異世界からこの世界に来た、何よりの証拠。そしてその原因も、竜の神子の召喚の儀によるものとしか考えられん」

「なっ……!? そんなことはありえませぬ！ 我らが行った儀式では、確かに神子様が召喚されたではありませんか！ 一度に二人も召喚されるなど、前代未聞ですぞ！」

「だが、この者が現れた日時は召喚の儀を行った時と一致している」

「陛下は我らが儀式を失敗したとお思いなのですか！」

「そうではない。先ほどそなたも言っていた通り、召喚の間に神子が現れたのを儂もこの目で見ている。神殿の失態ではない。だが、同時にこの者が召喚されたのも事実だ」

　奇妙なことだが。

　そう言って、王様は背もたれにもたれかかるようにして、目を閉じてしまった。王様に必死の表情で訴えていた白いローブのような服を着た人達は大声で周りと話し合い始め、貴族達もざわつき始めたため、謁見の間はまた混沌とした場になってしまった。それはおれの脳内も同じことで——

「えっと、あの……」

「ん？」

　おれの精一杯の声は、目の前の王様には届いたらしい。隣のダレスティアも、おれを見たのが視界の端に見えた。他の人達はまったく気付かなかったみたいだけど。周囲の騒めきには目を向けず、王様はおれを見た。

「あの……おれ、自分が神子だって聞いてたんですけど、もういるってことですか？ ちゃんと召喚された、伝承通りの神子が」

王様は、おれの言葉に目を見開いた。口を開こうとして、周囲の騒がしさに眉を寄せた。そして片手を挙げて、近くにいた大臣のような人に合図をした。それを受けて、その人は慌てて手を打ち鳴らした。

「静粛に！　静粛に!!」

よく通る声が、広間をあっという間に静めていった。再び静かになった頃に、王様はようやく口を開いた。

「もう一度申してみよ」

また、広間全体から視線が突き刺さる。こんな注目されてる状態で話したくないんですけど！　泣きそう！

「えっと……伝承通りの竜の神子（みこ）が既に召喚されているんですか？　おれ、何も聞いてなくて……何かの手違いで森の中に飛ばされただけだと思ってたんです、けど」

「……ガレイダス」

「はっ」

「てっきりそなたが説明しているものと思っていたのだが？」

「彼はこの世界に来てすぐに奴隷狩りに捕まり、心身共に疲弊しておりました。無用に混乱させるのは得策ではないとの判断でございます」

「はぁ……」

王様はため息をついた。おれもため息をつきたいくらいなんだけど。ダレスティアやオウカ、アイル、サファリファスに会って、なんとなく『竜の神子』メインストーリーの時間軸に近いとは思ってたけど……まさか主人公と同じタイミングで召喚されたとは思わなかったよ！

「ガレイダス。その者のことを考えて、というのは評価できるが、このような重要事項を黙っていたというのはどうかと思うのだが？」

「…………」

「まったく。この頑固者め。自分が納得できないと頑なに黙りおる」

憎まれ口を叩きながらも、王様の態度や表情はまるで息子に小言を言うかのようだ。不敬とも思えるダレスティアの態度を叱責することもなく、困った奴だと言わんばかり。この二人、思ったより気安い関係なのかもしれない。

「そなた、何も聞かされていないのだな？」

「え、あ、はい……神子として、陛下に謁見するとしか。一応、神子については聞きました。黒髪黒目の女性が異世界より竜の神子として召喚され、竜王と一心同体となりこの国を守る存在となる……ですよね」

「そうだ。昨日、その召喚の儀を行った。そして、黒髪黒目の少女が異世界より召喚された」

「つまり……すでに正式な竜の神子がいらっしゃるんですね？」

「ああ。『竜王の宝玉』を持ってな」

竜王の宝玉は、神子がこの世界に召喚された際に、竜王がその人物が神子であると認めたことを示すアイテムだ。神子はその宝玉を持った状態で現れる。そして、竜王と竜の神子が一心同体となる儀式――竜王の儀が終わると、宝玉は神子の分身として祀られるのだ。宝玉が無事である限り、神子はある程度自由な生活が保障される。

「……おれは、宝玉を持っていません。それに男だ。黒目だけど髪は白くなった。異世界から来たというだけで神子としての資格はあると言われましたけど、神子の資格に当てはまるとは、自分でも思えません」

そんな重要なアイテムを召喚された子が持っていたなら、その子が竜の神子だろう。まぁ、十中八九、ゲームの主人公だし。つまり、おれがイレギュラーなんだ。ゲームの登場人物はほとんどそのままで、召喚の儀は行われて主人公が召喚された。なんか乙女ゲームにあるまじきこともあったけど、それはおれというイレギュラーが入り込んだことによるバグだろう。

「竜の神子ではないおれは、何故この世界に来てしまったのでしょうか……」

「……それは分からぬ。これまで、そなたのような容姿の神子が現れた記録もなければ、神子召喚と同時にもう一人異世界から召喚された例もない」

「…………」

「だが、神子と同時にこの世界に来たのであれば、やはり召喚の儀が原因とみて間違いない。神官達の不手際でないことは、儂が証人だ。しかし、調査する必要はあるだろう」

王様の言葉に、神官だろう白いローブの人達は安堵したように息をついた。上司から冤罪疑惑をかけられていたような気持ちだっただろう。その気持ちはよく分かる。なんか申し訳ないな。

「あの、一つお伺いしたいのですが」

「なんだ」

おれが本当に竜の神子だったら、覚悟を決めようと思っていた。竜の神子は、元の世界には戻れない。それはゲームで言及されている。でも、イレギュラーな召喚だったおれは？

「おれは、元の世界に戻ることができるのでしょうか……」

「…………」

「おれには、妹がいます。両親は既に亡くなったので、たった一人の大事なおれの家族です。あいつを一人元の世界に残すなんてことは、できません」

「……そうか」

両親が亡くなってから、支え合って生きてきた、大切な妹だ。自立しているとはいえ、おれはあいつを元の世界に一人残すわけにはいかない。

竜の神子は元の世界に存在していたという事実自体がゆっくりと消去されていくらしい。文字通り、存在を抹消されるのだ。だから、突然いなくなったとしても記憶も何もかも消えるから、あいつが悲しむことはない。

だけど、おれは神子の召喚の巻き添えをくらっただけだ。なんでおれなのか分からないけど……

「竜の神子が元の世界に戻れないことは知っています。元の世界での存在が消えることも。でも、おれは神子じゃない。もしかしたらおれの存在は消えないかもしれない。そしたらいなくなったおれを捜して妹はずっと悲しむことになる。あっちの世界でおれの存在がどうなるのか分からないなら、おれは元の世界に戻りたい……」

おれが口を閉じると、シンとした静寂に包まれた。おれは王様を見つめた。周囲も、固唾を呑んで王様を見ている。神子の召喚は、国王が全責任を負うことになっている。それが初代の神子との約束だからだ。後世の神子が苦労しないようにという、願いだ。つまり竜の神子について、この中では王様が一番知っている。

「……儂は、召喚の責任者として真実のみをそなたに告げる。これから告げるのは紛れもない事実であり……儂にどうすることもできないことだ」

嫌な予感しかない台詞だ。いや、予感どころか、これはもう——

「そなたを元の世界に戻すことはできない。異世界からこちらに呼ぶ方法しか伝えられておらぬのだ。竜の神子も同じこと。神子だからではなく、召喚した者を帰す方法がないのだ」

SIDE　ダレスティア

陛下のお言葉を受けて、タカトは俯いてしまった。突然異世界に召喚され、残してきてしまった唯一の肉親のもとにはもう戻れない。あまりにも無情な宣告だ。陛下の御前でなければ、即座にその震える肩を抱きしめることができるというのに……！

この国は、国と世界の平穏のために神子を召喚してきた。神子ではないが、同じ条件で召喚されたタカトの姿は、私達があえて目を背けてきた神子の悲しみを、私達に刻み付けるかのように、痛いほど感じさせた。

その悲しみは、初代の神子が王家に誓わせた約束の重さを実感させるものだった。大切な者との別離に悲しむ神子のことを、全責任をもって支えろという約束。その重みを知っているからこそ、誰もがタカトから目を背けるなか、陛下だけが真っ直ぐに彼を見つめているのだろう。陛下の目には、深い罪悪感の色があった。神官達でさえ向き合えない罪悪感を、ただ一人受け止めている。

「……本当に、方法はないのですか？」

「ない。何代か前の神子が、竜王の儀が終わった後に、元の世界に戻してほしいと懇願してきたことがあった。残してきた両親がいると。当時の国王は彼女を不憫に思い、戻す方法を探した。それこそ、国中の魔術師や魔法士を総動員してな」

その話は初めて知った。恐らく、王家と神殿にしか伝わっていないのだろう。もしくは内密にことを進めたか。国中の魔術師や魔法士を集めたのなら、それなりの話が民間にも伝わっているはずだ。

魔法士はギルドに縛られない自由人ばかりであるから秘密裏に召集できる。だが魔術師は特殊技能の職種であるため、魔術協会という独立した組織に介入しないと難しい。研究資金で釣ったことは容易に想像できる。

その神子の願いを叶えようと尽力した当時の国王も、異世界から問答無用で神子を召喚することについて、思うところはあったのだろう。

「だが、結果は『帰れない』ということだった。神子に伝えられたことは、元の世界での神子の記憶や存在は消えるため、残された者達が悲しむことはないということと、竜王の加護によって、残された者達は幸ある人生を送ることができるということだ。まぁ、研究によってではなく、事態を重くみた竜王の神託によって分かったことだがな」

「では、おれの妹もおれのことで悲しまずに、これから幸せに生きてくれるんですか？　おれは神子じゃないけど、それでも妹だけは幸せになってほしいんです……！」

タカトは、陛下に食ってかかった。陛下の傍に控える兵士が身構えるが、その前にタカトの肩を抱えた。周りからは私がタカトを押さえているように見えるだろうが、タカトの身体は力が入っておらず今にも倒れそうで、押さえるどころか彼を支える形になっている。思わず、肩を掴む手に力を込めた。

私の家は代々騎士団長を務めていて、古くから王家との繋がりが深い。第三王子のアイルとは幼馴染のような仲で、陛下は私が幼いころから息子のように接してくださっている。国王として、人として尊敬できる方だ。その陛下が、戻る方法がないと仰ったのであれば、本当にないのだろう。であれば、私も下手にタカトを慰めることなどできない。

タカトがこの世界で生きてもいいと思ってくれたのなら、彼と共にありたいと願っていた。だが、彼にも彼の生活があり、それを奪ったのは私を含むこの国の人間だ。憎まれても仕方ない。それでも、私はタカトのことを……

タカトは、青ざめながらも陛下から目を逸らさなかった。陛下もタカトから目を背けず、謁見の間にいる全員が二人を見守っていた。

――と、王族用の出入り口付近が騒がしくなった。賊なら広間の四隅にワープホールが発動するようになっているが、発動する気配はない。どうやら兵士達と口論しているようだ。釣られるように、貴族達が囁き始める。慣れたはずのその騒がしさが今はイラつく。竜の神子の件はこの国の重要案件。貴族達にも話を通さなければならないために彼らもこの場に呼ばれていたが、正直今回だけは召集しないように進言すべきだったと後悔した。

「だから～、俺達が入っちゃいけない理由はないでしょ？　ほら神子様行っちゃいな」

「ありがとう、アイル！」

「あ、ちょっと待ちなさい！」

聞き覚えがありすぎる声と、この場に似合わない少女の声がひと際大きく聞こえた瞬間、檀上に見覚えのない少女が飛び出した。息を呑む音が広間中から聞こえる。それも仕方ないことだろう。乱入してきた少女は黒髪黒目――竜の神子だった。その少女が放った言葉に、私は驚愕した。

「お兄ちゃん!!」

思わずタカトの顔を見る。彼は、驚いたように目を見開いて少女を見ていた。と、眉を寄せて首を傾げる。

「……誰？」

その瞬間、謁見の間の空気が凍ったのは言うまでもない。

「誰って……私よ私！」

「ワタシワタシ詐欺？」

「ちっがう!!」

目の前の神子様は髪の毛が逆立ちそうなほどご立腹だが、おれは彼女が誰か分からない。マジで見覚えがないんだけど……いや、ちょっとはあるかも？

「タカト、本当に妹ではないのか？」

「おれの妹、髪はショートだし茶髪に染めてるんだ。それにあんなに若くな――」

「はぁぁ!?　失礼なんだけど!?」

「ちょ、ちょっと、ま」

眉を吊り上げて、少女はおれの肩を掴んで揺さぶってきた。ダレスティアは神子相手だからか下手に止めることはできないみたいで、ちょっとだけ困った顔をしている。

「お兄ちゃんって、ほんとドジっていうか鈍感っていうかマヌケっていうか!!」

「ひ、ひどい……」

「なんで妹がちょっと若返ったくらいでわかんなくなるかな!?」

「え」

若返った……？　おれは少女に未だ揺さぶられ続けているせいで、考えたことがまとまらない。脳みそシャッフル状態なんだけど、そろそろ誰か止めて……

「神子様、お兄ちゃん白目むいてるよ？」

「え⁉」

ありがとう、救世主アイル。そろそろまた意識が吹っ飛びそうだったんだよね。

ようやく永遠ジェットコースターから解放されたおれは、ぐらぐらする視界をどうにか落ち着かせる。王様の前には少女とアイルの他に、第一王子と第二王子も揃っていた。うーん、王族大集合だ。兄弟三人とも、王様に似た金髪碧眼だ。しかし、やはりその色味や輝きに違いがある。

第一王子のカイウスが正統派王子様だ。キラキラと光輝く金髪は夜でも輝くらしい。優しさが滲み出ている瞳は、澄んだ湖のような美しい色で、力強い意志を含んだ視線でおれを見ている。

第二王子のリノウは兄や弟とは違い、鋭い目つきで冷たい印象を受ける。頭脳明晰な彼は、冷たく輝く深い青の瞳でおれを見定めようとしているようだ。項あたりで結んだ長い髪の先を、指先で神経質そうに触っている。彼の髪は淡い光を放つ金髪で冷たさを感じるのにどこか柔らかい。

カイウスはやっと落ち着いたおれの様子を無言で見ていたが、にっこり笑いながら少女に問いかけた。

「タカネ、若返ったとは一体どういうことだい？」

「タカネ？　名前は妹と一緒だ」

「だから本人だって！　私の名前は四ノ宮貴音！　お兄ちゃんの名前は四ノ宮鷹人！　お兄ちゃんの初恋はお姉ちゃんだと思ってた近所のお兄ちゃん‼」

「そぉい‼」

得意げに話す少女の口を思わず両手で塞いだ。信じられない。その話は今のところ伯父さんと妹しか知らない、おれの黒歴史だ。これはもう間違いない。神子様はおれの妹、貴音だ。

「なんでおれの黒歴史をそんなにあっさり晒せちゃうの⁉　鬼なの⁉　お前に人の心はないの⁉」

「だってお兄ちゃんが信じてくれないんだから、仕方ないじゃない！　それに、感動の再会をしらけさせたんだから、その仕返し」

ふんっと顔を逸らすその不貞腐れた表情は、貴音そのもの。おれはようやく貴音が目の前にいるという実感を得た。

「ううっ……貴音、会えて良かったぁ!!」

おれは思わず貴音を抱きしめた。さっきまで、もう二度と会えないと思っていたから、いろんな感情が込みあげてきた。それが涙に変わって溢れて止まらなかった。

「もー、男が人前で泣いちゃカッコ悪いって、いっつも言ってたのはどうしたのさ」

「ぐすっ……これが泣かずにいられるか！　お前を一人にすることになると思ってっ……父さんと母さんが死んじゃったときに、約束したのにって!!」

父さんと母さんの葬式のとき、おれは貴音と約束していた。これから家族二人だけになる。お互いが幸せな家庭を持つまで、一人にしないって。

おれにとって、死ぬほど大切な妹。貴音が今ちゃんと腕の中にいる。外見は変わってるけど、竜の神子だけど、守れるところにいる。その事実が、何より嬉しかった。

「……感動の再会のところ申し訳ないですが、兄上の質問に答えてあげてくれませんか？　拗ねると御機嫌取りが大変なので」

「……リノウ、私は拗ねてなんかいないよ」

「カイウス兄上は分かりやすいので、無駄な見栄はやめたほうがいいですよ？」

「アイルまで⁉　二人とも性格悪い！」

「今更ですね」

「今更～」

なんか、第一王子があんなに弟にナメられてていいのか？　仲がいいのは知ってるけど、ちょっと心配になるな。

しばらく抱きしめあっていたおれ達に放置をくらったカイウスは、リノウやアイルの指摘通りご機嫌斜めのようだ。ごめん、おれが妹だと分からなかったばっかりに……

そういえば、なんでおれは貴音だと分からなかったんだろ。貴音に謝ったら「お兄ちゃんは抜けてるから気にしてない」って言われたけど、流石に自分でもどうかと思うんだよね。貴音の今の見た目は高校生くらい。まだそんなに前ってわけじゃないし、忘れるなんてないはず……だよな？

「うーん……」

「タカト、どうかしたか？」

考え込むおれをダレスティアが覗き込んできた。相変わらず綺麗な目だな。顔もいいけど。

引き込まれるようなエメラルドの目をじーっと見つめるおれに、ダレスティアが首を傾げた。その姿に、おれは思わず胸の辺りを押さえて呻いてしまった。

「タカト？　気分が悪いのか？」

「だ、大丈夫だヨ……」

なんだ今の！　頭にクエスチョンマークが見えた！　クール系なのに、ちょっとしたときの動作が可愛い！

突然の尊さ爆発である。オタクの性だ。許せ。

と、隣で妹も王子達のやり取りを見て手を合わせている。手で隠れた口元は、「尊い……」と呟いているのが横からばっちり分かった。オタク歴でいえば妹の方が先輩だ。夢女子で腐女子らしい。おれが家を出るまでは、時々感情の板挟みになって苦しんでる様子を見たこともあったな。業が深いわ。

そういえば、おれが『竜の神子』にハマったのは貴音が原因なんだよな。主人公のデフォルトネームが私と一緒！　推しに名前呼んでもらえる！　って興奮して話してきて、そこから広告やCMなど、生活の至るところで目にとまるようになり、それで気になってやり始めたんだ。まさか兄妹二人そろって、ハマったゲームの世界に来ることになるなんてな。

「貴音」

「なに？」

「おれ、すぐに貴音だって気付かなくてごめんな？」

「もういいって。私も今思い出したけど、この歳の時ってお兄ちゃんが私の大学進学のために忙しくバイトとかしてた時だったし、あんまり覚えてないのも頷けるわ」

「そっか……あの時か」

「うん。それに、お兄ちゃんなら気付かなくても仕方ないなって」

「いや、それで納得しないでほしいんだけど」

「ふふっ。ねぇ、お兄ちゃん。あとで、ダレスティア様と何があったのか教えてね？」

「はぁっ⁉」

おれは、貴音が最後に顔を寄せてきて囁いた言葉に目を剥いた。コイツっ、なんでそんなこと知ってるんだ⁉

突然の爆弾発言に大混乱で顔色を変えまくっていたおれは、貴音がちらっと視線を向けた先がダレスティアで、更には彼が貴音に嫉妬の視線を向けていたことにはついぞ気付かないままだった。

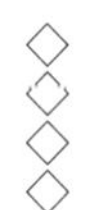

「それにしてもさ、貴音はよくおれだって分かったよな。おれも髪の色変わったのに」
「あぁ、それはね、アイルが教えてくれたの。お兄ちゃんかもしれない人が保護されて、王様と謁見してるって。だから分かったってだけ」
てへっと笑う貴音。あっちの世界でも、貴音にはなかなか会えなかったから、久々に見る笑顔に胸が温かくなった。パソコンを借りにいった時も、徹夜明けでやつれた状態だっただろうおれを心配する顔だった。何はともあれ、もう二度と会えないと思っていた貴音と再会できて良かったと思うことに変わりはない。

「それで？　タカネはまだ隠していることがあるんだろう？」

にこーっとおれの正面でキラキラのエフェクトがかかった笑顔を振りまく第一王子のカイウス。頭も良く、剣術にも優れていて、誰に対しても平等に清純な態度で接するため老若男女貴賤問わず国民に人気がある正統派王子。ちょっと天然なところも、親しみやすくていいと評判が高い。もちろんゲームの攻略キャラだ。

「今まで神子の肉親が一緒に召喚されるなんて事例はない。興味深い話がたくさん聞けそうですね」

眼鏡をくいっと指先で上げながら鋭い目つきでおれ達（主におれ）を見るのは第二王子のリノウ。知的な印象のままに大変頭脳明晰で、将来はカイウスの右腕として手腕を振るうのではないかと言われている。腹に一物抱えているんじゃないかと貴族達に恐れられる裏ボス的存在。クールでカッコいいながらも、照れやすくて可愛いと評判。こちらも攻略キャラ。

「タカトの髪はやっぱり綺麗だね。目も吸い込まれそうな黒色だ。神子様も美しい黒髪黒目だけれど、白の神子様の白髪も思わず触れたくなるくらい魅力的だよ」

蕩けるような微笑みを浮かべてアンニュイな雰囲気を演出している、第三王子のアイル。数々の女性と浮き名を流す外見天使の色男。お相手は貴族のお嬢様から平民街で評判の美女まで。軽薄そうで意外と計算高い、実は兄弟一腹黒い。魔術の素養があるらしい。攻略難易度が謎に高い攻略キャラ。

「…………」

おれの斜め前で仁王立ちしているのは、この国最強の騎士団である竜の牙の団長、ダレスティア。最高級のエメラルドが放つようなグリーンの瞳を細めておれ達の護衛役に徹してくれている。オレンジ色の照明によって、冷たさを感じる青みがかった銀髪が少し柔らかい印象になっている。騎士らしい騎士の彼は人気ナンバーワン攻略キャラ。ちなみにおれの推し。こんな上司が欲しかった……

「アイル、白の神子様ってお兄ちゃんのこと？　ウケるんだけど」

カラカラと笑う黒髪黒目の見た目は女子高生、四ノ宮貴音。驚きの若返りを見せたおれの妹で、おれの唯一の家族。夢女子で腐女子の業が深い奴。この乙女ゲーム『竜の神子』の世界に主人公である神子として召喚され、巻き添えでおれも召喚するという原作改変をやらかした。連れてくるなら森に放置しないでくれるかな？

「なんか中二みたいで嫌だなそれ……。おれは神子じゃないし」

そして、目の前の眩しすぎるイケメン達にチベットスナギツネみたいな顔になっているおれ、若くして突然白髪になってしまった元社畜の四ノ宮鷹人。

以上六名、ほぼ攻略対象が机を囲んでいる。貴音以外の視線はおれに集中しているため、大変居心地が悪い。妹に巻き添え召喚された上に、森に放置された可哀想な神子様の兄。今のところ、皆様のおれのイメージはそんなところだろう。他にも奴隷狩りに襲われたとか、エロい目に遭ったとか、死にかけたとかあるけど、それは割愛しよう。多分そのうちバレるけど。貴音に。

王様との謁見は、貴音が乱入し騒然となったことで終了した。おれが今後どのような扱いになるかは、神子である貴音と王様や王子達、騎士団が話し合って決めることになった。とりあえずということで、おれ達は王宮の中にある小さな部屋（それでも割と広い）に移動し、事の次第を知る貴音に話を聞くことになったのだ。王様は重要な政務があるとのことで、息子達とダレスティアに一任し、おれ達とは別れた。

「それで、何から話そうか」

「まずは、何で若返ったのかだな。おれは髪以外変わってないのに、お前だけ若返るか？」

「過去の神子達も、若返ったという記録はありません。まぁこれは、彼女達が申告しなかっただけという可能性もありますが」

ゲームの本来の主人公にも若返ったという設定はない。今の貴音は、ゲーム本編の主人公だ。その影響を受けるかもしれないが、そもそもない設定に引っ張られるはずはないだろう。

「元々、私はお兄ちゃんと三歳差。二十歳は超えてるんだけど、今は十八歳かな。なんで若返ったのかというと、その方が都合が良かったらしいから」

「都合がいい？」

「うん。本当は私より若い女の子を選ぶ予定だったんだってさ。その方が神子としての力が強いらしいからね。だけど私の魂の波長？　が竜王と相性ばっちりだったみたいでさ。じゃあ身体を若返らせればいいって思ったんだってさ」

竜王って、意外と直感で行動するタイプなの？　もっと思慮深いのかと思ってたんだけど。

「つまり、完全に竜王の都合。まぁ、身体が若返るのは全然いいんだけどさ、まさか十八歳当時の身体にまで戻るとは思わなかったよね……。この髪、邪魔だから切りたいんだけどさ、まだダメなんだって」

「……そういえば、召喚された日にハサミで髪を切ろうとしていたな……」

「だって嫌だったんだもん。なのに切っちゃだめって言われてさぁ」

「仕方ないじゃん。最後の儀式で神子（みこ）様の黒髪を竜王に捧げる決まりになってるんだからさ。それまで勝手に切っちゃダメなんだし」

アイルの言葉に、「はいはい」と不貞腐（ふてくさ）れたように返事をする貴音に、おれは苦笑した。ゲームの世界に召喚されて、流石（さすが）に貴音も冷静ではいられなかっただろうなと思ってたけど、おれの妹のメンタルは鋼らしい。むしろもうちょっと大人しくなってくれていた方が良かったかもしれない。

「しょうがないから、髪は我慢することにする。竜王にもあの後怒られたし」

「え、お前、竜王と話せるの!?」

「うん。髪でも身体の一部だから大切にしろとか、髪に一番魔力が溜まるんだから絶対に切るなとか。細かいお小言が多かったよ」

うんざりした感じで話しているけど、お兄ちゃんびっくりなんですが!?　ゲームでは竜王と最後の儀式以外で会話するシーンはなかったはずなんだけど！

「いや、お前なんでそんなに落ち着いていられたわけ!?」

「だって召喚前に一度話してるし……。ある意味誘拐だから、ちゃんと説明しろよって思って」

「締め上げたら色々と教えてくれたよ」なんて笑う貴音が怖い。我が妹ながら恐ろしいわ……いや、多分ゲームの裏設定とか諸々聞きたかっただけだろうけど。

「その時に神子のこととか、なんで私を選んだのかとか、なぜ若返ってるのかってのも聞いたわけ。だから召喚されても落ち着いていられたの。むしろ王様の方が驚いてたよね」

「なるほど。だから父上の様子がおかしかったのか。突然異世界に連れてこられたら、取り乱すのが普通の反応。それなのにあっさりと受け入れたから、詰られる覚悟だった父上は呆気にとられたのか……」

「私も事前に知らなかったら冷静じゃいられなかったと思うよ。お兄ちゃんを一人にしちゃったと思って暴れてたかも」

てへっと笑う妹に、お兄ちゃん感動してうるっときてる……ん、ちょっと待て？

「貴音、その言い方だとお前、おれがこの世界に来ていること知ってたことにならないか？」

「うん。知ってたよ。だって私が頼んだんだもん」

めちゃくちゃ、あっさりと言うじゃん……

「じゃ、じゃあ、おれの髪が白くなった理由も知ってるの？」

「うん。だけどね、それは私が頼んだことが原因だから竜王を怒らないであげてね」

「貴音と一緒にこの世界に連れてきてくれたことは感謝してるんだから、髪のことくらいじゃ怒らないよ。けど、なんでおれだけ遠い森の中に置き去りにされたのかは知りたい」

「あー、それも竜王のせいじゃないんだよね……。お兄ちゃんの髪が白くなったのと関係があるんだけど、まずはなんでお兄ちゃんもこの世界に呼べたかってことから話せばいい？」

「そうだな。これまで神子の肉親が共に召喚されたことはなかった。それなのにタカネの頼みを聞いて連れてきた。なぜなのか、興味がある」

「それはボクも気になるな」

リノウの言葉に続く形で同意してきた声。それはここにいないはずの人物のものだ。

全員がその声で振り向くと、光の粒子を足元に纏わせたサファリファスが立っていた。足枷を外してもらった時とは別人並みのビフォーアフターを見せた彼は、驚きの美青年だった。いや、むしろおれにとってはこっちがゲームで見慣れた姿なんだけどね。ゲームでも初登場はあのボサボサ姿だけど、ギャップがいいんだよなぁ。

「サファリファスさん⁉」

「工房からなかなか出てこない宮廷魔術師が何故ここに？」

「なに、なかなかに面白そうな話をしていたので足を運んだまでです」

「なるほど。魔法で盗み聞きしていましたね。下世話なことです」

「誉め言葉ですね。ありがとうございます」

リノウに丁寧に礼をするサファリファス。王族に対して、あまりに慇懃無礼。流石は宮廷魔術師といったところだろうか。

部屋の温度が少し下がった気がする。リノウとサファリファスは相性がすこぶる悪いようだ。冷たい視線が交錯しているせいで、やたらと緊張感が高まっている。

「二人とも止めないか」

カイウスが冷戦を繰り広げる二人を窘めた。弟二人におちょくられていたから気弱なのかと思っていたけど、ちゃんと上に立つ者として場を治める器量を持っている。なんとなく、実際のカイウスはダレスティアとロイを足したような人間性って感じがする。一気にカイウスへの好感度が上がった。もちろん妹を任せられる男という意味でだ。

「それで、サファリファス。無断で盗み聞きをした挙句に乗り込んでくる、などという愚行をした理由はなんだ。お前でなければ処罰は免れないことだぞ」

「既に言っているだろうが。面白そうな話をしていたからだ。先ほどの謁見の間での話よりも断然興味を惹かれる。竜王の話なんてほとんど資料がないからな」

ダレスティアの言葉にもどこ吹く風といったような態度。確かに、サファリファスは魔術師らしく研究者気質で、興味を持ったら猪突猛進。それだけの理由でこの場に乗り込んでくるのも納得できる。

「まぁいいんじゃない？　専門家ってわけじゃないけど、この中で誰よりも理解できそうだしね」

アイルの言葉にリノウは嫌そうに眉間に皺を寄せたが、カイウスが同意し貴音も了承したため、結局サファリファスも含めて話の続きを聞くことになった。

「じゃあ、まずは何でお兄ちゃんを一緒に連れて来ることになったのか、ってことから話させてもらうけど、お兄ちゃん、『竜王の加護』って分かる？」

「あぁ。元の世界での神子の存在を消して、残された身内には幸運を与えるっていうやつだろ？」

「そう。私が召喚されるってなったとき、竜王はお兄ちゃんにその加護を与えようとした。けどうまくいかなかった。でも加護は与えないといけないから、お兄ちゃんの将来を未来視して確認したらしいんだけど、結果がヤバかったらしい」

「うまくいかなかった？　まさか、逆に不運になったとか……？」

社畜から抜け出せなくて過労で死ぬ運命とか⁉　嫌なんだが⁉

そんなことを思い浮かべるおれに、貴音は緩く首を横に振った。

「不運ならまだマシだったかも。私の存在が消えたら、いくら加護を与えてもお兄ちゃんは現在まで生きてなかったんだって。竜王も想定外だったらしくて、教えてくれたんだけどさ、私も焦ったよ」

死……？　あまりの結果に場の空気が凍った。いや、だって竜王の加護なんだから幸運にならなきゃおかしいだろ。そう思うけど、おれは納得しかなかった。

「あー……なんか納得」

「どうして？」

カイウスが聞いてくるけど、そんなの決まってるじゃないか。

「おれの人生から貴音が消えるってことは、おれの生きる意味がなくなるってこと。貴音がいない世界でおれが独りで生きるはずがないし、竜王の未来視は当たってるよ」

「……仲がいいんだね」

心なしか、カイウスが羨ましげにおれ達を見ている。君達兄弟も仲がいいと思うけどなぁ。まぁ、やっぱりおれ達兄妹が一番だと思うけどね！

「唯一の家族なんで。それに、おれは自他ともに認めるシスコンなんですよ。そのおかげで死なずに済んだし、一人取り残されることもなくなったと思えば、何の問題もありませんね」

「お兄ちゃん……そろそろ妹離れした方がいいよ」

「妹よ、お兄ちゃん、もっと感動してほしかったなぁ」

「じゅーぶん感動しました！　まったく、恥ずかしいじゃん」

耳を真っ赤にして俯く貴音。その頭をゆっくりと撫でた。いつもなら怒るけど、今日は大人しく受け入れている。そんな妹を誰もが温かい目で見ている。リノウもダレスティアもだ。……あ、一人だけ例外がいたわ。

「それで、兄貴を連れてきた方法は？」

唯我独尊を地でいくサファリファスに、彼以外の全員がため息を吐いた。

「……？」

本気で何も分かっていない彼は、不機嫌そうに首を傾げる。

「はぁ……お前は本当に研究者だね」

「宮廷魔術師なんて面倒くさい肩書きを手に入れるメリットは、思う存分研究できることくらいでしょう」

カイウスにそんな物言いをしても苦笑されるだけなんてな。これも彼だからだろう。

「まぁ、結論から言うと、実はお兄ちゃんをこの世界に召喚したのは、竜王であって竜王じゃないの」

「は？」

　待て待て。意味が分からない。神子の召喚は竜王にしかできないはずだ。つまり、おれを召喚したのも竜王になる。そうじゃなければおかしい。

「異世界から人間を召喚できるのは竜王だけのはずだよ。だから私達は竜王を祀って神子を召喚してきた」

「それでも、お兄ちゃんを召喚したのは竜王じゃない。竜王だって万能じゃないの。異世界から一人の人間を神子として召喚するには、かなりの魔力を使うから、私一人で手一杯」

「それなら、一体誰が」

「そういうことか」

「え」

　急に横から顎を掴まれて顔の向きを変えられる。脳が理解する前に、視界が誰かの顔で覆われた。金にも見える蜂蜜色の目が、その色の甘さを感じさせないほど鋭い視線でおれを見ている。この目の色と眼光の鋭さは――

「サファリファスさん!?」

「何をしているっ！　手を放せ！」

　貴音の驚きの声と、ダレスティアの怒気のこもった声が聞こえる。サファリファスは動じることはなく、おれの目を至近距離で見つめている。

「足枷を外した時に、お前から強力で古い魔法の痕跡を感じた。あの時は竜王による召喚の影響かと思っていが、違和感があったんだ」

そう言うと、サファリファスは顔を離した。おれは追いかけるように遠ざかっていく瞳を見上げる。

「ボクは神子召喚の儀式にも立ち会っている。その際に竜王の気配を感じたから、お前に残された魔法の痕跡から、なんとなく竜王の魔法ではないと思った。半信半疑だったが、隣に比較対象がいる。確信に変わったよ」

「どういうことだ。簡潔に言え」

ダレスティアが苛立ったように問いかける。全員がサファリファスの言葉を待っている。

「では簡潔に。タカト、お前の魂、竜の魂と同化しているぞ」

「……流石、稀代の天才魔術師」

「気分がいいので、今のは聞かなかったことにしてあげますよ、神子様」

「タカネ、本当なのか!?」

「おそらく、竜王と同等の力を持つ竜……まさか、神竜か？　それならユダの森にいた説明もつく。あそこはかつて神竜を祀る神殿があった場所だからな」

「サファリファス、神竜とはなんです。聞いたことがありませんよ」

おれも聞いたことないよ！　なに『神竜』って!?　ゲームにも一切出てきてないじゃん！　え、マジでどなたさま!?

「神竜については古い文献に僅かに記録が残っているだけです。王族の皆様が知らないのも無理はありません。神竜は、かの竜王の番とされる竜です。一説によれば、かつてこの国は竜王と神竜、二匹の竜に守られていたそうです。そしてあの大天災が起きた際に、神竜は力を使い果たして死んでしまった。竜王は辛うじて生き残り大陸を守ることができましたが、肉体を保つことはできなかった」

興奮しているのか、サファリファスは饒舌に語る。その内容はおれのまったく知らない話だ。

「竜王は、大陸に守護の力を授けるために、その魂を宝玉に変えた。それが竜王の宝玉です」

「宝玉は神子の代わりとして、国の要となるためにあるのではないのですか」

リノウがサファリファスの言葉に食いつくように問いかける。

「むしろその逆で、神子のほうが宝玉を存続させるために存在している、これが一部の研究者や魔術師の中で唱えられている説です。……これまで眉唾物として扱われていたが、一気に最有力になったな」

「最有力どころか、大正解ですよ。それ」

サファリファスの推理力の高さに貴音はドン引きしている。流石天才……

「じゃあ、おれの魂と同化してるのは……」

「神竜の魂だよ。神竜は死んでしまったけど、それは肉体の話。魂は消滅してしまう寸前に竜王が宝玉に変えていたの。その宝玉は竜王が大事に持ってたんだよ。だから神竜の存在はこの世界の歴史の中で薄れていってしまった」

胸に手を当てる。感じるのはおれ一人の鼓動。でも魂は二つあるらしい。信じがたい話だけど……

「神竜は魂に負ったダメージが大きかったらしくて、宝玉の中でずっと眠ったような状態らしいの。でも長い年月をかけて神竜の傷は癒されていて、あと少しというところで反応がなくなってしまった。どうしたものかと考えていたとき、私が神子に選ばれた。そしてお兄ちゃんは私の存在がないと死んでしまうという異常事態。悩んだ竜王は、ふと思い付いた」

貴音が語りながら、片手をひらりと返す。その手のひらに一瞬にして黒真珠のように美しい珠が現れた。

「私の魂の波長と竜王の相性がいいなら、その兄の魂の波長は神竜と相性がいいのではないか。そう思い立った竜王は、試しにお兄ちゃんの魂に神竜の宝玉を近づけてみたの。そしたら、なんとまぁこれが相性ピッタリで。離す間もなくお兄ちゃんの魂と神竜の魂が融合しちゃったんだって。普通だったら融合なんてありえない。こうやって分離してるはずなんだよ」

貴音は手のひらに乗せた宝玉をおれの胸に近付けた。少しだけ鼓動が脈打った気がした。

「よっぽど相性が良かったのか気に入ったのか……簡単に分離できないほどくっついちゃってるんだって」

「……マジで？」

「大マジ。だからお兄ちゃんも連れてこれることになったんだし。逆に、連れてくるしかなくなったとも言えるね」

そりゃ魂が結合してるんだしそうなるよな。でもそれならおれは人間と言えるのか？

「おれは人間なの？　その神竜なの？」

「お兄ちゃんは人間だよ。だけど身体は神竜の宝玉として機能してるけどね」

「つまり神竜と魂を繋げて身体を神竜の宝玉にすることで、この世界に連れてくることができたってことか」

「そういうことです」

貴音は持っていた宝玉を手の中に沈めた。出し入れ自由なのか、かっこいいな。

なんか、自分の話なのに現実味がないというか、実感が持てないというか……

「いや、なんとも面白い話だな。研究対象として申し分ない」

「面白いどころじゃないね、これは……」

「父上に報告しなければなりませんね、兄上」

「サファリファス、今の全部父上に話して説明してね。兄上達や俺よりもわかってるでしょ」

「お断りしま――」

「これ、宮廷魔術師の義務だから。俺からの命令ってことでもいいけど」

「……ちっ」

それぞれため息をついた王子様達は、想像以上の話に頭を痛めているようだ。一名だけ道連れを増やそうとしているが。

「神子（みこ）様」

そんな中、ダレスティアが静かに貴音に話しかけた。彼が妹と直接会話をするのはこれが初めてか。なんかちょっと緊張するな。

「なんですか？」

「タカトは、この世界に来てからよく意識を失うのですが、それは大丈夫なのですか」

真剣な目でおれの情けない行動を説明してしまうダレスティアを誰か止めてくれ……！

「たぶん、後遺症というか魂が混ざった副作用というか……そんな感じだと思います。今のお兄ちゃんは神竜とまさに一心同体の存在です。何かあれば竜王が反応するはずなので、その時は連絡させていただきますね」

「かしこまりました」

「兄をよろしくお願いします、ダレスティアさん」

「もちろんです」

なんか、おれの身元引受人が勝手に決められてるんですけど。

別に、ダレスティアと離れるのは寂しかったからいいけど。ロイとクーロもいるし、むしろそっちの方がいいんだけども……！　でも、せめて！　おれの意思も確認してほしいんですけどぉ？

ちょっと膨れていると、急に貴音が振り返った。

「お世話になるの、ダレスティアさんのところでいいよね？　お兄ちゃん」

「あ、はい」

眩しいほどの笑顔で聞かれたおれは、二つ返事で了承したのだった。

あれは絶対何か企んでる。こわ。

「なぁ、まだ聞きたいことあるんだけど」

「けど、もう夕食の時間じゃない？」

貴音がアイルを見やり、アイルは一つ首を縦に振った。

「なら最後に一問一答形式で何個か質問していい？　詳しく知りたい部分は後日ってことで」

「まぁそれくらいなら大丈夫だと思うよ」

アイルからＯＫをもらったため、頭の中で簡単に質問をまとめる。

なんで一問一答なのかっていうと、後から整理しやすいしこれならゲームの設定に関する突っ込んだことは質問できないから。それにすぐに答えられなかったら後日で、ってことにすれば貴音にまた会う口実にもできる。兄妹なのは謁見で周知の事実になったけど、貴音は『神子様』だから、会うためには理由がいるんじゃないかと思うんだ。

「じゃあ一つ目」

「どんとこい」

なんだその返しは。

拍子抜けしそうな返事に心の中で突っ込んだ。もう最初は緩いのからいこうかな……

「一緒に召喚されたはずなのに、なんでおれは森の中にいたの？」

「本当は一緒に召喚の間に転移するはずだったんだけど、神竜が勝手にそっちに行っちゃったの。ユダの森は神竜にとって心地いい場所らしいんだよね」

神竜は猫か。自由すぎるだろ。

「いやー焦りすぎて、思わず神官長に、遺失物届はどこに申請すればいいですか、って聞いちゃったよ」

「おれは落とし物かよ」

そこは失踪届じゃないのか。そんなボケはいらん。次だ。

「二つ目。結局のところおれの髪が白くなったのは？」

「神竜が白竜だからってのと、魂が融合した時に神竜の魔力の多くが髪に宿ったからだね」

呪いとかでも髪はよく使われるから、そういうのと同じなのか？　貴音の髪も魔力が溜まるからとかで切るの禁止だもんな。なんかちょっと怖い……

「三つ目。竜王の番（つがい）である神竜の魂がおれと融合したことで、お前に何か影響はあるのか？」

「それはないよ。私は宝玉を通してしか竜王とは繋がってないし、そもそも宝玉に魔力を与えるだけの存在だから。儀式が終わればもっと繋がりはなくなるの。だから竜王はお兄ちゃんにあまり関わることはないし、神竜の魂に問題がなければ、だいたいは何をしても自由。むしろあんまり気にしない方が良いと思うよ」

儀式というのはたしか、竜王と一心同体になる儀式のことだったはずだけど、ゲームとは少し違ってるのかもしれない。おれとしては、妹とどうにかなってしまうってことがないようでホッとしたけど。もうこれだけ分かれば安眠できるわ。

「なにお兄ちゃん、私とどうにかなっちゃうんじゃないのかって心配した？」

「そ、そんなことないに決まってるだろ」

「お兄ちゃん、ほんと嘘が下手だよねー。でもそんなことにはならないから安心してよ」

「はいはい」

「それにー、私の心配より自分の心配した方がいいよー」

「は？」

なんだそのニヨニヨした笑みは。嫌な予感が……

「神竜ってね、雌なの」

おれはフリーズした。いや、だってそれってつまり……

「お、その顔はもう竜の生態について知ってますねー？」

笑みを深める貴音に反して、おれの顔色は悪いだろう。血の気が引く音を聞いた。ロイに聞いた竜の生態が頭を過る。

「竜は両性で、番関係を結ぶことで雄と雌、夫役と妻役に分かれる。神竜が雌ってことは、竜王は雄。つまりお兄ちゃんは受け！」

「受けとか言うなー！」

おれは頭を抱えた。いや、でも神竜が雌竜だからって、おれがう、受けってことはないはずだ！そもそもおれは女の子が好きなんだってば!!

しかし貴音は容赦がなかった。

「しかも神竜は竜の中で稀にいる魅了の特性持ち！　これは雌堕ちの特性って言われていてね、本来は番以外と番えないんだけど、魅了持ちの雌は番がいても他の竜と番えるの！　だから逆ハーレムを築くこともできるんだよ。雌堕ちよりも総受けになる特性って個人的には思ったんだけどね」

おれは燃え尽きた。髪だけじゃなく、全身真っ白にな……。誰かリングにタオル投げてくれない……？

「そうそう！　神竜って性に奔放だったみたいだよ。竜王は基本我関せずだったみたいだけど。お兄ちゃん気を付けてね。宝玉に魔力を得るために神竜がそういう手段を取るかもしれないから影響あるかもだし。私、総受けは好きだけどモブ攻めは地雷だから」

他に真剣な目で語るところ、あったと思うんだが。なんで最後だけマジな顔で言い聞かせるわけ？

顔を上げて目が合ったダレスティアに、さりげなく目を逸らされたのもショックだったんだけどね！　推しにそんな話聞かれたくなかった……。それ今度じゃダメだったの!?

「なるほどな。魅了の特性は神竜のものだったのか」

一人納得しているサファリファス。お前知ってたのか嘘だろ。

「ふーん、魅了の特性ね……俺、立候補しようかなー」

「何を言っているんだお前は」

「アイル、いい加減お前はそのだらしない下半身をどうにかしなさい」

「冗談冗談！　……いやダレスティア、その剣にかけた手は何？」

「ダメですよダレスティア。気持ちはわからなくもありませんが、節操のないコレも一応王族の一員です」

「………」

ダレスティアは渋々、無言で剣の柄から手を離した。

「まぁ、火遊びが過ぎたらあなたに任せますよ」

「ありがとうございます」

「えげつない!! それでも同じ男!?」

「こら！ 女性の前で下品な会話をするんじゃない！」

カイウスが恥ずかしそうに頬を染めて怒っている。

大丈夫。貴音が一番下品なこと言ってたから。今も目の前で「お兄ちゃんとのカップリングかー……みんな滾るぅ」とか言ってるから。

「もう！ これから夕食なんでしょ!?」

あまりの恥ずかしさに自棄になって叫んだ。おれの叫びでなんとかみんな落ち着いてくれた。残念ながら一番止まってほしい貴音の妄想は止まらなかったけど。

ダレスティアがおれの肩に手を置く。あの話の後だからちょっとドキリとしたのは内緒だ。

「私達は騎士団の宿舎に戻ろう。私もそこで生活しているし、ロイもいる。すでにロイがお前の部屋を用意しているはずだ」

「部屋って、クーロのじゃなかったんですか？」

「あの子はお前の世話係になる予定だ。あの子の部屋を用意できるまで、しばらくタカトの部屋に置いてやってくれると助かるのだが」

「それはもちろん構わないですけど」

なんか、おれが竜の牙に預けられるってことが決まってたみたいな手際の良さだな。おれは嬉しいけどさ。

「……ロイ？」

「貴音？」

「今、ロイって言った？」

貴音が急にロイの名前に食いついてきた。あ、そうだ。ロイのこと聞くの忘れてた。

ロイは団長補佐なのに、ゲームでは名前すら出てこなかった。貴音はおれよりも『竜の神子（みこ）』に詳しかったから、ロイのことも知ってるんじゃないかと思ってたんだった。

「ロイは私の補佐です。彼が何か？」

「ダレスティアさんの補佐ってことは、竜の牙の団長補佐……」

——マジか。

口だけでそう呟いた貴音は、しかしダレスティアに何でもないと笑った。けれど部屋を出る時に、今度また話そうねと言い、おれにだけ聞こえるように付け足した。

「……この世界について。二人だけで」

「危ないぞ」

「え？　うわっ！？」

　ぼーっとしながら歩いていたら、段差で足を踏み外しそうになった。ダレスティアが支えてくれなければ、足首をひねっていたかもしれない。少しだけ、ひやっとした。

「あ、ありがとうございます……」

「今日は色々なことがあって疲れただろう。夕食は部屋に運ばせよう」

皆とは、明日顔合わせをすればいい。

そう言ってくれるダレスティアの優しさに、胸がほわほわした。こういうところが頼れるかっこいい男なんだよなぁ。

「ん？　おおっ、ガレイダス殿ではないか」

薄暗い廊下の先から、ダレスティアに話しかける声が聞こえてきた。瞬間、渋い顔をしたダレスティアが立ち止まり、おれも立ち止まらざるを得なかった。

「此度(こたび)の任務も無事に終えられて何よりです。御父上もさぞお喜びでしょう」

廊下の先からやってきたのは、ひげを見事にくるんとカールさせた男性だった。ふんぞり返りそうなほど胸を張って、横柄にゆっくりと歩いてきて、とても偉そうだ。事実、偉い人なのだろうけど、あからさまに偉そうにされるとイラッとくる。

「……ゼナード伯爵も、息災なようで何よりです」

一歩前に出たダレスティアの表情は伺えないが、その声音は冷たい。それだけで、この人のことを好ましく思っていないことが分かった。

「このような時間まで王宮におられるとは、なにかございましたか」

「いやなに。少々話し込んでしまっただけです。それはガレイダス殿も同じですかな？」

ゼナード伯爵と呼ばれた口ひげカールおじさんは、その視線をおれに向けてきた。まるで獲物を見つけた蛇のようで、背筋がぞくりとした。

「そちらの方が神子様の兄上、確か、タカト様……でしたな？」

「え……あ、はい」

「ふむ……美しい白髪に、宝石のような黒い瞳。顔も可愛らしい。男だというのに、手に入れて愛でたくなるほど魅力的な方ですな」

「……伯爵」

「おっと、これは失礼。タカト様。私はゼナード家当主の——」

「タカトは社交界に顔を出すことはないため、名乗る必要はございません」

「……それはツレないですなぁ。これほど愛らしい方に覚えていただこうと、必死なだけですのに」

「彼は神子様同様、この国の宝です。無粋な真似はなさいませぬよう。彼は非常に疲れておりますので、失礼いたします」

ダレスティアは感情のこもらない声でそう告げると、おれの手を引いて伯爵の横をすり抜けた。おれは早歩きで進むダレスティアに必死で付いていきながら、ちらっと振り返ってみた。遠くからでもあの蛇の視線が突き刺さってきて、おれは振り返ったのを後悔した。

「……あの伯爵は、あまりいい噂を聞かない。これから関わることはないと思うが、一応注意しておいてほしい」

「あ、はい。でも貴音と違って、おれにはあまり価値はないと思うんですが」

「……はぁ」

おれは神子の兄ってだけだし、と思って言ってみたけれど、ため息で返されてしまった。

「先ほど言われたばかりだろう。神竜と同化したことで魅了の特性があると。そうでなくても、タカトは攫いたくなるほど愛らしい。それを自覚してほしい」

「…………」

なるほど、モブレ回避ね……。あの伯爵とのアレソレを想像してしまい、気分が悪くなって後半部分を聞いてなかったけど、とりあえず知らない男には気を付けようと心に決めた。

◇◇◇◇

『ねぇねぇ』

『ねぇねぇ』

『ねぇってば!!』

「うるさーい……」

誰だ。おれの安眠を妨げるのは。

『身体は寝たままなんだからいいじゃん！』

『意識まで寝ないでよー！』

いや、そんな無茶なことできるか。

『できるかできないかじゃなくて、やるの！』

「うーん……」

夢なのか、夢じゃないのか。分からない。おれは今喋ってる？　それとも考えてる？

『もうっ！　君のせいだからね！　仕方ないんだからね!!』

「なにが……？」

何かふわふわした白いものが、ぷんぷん怒っている……気がする。


「うーん？　ケセランパサラン？」

水面に上がるように目が覚めた。なんか、ケセランパサランと話す夢を見たような？

身体を起こすと、ふわふわな綿が詰まった掛け布団が滑り落ちた。一人用にしては少し広い部屋。

昨日、竜の牙に預けられることになったおれは、その宿舎に部屋を用意してもらった。案内された時は、騎士団の幹部でもないのにこんないい部屋を借りられない、と言ったが、一応客人だからと聞き入れてもらえなかった。それくらいいい部屋なのだ。結局、昨日は緊張やら何やらで疲れていたから、掃除を手伝ったらしいクーロと一緒に早々に寝た。

「あれ、クーロ？」

しかし隣で寝たはずのクーロがいない。シーツに触れると、もう体温は残っていなかった。あの村の宿屋で手伝いをしていたのなら、もうとっくに活動時間なんだろう。今が何時かは分からないけど。

それにしても、なんだか身体が熱い……ような気がする。頭が痛いとか咳が出るとかじゃないから、風邪ではないと思う。気が緩んで疲れが一気に来たのかな。身体の中心からじんわりと熱が広がっていく。

――嫌な予感がする。

なんかこれ、あの時と同じ感じだ。ダレスティアが足枷の魔術を発動させてしまったときと同じ。

それはつまり……

「はぁっ……っぁ」

理解してしまったことで、急速に熱が身体を襲う。息が荒くなり、鼓動が速く脈打つ。頭の中が霞がかったようになって、思考が定まらない。ふと、夢の中のことを思い出した。

『いい？　ボクは魔力不足なの！　魔力が足りないの!!』

そういえば、ケセランパサランが力が足りないと騒いでいた。もしそれが神竜の魂なら、この発情状態は神竜の仕業ってことになる。つまり、肉体接触で魔力を吸収しろってこと――

「いや、無理があるってぇっ……！」

素人には難関すぎるミッションだよこれは！　と、とにかく誰か……いや、こんな姿クーロには見られたくない。ロイかダレスティア……ダレスティアは昨日の話を幸か不幸か聞いていたし、ちょっと説明したら分かってくれそうだ。でも、どうやってここに呼べばいいんだ。携帯電話なんてないぞ。

と、不意にノックの音が響いた。

「おーい。起きてるかー？」

そ、その声は！

「……オウカ？」

「おう。もうすぐ朝食だぜ。昨日は部屋で飯食べたみたいだし、食堂の場所案内しようと思ってよ」

そうだ、オウカにダレスティアを呼んできてもらおう。早急に。

「あのさ、オウカ……っ⁉」

「ん？　どうした？」

急に声が出なくなった。喉に手を当てて声を出そうとするが、何も音が出ない。おれはパニックになりかけた。必死に声を出そうとして呼吸が乱れる。どのタイミングで息を吸えばいいのかも分からなくなり、過呼吸のようになる。息ができない。苦しい。

『いい雄じゃん。保有魔力がとんでもなく多い。これならたくさん楽しめそうだね』

頭の中で誰かが嬉しげにしゃべっている。けれど今は構っていられない。扉の向こうでは、オウカが不審げにこちらへ声をかけている。彼は耳がいいらしい。おれのこのおかしな呼吸音が聞こえているのかもしれない。

『まったく、声を出せなくしたくらいで情けないんだから……代わって』

ライトを消すように、おれの記憶はそこで途絶えた。


次に目を開けると、そこには厳しい顔をしたロイとダレスティアがいた。あれ、おれは一体どうしたんだ？

「タカト……？」

「う、ん？　ロイ？　ダレスティアさんもどうしたの？　あれ、オウカは？」

さっきまでオウカと話してた気がしたんだけど……あれ、おれ寝ぼけてるのか？

んー、記憶がぼんやりしてるぞ。ついでに熱っぽいな。風邪でもひいたのかな。だとしたら二人にうつしたらマズい。

「タカト、ですね」

「そのようだな。それにしても何故急に……」

なんだか二人とも深刻な感じだけど、そもそもなんで二人がおれの部屋にいるんだ？

「なぁ二人とも、なんでおれの部屋に？　あ、もしかして寝坊したとか⁉」

「いやそうじゃない。タカト、先ほどのことは覚えているか」

「さっき？　確か、起きたらクーロがいなくて、なんか熱っぽいな風邪かなーって思ってたらオウカが来て……？　あー、オウカと話してた気もするし、他の誰かと話してたような気も……」

「覚えていないのですか？」

「んー、あ、うるさいケセランパサランと話したかも」

「ケセ……？　なんだそれは」

「白くてふわふわしてるやつです」

「白い……。団長」

「ああ。間違いない。本人は忘れているようだが、あれはやはりタカトではなく神竜だろう」

「そうですね。タカト、体調の方はどうですか？　熱っぽいと言っていましたが」

「ん、頭の中がはっきりしないっていうか、なんか覚えがある感じ……あ」

「どうしました？」

「えっ、と……」

　とても言いづらいことに気付いてしまった……おれ、発情してる。だからたまたま部屋に来たオウカにダレスティアを呼んでもらおうとしたんだった。

　先ほどのことを思い出して、身体が熱くなっていく。

「えーっとぉ……熱っぽいんだけど、多分風邪じゃない」

「何故断言できるんだ」

「そ、それはですね……」

　ダレスティアに詰め寄られて、思わず目を逸らしてしまった。恥ずかしさ八割、気まずさ二割。心の中では冷や汗をかきまくっている。

　しかしその間も下腹部が疼き、もぞもぞと足を擦り合わせてしまう。溜まる熱はだんだんと高まっていく。

「タカト、あなたもしかして」

ささやかな抵抗としてひっそりとずり上げていた布団をロイに奪われる。ほんと観察力良いよねぇ!?

「発情……か？」

「そう、みたい。何でだろうね、あはは……」

居たたまれなさすぎて思わず笑ってしまったが、おれの顔は高まる性欲と羞恥心で真っ赤だろう。穴があったら入りた……今はこの言葉を考えないでおこう。

「やはり神竜の特性の影響か」

「神竜って、まさか、本当に？」

「もう足枷もありませんし、先ほどのタカトの様子からしても、そうとしか考えられません」

「ま、待って！　なんでロイが神竜のこと知ってるの!?」

もしかしてどころかほぼ確定だろう情報提供者のダレスティアを見る。内容が内容だからか少しだけ決まり悪そうな顔で、ロイなら信頼できるからなどとこぼした。いや、おれの恥ずかしい秘密を広めないでよぉ……

「団長、色々と話を擦り合わせないといけないことはありますが、とりあえずはタカトのこれをどうにかしてあげないと」

「んあぅ!?」

唐突にぎゅっと握られて、おれの口から聞いたことのない甘ったるい悲鳴が飛び出た。反射的に口を手で押さえるが、出てしまった声は戻らない。

「あの時ほどではないにしろ、このままでは苦しいでしょう。どれくらいで神竜が満足するか分かりませんが、私と団長の二人なら大丈夫でしょう」

「それはタカトの負担が大きくはないか」

「この状態ですと、むしろ私達の方が危険かもしれないですよ。魔力を持っていかれすぎないように気を付けないといけませんし」

「ちょ、んぅ、ちょっと！　いったい何の話をっ……ロイっ、手止めてよぉ！」

人の息子を撫でながらほったらかして、二人にしか分からない会話をしないでほしい。恥ずかしさと切ない感じと快感でおかしくなりそう。

「一回出しちゃいましょうか」

「え？　あっ、んぁ、まっ……っぅあ！」

止める隙もないまま露出させられたおれの下半身を、ロイが遠慮なく弄り回す。途端に激しい快楽の波が押し寄せてきて、ロイを制止しようと伸ばしたおれの手は、添えるだけになっている。

「タカト、これはお前のためだが……私達のためでもある」

そっとおれの両手をダレスティアが捕らえる。真っ直ぐおれを見つめる少し濃くなったエメラルド色の目には、確かに情欲の色が含まれている。何がどうなっているのかは分からないが、これはマズいのでは……？　無意識にダレスティアの手を振りほどこうとするが、柔らかく握られているはずなのにがっしりと捕まってしまっていて、無駄な抵抗に終わった。

「抵抗は体力を消耗するだけだ。受け入れた方が楽になる」

「どういうこと……」

色んな情報で回路がショートしそうな脳内。あまりにも深刻そうな顔でダレスティアが話すものだから、言葉の意味を深く考えられず不安になってしまう。そんなおれの気持ちが伝わったのか、宥めるようにダレスティアはおれの額にキスをした。そして、そのままおれの唇にも。

「んぅ……」

「ふっ……タカト」

少しだけ離れた唇の隙間で、熱い吐息が混じり合う。甘く囁かれた名前に、脳内が痺れた。

「んっ、あっ、ダレスティアさんっ……ああっ、ロイ、そこぉ！」

「ふふ……ここ、ですよね？　団長ばかりに構うのは嫉妬してしまいますよ」

「ロイ、あまりいじめてやるな」

「わかっていますよ。ですが、私も男ですから。とはいえ、タカトはとても反応が良くて、ついいじめてしまうんですけれど」

「……それは分からなくもない」

「そうでしょう？」

「ま、た、んんっ、二人で話してるっ！　あぅ」

「あぁ、すみません。お詫びに、もう少し強く触ってあげますね」

「そんなのはいらなっあああ!!」

急に激しくなった愛撫に、脊髄を強すぎる快感が駆け上った。視界が真っ白に染まり、息が詰まる。

「たくさん出ましたね。気持ち良かったですか？」

ロイはおれが吐き出したもので濡れた手を見せつけるように、悪戯な光を灯した目で上目遣いに見る。破壊力が強すぎて、いっそ死にたくなってきた。

「ひっ……!! や、そこっ、なん!?」

不意に臀部を撫でられ、身体がビクつく。跳ね上がった足のふくらはぎを掴まれ、更に上へと持ち上げられた。さらに、少しぬるついているロイの指がおれの後孔に触れる。前回は触れられることがなかったそこへの刺激に、おれの顔は真っ赤だろう。

「痛かったら言ってくださいね」

「んんぅ……！」

その前に入れないって選択肢はないんですかね！　そもそもそこ入れるところじゃないんだけど！

なんて叫びも心の中でだけ。実際に口から出るのは恥ずかしすぎる喘ぎ声。もちろんそんなところを自分で弄ったことはないが、これも発情の影響なのか、中で動くロイの指はおれに快感しか与えない。

「んんんっ、あぁぁっ……あぅっ！」

「ここも、よさそうだな」

「発情の効果か、元々の素質なのか……どちらでしょうね？」

するっと胸元に潜り込んできたダレスティアの手が、尖りきった乳首を指先で撫でさすり、爪でくりくりとその先端を弄ってくる。段々赤く染まっていく様子を直視したくなくて、おれは目をぎゅっとつむった。しかしその分、より敏感に与えられる刺激を感じ取ってしまうことを、おれは忘れていた。

「なんでっ……そんなところ、初めてなのに、んんッ、ああっ!!」

「ここですね、タカトのいいところ……もうどこを触られても感じてしまうでしょうけど、やはりここはより深く感じるようですね」

「タカト、目を開けろ」

ダレスティアの指がおれの頬に触れる。両頬を片手で挟むようにして、伏せていた顔を上に向かされる。首を振って拒否することができなくなって、おれは目をつむる力を強くすることで意思を伝えた。口はもう使い物にならないから。

「んんっ……」

喘ぎ声しか漏らさなくなってしまった口を塞がれる。触れ合うだけのものとは違う深いキスだ。無防備に開いていた唇の隙間から熱い舌が入り込んできた。蹂躙するかのような荒々しい動きに翻弄されて、段々と息が上がっていく。鼻で息をしようにも、ファーストキスもつい先日だったおれには難易度が高すぎる。しかも乳首やらなんやらを弄られながらなんて。

「あッ、ん、ふっ……ッんんぁ!!」

「っふ……」

息苦しさと高まり続ける快感に耐えきれなくなってきたころに、ようやく解放された。飲み込みきれなかった唾液が口の端から零れ落ちていく。とろとろにされた口内同様、おれの顔も相当酷いだろう。それでも二人は、可愛いなどと言っては身体中に優しくキスを落とし、甘い痛みと痕を残す。その時の二人の目といったら、まるで獲物を目の前にした肉食獣のような獰猛な目をしていて、それにおれは恐怖にも似た痺れを覚える。

でも、同時に期待してもいる。本当なら逃げないといけない状況だというのに……

もしかして、これも神竜のせいなんだろうか。それはちょっと嫌だな。自分のその気持ちを疑問に思う。どうして、嫌なんだろう。

「考え事ですか？　余裕ですね……」

「あッ、ちがっあ、ぅ……ん、ぁンンッ、ヒぃッ、ああっ!?」

激しく体内で動かされる指が、熱く蕩けた肉壁を更に柔らかく蕩けさせていく。散々暴れまわって、ようやく指が引き抜かれた時にはおれはもう汗だくで、もう二人を止めなきゃなんて理性は一粒も残っていなかった。

「これなら大丈夫でしょう。……団長、初めては譲りますよ」

「……お前は譲らないと思っていたのだが」

「私は初めてのキスをいただいていますので。団長と共にタカトを愛するなら、二つも初めてをいただくのは贅沢すぎます」

「そうか。なら遠慮なく貰うとしよう。お前の気が変わらないうちにな」

「ふふっ、あのダレスティア団長に嫉妬される日が来るとは思いませんでした」

「……タカトに関しては自制が利かない。こんな感情は初めてだ」

「私も、ですよ。これほどまでに愛したいと思った人は、今までいませんでした。罪深い人ですね、タカトは」

「あぁ、そうだなっ」

「あああぁっ!!」

ぼんやりとした頭で、ダレスティアとロイの会話を聞いていた。なんとなくおれのことを言ってる気がしたけど、何かを考える余裕はなかった。生々しく熱いものが後孔に触れた。そのまま入り込んでくる指とは明らかに違う圧倒的な質量。それに押し出されるように、片隅に残っていた理性の欠片(かけら)が消えてなくなった。

「ツ、あ、くっ……ぅあ、アアッ……!」

「っく………」

火傷するかと思うほどの灼熱が、敏感な肉壁を押し広げて奥に進んでいく。余計に辛くなるのに、身体は勝手にそれを締め付けてしまう。しかしそんな抵抗など気にもせず、入り込んでくる熱は、もう無理だと思ったところでようやく止まった。

「んんっ……」

「入った、な。大丈夫か、タカト」

心配してくれるのはありがたいんだけど、その手の動きが卑猥なんですが。お腹をなでなでするの止めていただいてもよろしいでしょうか⁉

流石に挿入されて少しだけ正気に戻った。けど、状況が理解できない。なんで、ダレスティアとおれがセッしてるの？　え？　推しとセッ……そういった行為をするなんて解釈違いなんですけど……というか、あの、随分と、ご立派なモノをお持ちで……よく入ったな。

「あ、あの……ひ、ぁああッ‼」

「悪いが、詳しい話は後でだ」

「そうですね。ちょっと発情状態から戻りかけているようですが、今はまだこちらに集中してくださいね」

「あっ……ああ……ッは、アアぁッ！　んあぁッ……そこっ、へんだ、からぁ‼」

いつものダレスティアからは想像もできないような激しく荒々しい動きで、おれの中を穿つ。初めてでそんな動きをされたら、確実に痛くて気持ちいいはずがないのに、どうしようもないほどの快楽が押し寄せてくる。それは未知の感覚で、じりじりと焦らし抜かれた痒いところを存分に掻きむしることができた時のような快感だった。肉壁の中の前立腺を見つけられ、その先端で抉るように突かれると、淫らな嬌声が閉じることを忘れた口から断続的に零れ落ちる。

「あっ、あっ、あぅッ、ぅんくッ！」

「はっ……熱いな。溶けそうだ」

腰を大きな手で掴んで、ずり上がりそうになる身体を留められる。おれの動かせない下半身とは反対に、ダレスティアの腰は勢いが衰えることなく、おれの臀部に絶え間なく打ちつけられている。その額からシャープなラインを描く頬を伝って落ちてきた汗が、おれの剥き出しの腹に落ちる。その顔を見上げたおれに、見せつけているのか無意識か。ちろっと出した舌先で唇を舐めた。まるで獰猛な獣だ。

おれは今まさに捕食されそうになっている獲物なのに、ゾクゾクとした恐怖に似た快楽が身体に走る。キュウッと体内に埋まるソレを締め付けてしまい、上から息を詰める喉の音が聞こえた。おれはさらにその熱と快楽を感じることになり、目の前が白く弾けた。

「アッ、あ、もう、っは、ダメっ……んあっああ、はっ、あ、っぅあああ!!」

「つぅ……!」

白濁を吐き出すおれに一拍遅れて、腹の奥が熱く濡れた。それに謎の充足感を覚える。まるで、渇ききった喉に冷たい水を流し込んだかのようだ。何かが身体に吸い込まれていく感じ。

「はぁ、はぁ、っはあ…………」

「タカト、大丈夫ですか?」

「だ、だいじょばないぃぃ……」

思わずぐずついたおれの頭を撫でるロイ。しかし、撫でおろされた頬に手を添えたと思ったら、口に柔らかな感触と目の前に急接近すぎて焦点が合っていないロイの顔があった。

「んんっ!?」

紳士的な彼らしくない、無遠慮に口内を侵略するその舌に翻弄されて混乱していると、体内からダレスティアのモノが引き抜かれた。その感覚に思わず喘いでしまう。その声もロイの口に吸い込まれていったが、それに気付いてか解放してくれた。

ロイは縋るようにシーツを握りしめていたおれの手を取ると、おれの身体を軽々と抱えて自分を下にして、おれを腰の辺りに乗せるような体勢にした。臀部の合間に硬い昂りを感じる。しかしもう足に力が入らないおれは、腰を掴まれてしまえばロイの上から降りることはできない。その状態のまま、胸の尖りをちろちろと舌の先で弾くように舐められる。

ダレスティアに責め立てられていた間もロイが弄っていたそこは、ぷっくりと膨らんでいて、自分の乳首なのに卑猥だ。口からまろび出そうになる嬌声を、口を手で押さえることで阻止する。今更ではあるが、素直に喘がされるのはまだ羞恥心がある。だが、ロイはそれが不満だったようだ。

不意に腰を持ち上げ、大きく昂ったソレを器用におれの後孔に呑み込ませた。ダレスティアのモノで散々蕩けていたそこは、重力に従って抵抗なく受け入れ、途中で止まった。

「う、く、あっんんッ……あ、あああッ!! ひ、ぁあ……」

安堵したのも束の間、最後の一押しとばかりに腰を引き落とされ、勢い良く収められたその先端はおれの最奥を突き上げた。思わず引き攣った声が漏れてしまう。

「……ロイ、気を付けろ」

「わかっていますよ。ですが、思っていたよりも厳しいかもしれません。その時は、止めてくださ い」

「そうならないようにしろ」

「はは……手厳しいですねっ」

激しく下から突き上げられ身体が揺さぶられる。腰を押さえられていなければ吹っ飛びそうな勢いだ。傍から見れば乱暴に見えるほどだが、むやみやたらと突くことはなく、時折奥をこねまわすようなテクニックを使ってくる。一度愛されたばかりのそこは、快楽に貪欲だった。奥を弄られる度にそこがキュンと切なくなる。もっと奥に欲しいと言わんばかりだが、これ以上奥に入れられると、おれの意識も持っていかれるだろう。

それに、今のロイには前に宿屋でした時のような余裕がないように思える。二度達して一度ダレスティアの精を受け入れたためか、茹るような熱は引いている。そのせいなのか、少し冷静な部分がある。ロイの責めは、それはもう気持ちいい。そう、単純に気持ちがいいのだ。あの死ぬかと思うような快楽の波が襲ってこないのは嬉しいが、ここまで急激に違うとちょっと戸惑ってしまう。

多分、ロイにもっと余裕があったら、もうおれは理性が完全に吹っ飛んでいるんじゃないだろうか。ロイの余裕を奪っているのは何なのだろうか。少し、胸がもやっとした。

「あっ！　あぅ、んぅ……ああっ！」

「はっ、はぁっ、んぅッ……！」

おれの陰茎が力なく白濁液を吐き出すのと、おれの最奥に押し込まれたソレが熱い精を噴き出すのは同時だった。中で痙攣しながら注がれる精を感じながら、おれはくたりと力が抜けた身体をロイの上に倒し、目をつむった。

「んあっ……」

その拍子にまだ中にあるモノが当たる位置が変わって、小さな喘ぎが漏れてしまった。

「……ん？」

「はぁ、はぁ、はっ……」

「あ、の、ロイ……？」

なんか、また硬くなってませんか？　え、ええ？

もうおれの体力は空に近い。過ぎた快楽はおれの体力を確実に消耗させ、起きたばかりだというのにもう寝てしまいたいくらいだ。瞼も持ち上がらない。

「すみませんっ……どうやらあてられたみたいです」

「まだ足りません」と言って、身体を起こしたロイはそのままおれを押し倒した。急展開においていかれるおれをよそに、がっつくように激しい抽送が始まる。前立腺を巻き込んでのその動きに、制止できない快楽が再び押し寄せてくる。その中で、おれの頭を撫でる感覚があり、つむっていた目を開けると、ダレスティアがゆっくりと撫でていた。そういえば、さっきロイが暴走したら止めるって言ってたような……

おれは思わずダレスティアに助けの手を伸ばした。そろそろマジで限界なんです。初心者にはキツすぎるって。ロイを止めてください、お願いします神様仏様ダレスティア様！

色んな思いを乗せた視線を送ってみたが、おれの手を掴んだ彼は、その指を自身の口に持っていくと指先をカリッッ噛んだ。痛みのない甘噛みだったが、その時の彼の目を見て、おれは絶望と同時に悟った。ここに味方はいない……と。

「ぞれで、なんで二人はおれの部屋にいだんでずが」

「とりあえず水を飲むといい」

「……あい」

何ラウンドしただろうか。とうとう気絶したおれが目を覚ましたのは、昼を少し過ぎた時間だった。朝からハードすぎるんだが。腰はバキバキに痛いし、下半身は重怠い。ついでに酷使されたアソコも熱を持っているみたいにジンジンする。最悪の二文字が頭の上にドンと乗っているような気分だ。

声がカスカスになっているおれの喉に、ダレスティアから渡された冷たい水を勢い良く流し込んだ。ロイは、ダレスティアがおれを洗っている間に、汚れたシーツの片付けなどをしに行ったらしい。

「はぁ……」

渇ききった身体に、冷えた水が染み渡っていく感じは気持ちいい。

「おーい。今大丈夫か？」

ノックと同時に、扉の向こうから声がした。この声はオウカ？

「入れ」

「え」

おれの部屋なのになんであなたが許可するんですかー……。今のおれ、ベッドの上にうつ伏せ状態の『腰を大事に』体勢なんですけど!?

「食事、持ってきてやったぞ」

オウカは片手にお皿がのったトレイを持ち、器用に扉を開けて入ってくる。すると彼と扉の隙間をすり抜けるように、クーロが走ってきた。

「タカト、大丈夫？」

ベッドの縁に手をついて、心配そうに話す姿に癒される。ぐぅかわ。

安心させるように頭を撫でてやると、尻尾がパタパタ揺れた。んんっ……天使！

「これまた朝から長々と、随分お盛んだったようで」

余計な一言を吐いたオウカは眉間に皺を寄せている。部屋の換気は十分したし、匂い消し？ みたいな魔法を使ったらしいから大丈夫だとは思ってたけど、彼の鋭い嗅覚の前では隠し通せなかったようだ。だからって子どもの前で不適切な発言はやめなさい。

「食欲あるか？」と聞いてきたオウカが、ベッド脇の机の上にトレイを置いた。お粥のようなものが深皿に盛られていて、食欲をそそる良い匂いが漂ってくる。ぐぅ……と素直な腹が鳴ったため、ありがたくいただくことにした。それにしても、こんな時間に食事をするはめになるとは……。しかし、なんでお粥なんだろ。

「タカト、美味しい？」

「ん？　美味しいよ。甘くて優しい味がする」

手元のお皿を見る。オウカが持ってきてくれたのはミルク粥だった。薄切りのベーコンととろとろになった玉ねぎが入っており、ちょうどいい甘さのシンプルな味で、胃腸に優しい感じだ。ミルク粥なんて、今まで食べたことがなかったけど意外と美味しいものなんだな。

「よかったな、子犬」

「うん！」

オウカがクーロの頭をくしゃくしゃと撫でた。クーロはとても嬉しそうに笑顔で、尻尾をぶんぶん振っている。なんか、急に仲良くなってるな。

「それ、コイツが作ったんだ。お前の体調が悪いって聞いてな」

「え、クーが作ったの!?」

「うん！」

「なかなか手際が良かったぜ」

「宿でよく朝食用に作るの手伝ってたんだよ！」

クーロや他の団員に本当のことを話すわけにはいかないから、体調不良ということにしたんだろう。心配かけちゃったな……

また一掬い、口に運ぶ。クーロの優しい気持ちが心に沁み入って、一層美味しく感じた。

「クー、ありがとう。本当に美味しいよ」

「へへ……」

褒められすぎて照れてしまったクーロは、キッチンの後片付けをしてくると言って部屋を出て行ってしまった。オウカが呆れたように、さっきあらかた片付けただろうが、と呟いた。付いていかなくていいのかと聞くと、この時間はまだ料理長がいるからと言って、部屋の隅からベッド脇に椅子を引き寄せるとそのまま腰を下ろした。

「タカトは食べながらでいいから、ちょっと質問に答えてもらえるか？」

「え、うん」

なんだろう。なんか問題でもあったのかな。

不安になるが、ダレスティアが何も言わないということは、ここはオウカに任せるつもりなんだろう。

「朝、俺が起こしに来たことは覚えてるか？」

「オウカが？　うーん……何かを話してたような気はするけど、はっきり覚えてないかな」

「そうか……なら、どこから覚えてる？」

「目が覚めたら、何故かベッドの上に座ってて……目の前にダレスティアさんとロイがいてびっくりしたとこ、かな。あ、そういえばロイは？」

かなり時間経ってるけど、まだロイは戻ってこない。もしかして自分でシーツ洗ってるのかな。いや、やってたとしても魔法もあるし、そんなに時間かからないだろ。急な仕事が入った可能性の方が高い。謹慎中らしいオウカは別として、ダレスティアとロイは多忙の身だろう。そんな二人を長らく拘束してしまって大変申し訳ない……いや、何でおれが謝るんだ。

「あー、アイツな……」

なんだか歯切れが悪いな。オウカがチラッとダレスティアを見た。

「予想通りか……」

「とりあえず、坊ちゃんを呼んでおいたぜ。坊ちゃんが言うには、魔力が急激に減ったことによるものだとよ……」

「分かった。――タカト、ロイは今自室で休んでいる。魔力不足だ」

え、でもさっきまで……

おれが口を開くのを、ダレスティアの視線が止めた。彼の目は落ち着いていて、そうなることが分かっていたようだった。動揺しているおれを落ち着かせるように、ダレスティアはおれの肩に手を置いた。

「ロイがそうなったのは、神竜が原因だ」

「え、神竜って」

おれと一体化しているという竜王の番。そいつとロイに何の関係があるんだ？

「そもそも、事の始まりは神子からの手紙だった」

貴音から送られたという手紙に書かれていた内容を聞いて、おれは重いため息をついて地にめり込みたくなった。ロイにいますぐ土下座したい気持ちでいっぱいだ。

妹よ。そういうことは昨日おれにこっそり直接言いなさい……！

その手紙には、簡単に言えばこう書かれていた。

おれをこの世界に転移させた際に、神竜は魔力をだいぶ使ってしまった。そのため一時的な魔力不足になっている。神竜は魔力を求めておれの意識を乗っ取り、魔力を多く持っている人を誘うかもしれない。

——誘うって、つまりそういうことなんだろ？　お兄ちゃんは学習したよ……

つまり、魔力不足になった神竜のせいで、おれは発情状態になったと。魔力不足の解消方法が性行為だったのは確実にビッチな神竜の影響だ。そしてダレスティアよりも保有魔力が多かったロイが魔力を奪われすぎて、おれとは別の意味でベッドの住人になったらしい。神竜はロイを興奮状態にさせて魔力を奪ったんだろう。だからあんなに暴走気味だったのかと納得した。

「この手紙をロイと確認していたところに、オウカが魔法で転移してきて驚いた。タイミング良く手紙を渡してきた神子様にも驚かされたが」

ダレスティアが肩を竦めた。アイツのことだから確信犯だろう。分かっていながらギリギリに知らせてくるあたり、狙っていた感がある。我が妹ながら性格が歪んでやがる。なんて奴だ……

「俺も驚いたっての。呼ばれて部屋に入ったらタカトが俺を押し倒してくるんだぜ？　油断してたとはいえ、この俺を押し倒すなんざただの人間には無理だ。それに、俺にのしかかってきた時の目つきといったらよぉ……」

オウカはぶるっと震えたあと、おれをチラッと見た。おれは一時的に神竜に身体を乗っ取られていたらしい。オウカは昨日の話し合いにいなかったから、おれじゃないおれに余計驚いただろう。

なんだか申し訳ないな。まったく記憶にないけど。

「なんか、ごめん……」

「いや、タカトのせいじゃないだろう。というか、俺はすぐに魔法で逃げちまったし、お前のほうが大変だっただろ。色々と」

「うっ……まぁ」

もうその話題出さないでくれ。生温かい視線もいらないから！

「そ、それで、ロイは大丈夫なのか？　魔力を奪われたんだろ？」

「私よりも魔力が多いロイが標的になることは予想できたことだ。事前に対策はしていたんだがな。流石(さすが)は竜王の番(つがい)だ。無理やり引き出されたんだろう」

「坊ちゃんがついてるんだ。大丈夫さ」

「うん……」

しばらく魔力を使うようなことはないから大丈夫だとは思うけど、それでも気を付けておかないとな……

「すみません。ダレスティア団長はいらっしゃいますでしょうか？」

ふと扉がノックされ、ダレスティアを呼ぶ声が聞こえた。

「用件は何だ。その場で報告しろ」

「ハッ……」

扉をノックしてきた誰かを、ダレスティアは部屋に入れなかった。見知らぬ人に、この情けない姿を見られたくなかったから安心した。

「王宮から、ガイヤ卿がいらっしゃってます。何やら急用とのことですが、いかがなさいますか？」

「ウィリアムが？」

その名にダレスティアは眉を顰(ひそ)め、おれは密かにテンションを上げた。

――ウィリアム・ジェイ・ガイヤ。彼は攻略キャラの一人で、近衛(このえ)騎士団の団長だ。

近衛(このえ)騎士団は、王都外で戦闘メインに活動する竜の牙とは違い、王宮での警護を主な活動とする騎士団だ。団長はウィリアム・ジェイ・ガイヤ。貴族としての地位も、騎士としての地位も高く、しかし本人は物腰柔らかなイケメン。ダレスティアが月ならウィリアムは太陽、って貴音が力説していた。おれも完全同意。

しかし、今は貴音の警護に就(つ)いているはずの彼が、ダレスティアに何の用事があるんだろ。

「団長室に通してくれ。すぐに行く」

「了解いたしました」

足音が遠ざかっていく。と、頭を撫(な)でられた。目を向けるとオウカがこちらを見ていた。

「お前はここで留守番な。分かってると思うが」

「まだ宿舎の中も分からないだろう。部屋から出ないように」

「はーい……」

二人の言葉におれはどうやら不満な顔をしていたらしい。オウカは苦笑しながら、ポンポンしてきた。おれの扱い、子どもじゃない？

むっとしてたら、オウカの手をダレスティアがはねのけた。ベシッと音がして、「いてっ」とオウカが叩かれた手をひらひらと振っている。なんか、オウカの顔が猫にパンチされた時のような顔になっている。

「あまり触るな」

「はいはい……まったく、ロイもだが随分とまぁ骨抜きにされて……」

「文句でも？」

「ないさ！　ただ、竜騎士としての牙までは抜かれないようにしてくれよ」

「誰に向かって言っている」

まるでアメリカンのような動きで大袈裟に肩を竦めたオウカは、お皿がのったトレイを持つとそのまま踵を返してドアノブに手をかけた。

「オウカも行っちゃうの？」

「ロイの代わりにな。うちの団長とあちらさんは仲が悪いからよぉ。一応な」

「仲が悪いわけではない」

「まぁ、そこまでじゃないにしろ相性が悪いんだ。代わりにあの子犬を呼んできてやる」

「クー？　まぁそれなら」

ウィリアムには会ってみたいけどまだ立てる状態じゃないし、ダレスティアに用があるのにおれが付いていくわけにはいかないよな。クーロが話し相手になってくれるなら暇じゃないし、いいか。

おれが納得したらオウカは行ってしまった。でもダレスティアはまだ立ち上がろうとしない。早く行かなくていいのかな。

「随分と、オウカに懐いたな」

「え、あぁ。なんか話しやすいので」

目を向けると、無表情だけどなんか不機嫌というか、拗ねているような雰囲気だった。え、急に何だ？

「どうかしました？」

「……私とも気楽な話し方をしてもいいのだが」

「え、それはちょっと……」

「オウカとロイには許しているのに、私はいけないのか？」

「そういうことでは……おれなんかが厚かましいっていうか、推しにタメ口とか無理っていうか」

「…………」

「うっ……」

視線がチクチクと突き刺さる。これは、タメ口で話さないと終わらない感じじゃないか？　腹をくくるしかないのか……!?

「タカト」

「うぅ……」

「いいだろう？」

「……はい」

泣く泣く承諾した。何となく悔しい……

「改めてよろしく」

髪をゆるく撫でつけるように頭を撫でられる。こんなふうに嬉しそうな淡い微笑みを見せられたら、おれは完全敗北だ。尊い……

「はい……」

「はい、じゃないだろう？」

「──うん」

「いい子だな」

目の前に宗教画がある。無理。尊い。スクショスクショ……あ、スマホないじゃん。え、というかこれ現実？　幻じゃなくて？　今すぐこの宗教画を永久に保存しなくては。誰か写真撮ってぇぇぇ!!

「何かあれば、クーロに頼むといい。昨日のうちに宿舎の構造を覚えたらしいからな」

「ひゃい……」

正直、ここから先の記憶があんまりない。気が付いたらクーロがいて、幸せそうな顔してたよって言われた。推しの幸せそうな顔が見られればファンも幸せなんです……。ありがとう世界。

その後、時々意識が飛んではクーロのもふもふ尻尾をもみもみしすぎて、涙目になったクーロに怒られた。ごめん。

「タカト、今大丈夫ですか？」

「ロイ？」

クーロから、オウカと料理をした時の話を聞いていると、ロイが部屋にやってきた。

「ロイ、大丈夫か？　なんか、おれのせいで魔力がなくなっちゃったって……」

「少し減っただけですから大丈夫ですよ。いつのまにかサファリファス殿がいて、そちらの方が驚きました」

苦笑しながらそう言うロイの顔色は確かに悪くない。嘘をついているわけでもないようだ。

「なら良かった。ごめんな。おれのせいで」

「タカトのせいではないでしょう。自制できなかった私が未熟だったというだけです。むしろタカトの方が負担は大きかったのではないかと」

その言葉に顔が熱くなる。ベッドに臥せっている状態を見て言ってるんだろうけど、思い出したくない記憶が蘇るからやめてくれ……

「別に、大丈夫だよ。クーがミルク粥を作ってくれたしね」

「クーロが？」

「うん！」

クーロが誇らしげに尻尾を振っている。えっへんと胸を張っている様子はまさに子犬だ。「偉いですね」とロイに頭を撫でられている姿も完全に子犬だ。可愛い。

「そういえば、おれに何か用事でもあった？」

「あ、ガイヤ卿がタカトに会いたいと仰ってたんでした」

え、いいのかそんな急用そうなことを忘れてて……

「ダレスティア団長のところに行こうとしていたら、副団長に捕まりまして……。あなたの様子も気になっていたので問題はないのですが、どうも仕事を押しつけられた感じがすると言いますか」

「あはは……まぁ、おれは会っても大丈夫だけど、一体何の用だろう。近衛(このえ)騎士団の団長なんだよね？　貴音のことかな……？」

もしかして、貴音が早々に問題を起こして迷惑かけたとか？　いや、でもそんなことでわざわざ来ないだろ。

「私もよく分かりませんが、副団長の逃げ足が速かったのでどうもいいことではなさそうです。では、とりあえずお呼びしますね。クーロは副団長を捜してくれませんか？　見つけたらご褒美を差し上げますよ」

クーロをご褒美という餌で釣ったロイは、なんか黒いオーラを背負いながら部屋を出ていった。オウカ……南無。

というか、オウカが逃げ出すって何で？　ウィリアムがおれを呼ぶのも謎だよな……

まさか貴音が脱走したとか？　いやー、まさかなぁ。流石(さすが)にそんなことはないだろ。

イヤーな予感がしながらも、おれはロイが置いていったまともな服を着ることにした。部屋着でお偉いさんに会う訳にはいかないしね。

そうして準備が終わると同時に、扉がノックされてロイとダレスティア、そしてウィリアムが入ってきた。うーん、この部屋いつもイケメンの人口密度高いね。ウィリアムも生で見ると、ほんとあまりの美貌に目が開けられないわ。

「お初にお目にかかります。私は近衛騎士団の団長、ウィリアム・ジェイ・ガイヤ。ウィリアムとお呼びください。現在、神子様の護衛騎士も務めております」

「あ、えっと、鷹人です。貴音の兄です。妹がお世話になっております⋯⋯!?」

つい社畜時代の癖で名刺を出すように両手を差し出してしまった。恥ずかし⋯⋯と思ったら、その両手をウィリアムがガシッと握りしめた。

「え、あの」

「妹君の護衛を任されながら、このような失態！　誠に申し訳ございません!!　後程必ず罰を受けますので、今はお力をお貸しいただけませんか⋯⋯!!」

え、何、どういうこと？

ダレスティア達に目で助けを求めてしまった。その二人が険しい顔をしているのも気にかかるな。

「ガイヤ卿、まずはタカトに説明を。困惑しています」

「あ⋯⋯そう、だな。失礼いたしました」

ロイに諫められて、しゅんとしてしまった。その様子はまさに叱られた犬。なんか犬系男子多いな。

「では、単刀直入にお伝えします。実は、本日正午頃から神子様のお姿が城内にないのです。先ほど城外に出たとの報告を受けまして、神子様を保護すべくタカト様のお力をお借りしたく」

「正確には、神竜の力だがな」

今にも倒れそうな顔をしているウィリアムには悪いが、おれの脳内は一つのことでいっぱいだった。貴音の心配はあんまりしていない。なんとなく予想していたからだ。何故なら、アイツは今この世界のもととなったゲームの主人公。そして、その主人公がこの世界に転移して初めて実行した計画。それは、城から脱走すること。つまり……

――アイツ、ゲームと同じ行動をする気だな!?

『竜の神子』の主人公は、異世界に召喚されたのが急すぎて現実を受け入れられず、元の世界に戻る方法を自分で探そうと城から脱走する。そして城下町で二人の攻略キャラと出会うんだ。

アイツは一体何を考えて……いや、なんとなく分かったけど考えたくないぞ！　というか、おれを召喚の巻き添えにするっていう原作改変をやらかしておいて、今更原作通りの行動をする意味があるのだろうか。アイツのことだから、何か考えがあるのかもしれないけど。

「タカト様？」

「あ、いやぁ、多分貴音は大丈夫なんじゃないかなぁって」

「どうしてそう思われるのですか……!?」

ウィリアムがおれの手を握りしめたまま、ずいっと顔を寄せた。ち、近い……

「えっと、まず、少し離れていただいても？」

「はっ……」

我に返ったようにサッと離れるウィリアム。しかし本当にイケメンだ。太陽の縁のような金色の髪は、窓越しの太陽の光を浴びて鱗粉のようにキラキラと輝いている。サファイアのように青い瞳は、彼の性格を表すような正義感に満ち溢れた視線で、おれを真っ直ぐに見つめる。ダレスティアの瞳とはまた違った魅力で人を引き付ける。

「そうだな……まず、貴音が町に出たとこを見たのは誰なんですか？」

「アイル殿下です。密かに城外に出ようとする人影を見て、マントのフードを被っていたようですが、背格好から神子様ではないかと」

「それ、多分嘘ですよ」

「え」

ウィリアムは目を見張った。しかし、その後ろのダレスティアとロイはなんとなく感づいた顔だ。特にダレスティアは目を閉じて険しい顔をしている。まぁ、長い付き合いならよく分かってるだろうしね。

「おれは昨日少ししか関わってないけど、あの人は面白そうだからという理由で、突拍子もないことをするってことは分かりました。今頃、あなた達が捜しまわっているのを見て楽しんでますよ」

「……そうだろうな。アイル殿下はそういう性格だ」

疲れたようなダレスティアの声に、隣のロイが苦笑している。苦労するだろうなぁ。

「しかし、嘘とは……」

「たまたま見かけたんじゃなくて確実に貴音に手を貸してます。貴音は神子の証である『黒』を持っています。そのまま外に出たら大騒ぎ間違いなし。目撃情報もたっくさん届くはずです。でも未だに騎士団から情報はない。そもそもフードを被っていたとしても顔は変わらないんですから、普通は王城の門のところにいる兵士に止められているはずではないですか？　おそらく、見た目を変えているはずです。いくら貴音が魔法を使えるようになったといっても、すぐに使えるものじゃないでしょう」

昨日、貴音が竜王の力で魔法を使えるようになったと自慢げに話していたから、おれもゲームを思い出しながら試してみた。ぼんやりとした光の玉を作ることができたくらいで、そんな大層な魔法は使えなかったから、貴音もそれくらいだろう。

「貴音の脱走計画に喜んで手を貸すような愉快犯で、魔法にも秀でていて、城内で怪しげな行動をしていても不審がられない人は限られます。第一王子と第二王子はそんな性格ではないでしょうし、あなたもそうですね。ダレスティアもロイもオウカも、そんな面倒事に自分から首を突っ込むような人ではないですし、サファリファスさんもそうだ。なら、自ずと協力者はアイル王子に絞られる」

アイルのことだから、聞かれたときににっこり笑って誤魔化したんだろう。

「だから言っただろう。犯人はアイル殿下だと。王子の性格はお前達の方がよほど理解しているはずだが」

「だが、そう簡単に王族を疑うわけにはいかない！　守るべき方々のことを信じられなくて、近衛騎士が務まると思うか!?　不敬だろう！」

「何も全てを疑えと言っているわけではありませんよ。時には柔軟に考えるべきだということです。近衛騎士の方々は、盲目的に王族を信頼しすぎです。だからアイル殿下に遊ばれるんですよ」

「王族は危険と隣り合わせのお立場だ。一番近い存在の我々を信頼してもらわなければならない。そのために我々こそ王族を信頼しなければいけないだろう」

「はぁ……ロイ、あきらめろ。この男は頭が固い。何を言っても無駄だ。これからもアイツに弄(もてあそ)ばれるだろう」

「ダレスティア！　お前はまた殿下をアイツなどと……！」

ロイには冷静に受け答えしていたのに、ダレスティアには思いきり食ってかかっている。うんざりした表情のダレスティアがなんだか新鮮だ。そういえばこの二人、昔からのライバルだったような。

実際に見てみると、ウィリアムってなかなか思い込みが激しいというか、頑固というか……。まぁ、いい人すぎるんだろう。

「とりあえず、アイル王子に確認してみたらどうですか？　多分、ちゃんと貴音の居場所を把握しているから余裕なんでしょうし」

「私が行こう。またはぐらかされるかもしれないからな」

「ありがとう。ウィリアムさんも、妹がご迷惑をおかけしてしまい申し訳ありません。おれも一緒に捜しに行けたらいいんですけど……」

貴音を捜しに行って、おれまで迷子になったりしたら、余計に申し訳ないからな。街には行ってみたいから、今度頼んでみよ。

「いいえ、後は我々にお任せください。タカト様はどうぞお休みに。突然押しかけてしまい失礼いたしました」

　鮮やかに敬礼をしたウィリアムは、そのまま急ぎ足で退室していった。ダレスティアもその後に続いて行ってしまった。彼が付いていくのなら大丈夫だろう。

「団長が一緒なら、すぐに見つかりますよ」

「うん。実はあんまり心配はしてないんだよね」

「そうなのですか？」

　確かにおれのことがあるから、危ない目に遭わないとも限らない。でもゲーム通りに動いているなら、貴音は無事に騎士団に保護されるはずだ。ちゃんと再現していたら、だけど。

「近衛騎士団の人達も、ダレスティア達も協力してくれるんだろ？」

「それはもちろん。おそらく、すでに他の騎士団も動いているはずです」

「うっわ大事だ……本当申し訳ない」

　ゲームではこんなこと思わなかったけど、傍から見るととんでもないことしてたんだな……

　ロイによれば、近衛騎士団はもちろんのこと、ウィリアムの要請を受けて『竜の眼』と『竜の尾』という騎士団からも捜索隊が出されるとのことだ。ゲームには出てなかったけど、こんなに騎士団の種類があったんだなぁ……

　竜の眼はロイがもともと所属していた騎士団で、主に情報収集や諜報活動を行う、特殊な騎士団なのだという。本人が知らないうちに個人情報を調べ尽くすのが得意な人達が多いらしく、タカトも気を付けてくださいねと釘を刺された。怖いわ。

竜の尾は、主に獣人の騎士達で構成されているのだとか。人間との力の差が強すぎて、合同訓練できたのが精鋭メンバーが集まった竜の牙だけのため、比較的竜の牙とは仲が良いらしい。

まさか、四つの騎士団を巻き込んだ騒動になっているとは思わなかった。菓子折りを持って謝罪にまわりたいくらいだ……

「竜王は神子(みこ)を守るので、簡単に怪我をするような事態にはならないとは思いますが、危害を加えずに拉致されるとそちらの方が厄介です。我々も全力を尽くしましょう」

「ありがとう。アイツが戻ってきたら、おれからもキツく言っておくよ」

ゲームではもう主人公が抜け出すことはないけど、アイツが勝手な行動をしないとも限らない。ちゃんと言っておかないとな。いくらおれがシナリオを知っていたとしても、何が起こるか分からない。今回はゲーム知識があるからパニックにならなかっただけだ。

「それにしても、いつの間に団長と親睦を深められたのですか?」

「え?」

「呼び捨てていらしたでしょう？　話し方も砕けたものになったようですね」

ロイの手が、頬を優しく撫(な)でてくる。段々と近づいてくる顔を見て、おれの脳内を情事の時にロイが見せた、色気のありすぎる顔が過(よぎ)った。顔を赤らめ、息は荒く目は潤んでいた。それを思い出して、瞬時におれの顔も熱くなる。近づくロイを止めることもできず、思わず目をつむってしまった。

「っ!?」

「ふふっ」

額にふわっと柔らかい何かが触れる。ちゅっという音がしてロイが離れていく気配に目を開けた。にっこりと笑ったロイ、そしてその唇に目がいく。のろのろと額に手を当てた。

「団長と仲がいいのは構いませんが、少し妬けます。それと、次は名誉挽回させていただきますので、心の準備をしておいてくださいね」

いい笑顔で爆弾を落として、ロイは行ってしまった。残されたおれは黙って顔を両手で覆うしかなかった。ロイが残していった甘い空気に耐えることしかできない。

おれは、ベッドに突っ伏した。

「それでね、ここが食堂であっちが厨房！　飴をくれるおじちゃんがいるよ！」

「それはクーが可愛いからだよ」

「ならタカトも貰えるよ！」

「んんー？」

何とか回復したおれは、見事オウカを見つけてロイに突き出したクーロと一緒に、宿舎探検をしている。現在、団員達の多くが貴音の捜索に行っているため宿舎は閑散としている。その隙に見学をしてしまおうという魂胆だ。クーロはだいたいの構造を覚えたらしいから、安心して案内してもらっている。

どうやらクーロは宿舎に来た一日で食堂にいる料理人達の癒しになったらしく、厨房を出る頃にはたくさんの飴をもらっていた。分かる。可愛いもんね。おれにもくれたのはお情けだろうけど。

「ポケットがパンパンだね」

「だねー」

クーロはパンパンどころかギチギチに飴が詰まったポケットをご機嫌に叩きながら歩き、おれはその後ろをついていく。ブンブン振られている尻尾を見てほっこり癒される。時々すれ違う団員の人は、クーロを見て顔を緩め、その後ろのおれに気付いて一瞬固まっては、慌てて道を開けて頭を下げる。おれの存在はちゃんと伝えられているみたいだけど、いろいろあって朝は食堂に行けなかったから、すれ違う度に注目されるのがちょっと気になる。まぁ、慣れてもらうしかないかなぁ。おれは神子(みこ)様ではないから、あまり畏(かしこ)まらないでほしいんだけどな。

そうは言っても、人の意識は簡単には変わらないから、彼らが慣れてくれるまで我慢するしかない。ちょっとした居心地の悪さを感じながらもクーロのガイドで宿舎のほとんどを見て回り、最後に案内されたのは竜舎(りゅうしゃ)。昨日は足枷(あしかせ)のことがあったからまったく見れなかったけど、すでに見学済みらしいクーロは道中とても興奮しながら話していた。

「竜ってすっごく賢いんだって！　自分の主人か、自分より強い相手の命令しか聞かないんだよ。それにね、どの竜もかっこいいんだけど、ダレスティアさんの竜が一番大きくてかっこいいんだ！　騎士団の竜達のボスなんだって！　やっぱり団長の竜だからかなぁ」

「どうなんだろうねー？　クーは竜が怖くなかったの？」

「全然怖くないよ！　だって竜ってかっこいいじゃん！」

この子は修学旅行の土産屋でドラゴンが巻きついた剣を買うタイプだな。同じ男として分かるけども。木刀よりはマシだけどな。

「タカト、ここにいたのですか」

「ロイ！　戻ってたのか？」

竜舎（りゅうしゃ）に入ろうとして後ろから声をかけられて振り返ると、オウカを引きずって捜索に行ったはずのロイがいた。いつもは優しい笑みを浮かべているが、今の表情は暗い。嫌な予感がした。

「ロイ、貴音は見つかったか？」

「そのことなのですが……」

言い淀（よど）むロイに、嫌な予感がいや増す。違うと言ってほしくて、ロイの言葉を待つ。

「ロイさん……？」

ただならぬ空気を感じたのだろう。クーロが不安げにおれの袖を握ってロイを見上げるが、ロイにはそれに答える余裕がないようだ。それは、おれにも言えることだ。段々と、鼓動の音が大きくなっていく。同時にどうしようもないほどの不安がおれを襲った。

「ロイ……？」

「――神子（みこ）様は……妹さんは」

そこまで言って、また口を噤（つぐ）んでしまうロイを思わず問い詰めそうになったとき、すぐ傍で足音が聞こえた。

「ロイ、さっさと伝えた方がいいこともあるんだぞ」

「オウカ副団長……」

苦笑しながらロイの肩を叩くオウカだが、その目つきは鋭い。

「タカト、神子はまだ見つかっていない。城下町の商店が並ぶ通り一帯で、通りにある店の管轄をしている商人の息子と話していたという証言と、町の外れで黒い噂がある商人と揉めていたという証言は手に入れたんだが、そこから先の消息が一切不明だ」

「近衛騎士団に我々『竜の牙』、情報部隊の『竜の眼』、獣人の騎士団の『竜の尾』、さらに王家と王子の私兵まで投入したにもかかわらず、まるで霧のように消えてしまって……」

「……見つからない？」

そんなはずがない。シナリオ通りなら、裏路地で攻略対象である猫の獣人を虐げていた男から一緒に逃げ、その途中で神子を捜していた騎士団に保護されるはずだ。そして、その男は奴隷を所持し、さらに売買していた罪で捕まる。いくら手負いの獣人を連れた女だからって、まだ日が明るいうちだ。そんな大っぴらに追いかけることなんかできるはずがない。

ということは、そもそも逃げることができなかった？　でも、その男は慢心していてまともな護衛はつけていなかったはず。だから神子でも隙を見て逃げることは簡単だった。もしかして、原作と状況が変わったのか？

「最後に目撃された商人の家にも確認に行ったんだが、主人がいないからと門前払いだ。一応監視は付けているが、その主人もまだ戻らず、どこにいるかも分からない。確実に、その商人が神子様を攫ったんだろうがな、いかんせん潜伏場所が見つからない」

「竜の眼が情報を見落とすなんて……そんなことはありえません」

「だが、前例はあるだろう。竜の眼の奴らも人間だ。見落としはありえる」

「しかし、あの男は奴隷狩り達との繋がりがあってマークしていた商人だったのに……！」

「奴隷狩り……？　それっておれが捕まってた奴らのこと？」

「ええ。そうです」

おれを襲った奴隷狩りを使って人身売買の商売をしていた男だったのか。子飼いにしていた奴らが捕まって警戒心が高まったんだろう。だけどそれにしてはおかしい。原作でも奴隷狩り達の捕縛は行われていたはず。それなのに、何故こんなに警戒心に差があるんだ。

「奴隷として飼われていた少年が逃げ出したときでさえ、自信満々に言い逃れをしていたあの男が、タカトの存在を知った瞬間に警戒を強めました。自分が黒幕だと言っているようなものです……」

「え？」

おれを知ってから？　どういうことだ？

「子飼いにしていた奴隷狩り達が、神子様の身内を捕まえて奴隷として売ろうとしてたんだ。流石に国王陛下も今回は見過ごすことができないと、徹底的な捜査を命じた。これにはうちの団長も一枚噛んでるんだが……まぁ、それで焦ってるんだろう」

「でも、それで貴音を捕まえてどうする気なんだ。女の子を一人捕まえて人質にしても無意味だと思うんだが。魔法で記憶を改竄したりしたほうが、都合がいいんじゃないか？」

「神子様は竜王の加護で、精神に作用する魔法が効きません。記憶の改竄ができないため、その手段が取れないのでしょう」

「そういう人間は稀にいるから神子様だとは気付いていないと思うが、隣国に逃亡する手土産にでもするつもりかもしれない。そうなれば外交問題、最悪の場合、久々に戦争が起きるかもしれない事態なんだよ」

　戦争という言葉にぞっとするが、それよりも貴音を売り飛ばそうとする男に嫌悪感と怒りが募る。ぎゅっと握りしめていた拳を、クーロが心配そうに握ってくれているが、穏やかではいられずにおれは唇を噛みしめて、何か原作にヒントがないか考えることしかできなかった。

「オウカ副団長！　ロイさん！」

　竜舎の前で固まっていたおれ達のところに、一人の団員が駆けてきた。

「ハクか。どうした」

　ハクと呼ばれたその団員は、グレーの髪にオレンジ色の目の、どこか少年らしさのある青年だった。猛禽類のように鋭い目つきをしているが、怖さは感じない。見た目ヤンキーだけど、実は心優しい……みたいな雰囲気を感じる。

「ダレスティア団長から連絡がありました。神子様の痕跡を見つけたため、追跡すると」

「ほ、本当ですか!?」

「うおっ!?」

貴音の手がかりが見つかった。おれはその団員に掴みかかりそうな勢いで飛び出した。

「あ、あなたはあの時の……」

「え?」

「ハクはタカトが奴隷狩りに捕まった時に、タカトを見つけてくれた団員ですよ。そのおかげでいち早くタカトを救出しに行けたのです」

ハクは照れたように頬をかいている。

「ハクは鷲の獣人だから目がいいんだ。それで、団長は俺達にどこへ向かえと?」

「あ、それなのですが、お二人はタカト様の護衛をするようにと」

「なに? つまり宿舎で待機ってことか?」

「いえ、なんでも竜王の魔力を辿るにはタカト様のお力が必要だと。それだけ言えば伝わると団長は仰っていましたが……」

「竜王……なるほど。伝達ありがとう。あなたは少し休んでください」

「いえ、すぐに戻ります。それと、これを」

ハクは、隊服のポケットから小さな宝石のようなものを取り出し、ロイに手渡した。

「団長が持っている魔石と対になるものです。これを使って合流してください。私は上からでも十分に見つけられますので」

そう言うと、ハクは敬礼して竜舎に入っていった。目がいいから、竜に乗って空の上にいても地上が見えるってことだよな。おれの恩人ともいえる人だから、落ち着いたらちゃんとお礼を言おう。

「おれも捜索に協力できるのは嬉しいけど、いいのか？」

「むしろタカトがいないと難しいのではないかと。団長達は神子様の持つ竜王の宝玉の魔力を追っているのだと思いますが、それにはタカトが適任です。竜王と神竜は番の竜。番の竜同士は繋がりが深いため、タカトの方が竜王の魔力を辿りやすいのでしょう」

「つまり、最初の予定通りにおれが貴音を捜していれば良かったってことか……」

「そういうわけじゃないが、結果的にそうなっちまったってだけだ。あまり気にするな」

「うん……というか、どうやって神竜の力を使えばいいか分からないんだ。神竜がおれと同化してるって知ったのも昨日だし……」

　おれは神竜と意思疎通ができていない。貴音に方法を聞いておけば良かったと後悔しても遅い。ゲームで神子がどうやって力を使っていたのか思い出してみたけど、番を捜す方法なんてない。

　自分の無力さに唇を噛んだ。おれはいつもそうだ。会社でもお荷物扱いされるのがおれだ。ブラックだからというだけじゃない。いくらブラックでも、仕事ができるやつは付いていけていた。

　おれが無力だから、無能だから……

「……とりあえず、竜の準備をしましょう」

「そうだな。考えるだけ無駄ってこともある。実践あるのみ……いだぁ!?」

「この脳筋は放っておきましょうね。タカトは私の竜に一緒に乗りましょうか」

「誰が脳筋だ！　上司に向かって言うことじゃねぇだろ！　それにお前の竜は小さいじゃねぇか！　タカトと相乗りは難しい――」

騒ぐオウカを無視してロイは竜舎の扉を開けた。途端に凄まじい咆哮が響き、オウカの文句をかき消す。ビリビリと空気が振動しているようだ。おれは思わず耳に手を当てた。クーロは伏せている耳を上から手で押さえている。尻尾も内股に挟んでいるから、相当びっくりしたんだろう。犬の獣人で耳がいいのも問題だったのかもしれない。

「あなたが悪口を言うから怒っているじゃないですか。宥めるの大変なんですよ？」

「ほんとのことじゃねぇかよ。俺の竜のほうが大きいだろうが」

そのオウカの言葉に反応したのか、また竜の咆哮が襲ってくる。再び耳を塞ごうとしたおれは、しかしその手を止めざるを得なかった。

さっきは衝撃波のようにしか感じられなかったけど、今度は違う。

『うるさいわね!!　この駄犬が!!』

大音量の罵声が、鼓膜を震わせた。

「ほら、ご機嫌斜めになってしまったじゃないですか」

「元からじゃねぇの」

『そんなわけないでしょうが!!』

「わぁお……」

竜って、話せるんだ……？

竜舎の中は広く、その中央には人が数人横に並んでも余裕がある通路が一本、奥まで続いている。通路に面して竜の住む部屋の扉がずらりと並んでいた。通路と部屋は鉄格子で仕切られ中の様子がよく見えており、竜達はそれぞれ割り当てられた割と広い空間で寛いでいた。ゲームでも見た竜達は、思っていたよりもどっしりとした体格をしている。今、竜舎にいる多くの竜が静かにしている中、一頭だけ騒いでいる竜がいた。

「あの竜が、ロイの竜？」

「ええ。本当は賢くて大人しい竜なのですが、どうもオウカ副団長とは相性が悪いようでして。おそらく小さいとバカにしているのを理解しているのでしょうね」

『その男、口が悪いのよ！　私の主に近付かないでちょうだい!!』

ロイの竜は少し甲高い声で叫んでいる。相性が悪いというよりは、完全にオウカを嫌っている。何をしたらこんなに嫌われるんだろう……

『メイア。あんまり僕の主の悪口言わないでよ。あれでも一応副団長で僕の主なんだから』

ロイの竜と隣りあった部屋にいる竜が、起き上がって話しかけている。その竜と比べると、確かにロイの竜は少し小柄なようだ。

『あんたの主がいつも私の悪口言うのが悪いんでしょ!!』

『小さいのは確かじゃん……』

『なんか言った？』

『いえ何も』

小柄だが、性格はそうでもないようだ。仲間の竜にも臆せず噛みつきそうな勢いで叫んでいる。

「隣の竜は、オウカの竜なんだな」

「ん？　ああ。よく分かったな」

「だって、さっきからあの竜が僕の主って言ってるし。身体は大きいけどあんまり気が強くないんだね。竜は主に似ないいんだな……なに？」

みんながおれをすごい目で見ていた。おれが驚くと、ロイとオウカはなんか納得したような顔をする。なんだよ。

「なぁ、タカト。アイツが、俺のことを主って言ってたのか？」

「え、うん。今も言いあいしてる。オウカ、ロイの竜に嫌われてるんだな。めっちゃ悪口言われてるよ」

「私の竜が副団長に悪口を？」

「メイアだっけ？　こっちはロイとは違ってすごく気が強いんだな。オウカは口が悪い！　駄犬！　って怒ってるよ」

「……主に似てるな」

ぼそっと言ったオウカをロイが無言で殴った。どうせまた余計なことを言ったんだろ。

「タカトは、竜の言葉が分かるの？」

「え？」

クーロがキラキラと目を輝かせておれを見ていた。

「あの竜とも話せる？」

そう言ってクーロが指さしたのは竜舎(りゅうしゃ)の一番奥にいる黒い竜。この竜のいる部屋だけ両隣に他の竜の部屋がなく、竜の牙の団章が刺繍(ししゅう)された布が正面の扉に掛けられている。

ただ黙ってじっとこちらを見てくるその竜は、他の竜達に比べて身体が大きく、その黒い鱗(うろこ)は蝶の鱗粉(りんぷん)のように控えめながらも美しい輝きを放っている。薄暗い竜舎(りゅうしゃ)の中だが、その輝きによってひと際存在感があった。

思わず足がその竜に向かう。後ろからロイとオウカが付いてくるのを感じたが、おれの視線は目の前の竜から離せなかった。いつの間にかメイアとオウカの竜も騒ぐのをやめている。

扉の前に立ち、竜を見上げる。堂々とした佇(たたず)まいから、王者の風格を感じる。しかし恐ろしさは感じない。その目がただただ静かにおれを見つめているからだろうか。瞳がダレスティアに似ている気がした。他の竜とは圧倒的に雰囲気が違う竜だし、明らかに特別待遇な感じもする。もしかして、ダレスティアの竜なのか？

「…………」

『――――』

見つめ合う、おれと竜。ふと、竜が扉の上から顔を近づけてきた。後ろで二人が身構える気配がする。クーロはおれの服の裾を握りながら、背中に隠れた。

スンッと竜が鼻を鳴らす。

『……主の匂いがする。なるほど。お前が主の番(つがい)か』

――おれは顔を手で覆った。分かったぞ。この竜はダレスティアの竜だ。匂いって絶対ヤッちゃったからじゃん！　え、めっちゃ恥ずかしいんだが⁉　番(つがい)……というか恋人ではないことに少し罪悪感があるし！　大変申し訳ございません……？

　竜が心なしか納得というような顔をして目をつむったのが、指の隙間から見えた。納得しないで。

「なんて言ってる？」

「えーと……」

　クーロが期待に満ちた目で見上げてきたが、こんなこと正直に言えるわけがない。

『……我が主のところに行くのか？　その二人がいるということはそうなのだろう？　疾く行くぞ。夕飯までには戻らねばならない。今日の夕飯はこの前の褒美で豪華だと言っていたからな。楽しみだ』

　この竜は、自分勝手というかなんというか……。少し浮世離れしてる？　さっき感じた威厳はどこに行ったんだよ。

「……ねぇ、この竜の主ってダレスティアだよね？」

「そうですよ。この竜は騎士団にいる竜達のリーダーです。何か言っていますか？」

「あー……今日のご飯は豪華なんだって。夕飯までに戻りたいから早く行くぞって言ってる……」

　一瞬の間。

　ダレスティアの竜は欠伸をし、オウカは口に手を当てて噴き出した。チラッとそれを見上げたロイは、いい笑顔で言った。

「やっぱり、竜は主に似ないんですね」

SIDE　貴音

色んな意味で居心地の悪い馬車に押し込められて、どれくらい経っただろう。

外とつながるカーテンが閉められて薄暗い。貴族が使う馬車にしては広い車内には、拘束された私と、私が助けようとした猫の獣人奴隷の他に、商人らしき男とその部下が数名いる。私一人なら竜王の力を使えば逃げられたけど、彼を置いていくことはできなかった。

今頃王城も騎士団も王都も、大騒ぎだろう。お兄ちゃんは、私がゲームのシナリオ通りに奴隷になっていた攻略キャラを助けに行ったんだって、すぐに気付いたと思う。けれど、こうなることは予想できなかったはず。となると、救援まではまだ時間がかかる。

「まったく！　どうしてこうも厄介事が次から次へと!!」

この馬車の持ち主であり、私達を見張る男達のボスが、苛立ったように床にステッキの先を打ちつける。そのステッキは持ち手のトップに、これ見よがしに大きな宝石がついている。まさに成金貴族が持つアレだ。

「商売が軌道に乗っているときにどうしてこうなるんだ……。それもこれも、全部あの奴隷が逃げやがったから……！　いや、それよりもアイツらが失敗したせいで……」

ぶつぶつと文句を並べ立てる男には、恐怖よりも嫌悪感が勝つ。こういうぐちぐちと他人のせいにする男、大嫌いなんだよね。

そんな感情が視線に乗って伝わってしまったのか、男と目が合った。

「なんだその目は」

「別に」

話す価値もないクズ男に、軽蔑の気持ちを上乗せして突き放すと、逆上して私に手を伸ばしてきた。その瞬間、見えないバリアが男の手を弾く。電光が走り、馬車の中は一瞬青白く光った。手首を押さえて呻く男に、ため息が出る。このやり取り、何回目かな。

「ボス、大丈夫ですか!?」

「くっ……いい加減にこれを解除しろ！　なぜ魔法の無効化ができないんだ！　記憶操作も効かないなどありえないだろう!!」

アイルのかけた変装魔法は簡単に解けないため、まだ神子だとはバレていないけれど、竜の神子の加護は攫われてすぐに発動してしまった。

神子に悪意ある行為をしようとすれば、その全てを無効化し神子を守るバリアが現れる、というものだ。馬車に乗せられたときは、単に手を掴まれただけだったから発動しなかったけど、ボスと呼ばれる男から、奴隷の彼を庇った際にはちゃんと発動した。それから私に記憶操作の魔法をかけようとして失敗したり、掴みかかろうとしてバリアに弾かれたり、ということを繰り返してる。学習しろよ。

「精神力が高いために精神系の魔法が効かない者も稀におります。防御魔法は、おそらくこの女が自らかけたものではないのでしょう。強力な魔力を持つ魔法士か魔術師がかけたか……もしくは呪具級の魔道具によって発動されているはずです。そうなれば、私程度の魔力やこのキャンセリングでは解除できません」

「よく分からんが、ようは貴様は使えんということだろう！　そのキャンセリングも、役に立たなければただのガラクタではないか！」

「し、しかし、もしそうであれば、この女はかなりの地位にある貴族の令嬢ということになります！　上手くいけば、かの国との交渉に一役買うかもしれませんぞ！」

「ふん……」

魔法士らしき男の必死の訴えを受け、男は私の頭のてっぺんからつま先まで見てくる。その視線は人間を見るものではなく、明らかに『商品』を値踏みするもの。これまでの発言からこの商人らしき男は、裏では奴隷売買を行う組織の主犯格とみて間違いない。異様に騎士団を警戒していたことを考えると、お兄ちゃんを売ろうとした奴隷狩り組織のボスに違いない。私の勘がそう言っている。

「確かに見目は悪くない。どちらにしろ、あの白髪の男が使えなくなったんだ。この女をたまたま手に入れたのは運が良かった。それにしてもまさかあの男、神子（みこ）の身内だったとはな。あと一日早く見つけていれば、この国を逃亡する目処（めど）がついたというのに。アイツらが油断したせいで全部パァだ！」

「ボス、通信魔法で上物の報告を受けたとき上機嫌でしたのに、残念でしたね……」

「うるせぇ！　今すぐここで放り出してやろうか！」

ビンゴじゃん。私冴えてるね。まぁ、正解したところでいいことは何もないんだけど。むしろ状況は最悪と言える。まさか兄妹揃って同じ奴隷狩りに捕まるとはね。こっちは大物釣っちゃったけど。

「ボス、着きました」

「やっとか……オラっ、お前から降りろ」

馬車は目的地に到着したようだ。開いた扉から、横たわっていた彼の身体が蹴落とされる。扱いが酷すぎると文句を言おうとしたが、その前に馬車から降りるように促された。せめてもの反抗に、返事はせずに無言で降りてやった。舌打ちが聞こえたけど、無視無視。

『ここは……』

これまでずっと沈黙したままだった竜王が、思わずというように呟いた。その声に引かれるように辺りに視線をやると、大きな木が茂る森の中、ポツンと白い壁の古い建物があり、馬車はそこから少し離れたところに止まったようだ。馬車が来たほうを振り向くと、そこだけ草と木が払われ、一本道ができていた。森に溶け込むように作られた道だ。元からあった道なのか、この男達が作ったのかは分からないけど、なんだかいい気分ではなかった。

「ここは、どこなの……？」

「こんな大木がある森といったらユダの森しかねぇだろ。転移魔法を使えば距離なんて関係ないからな」

ユダの森⁉　ユダの森って、お兄ちゃんが飛ばされたところ⁉

竜舎から一転しておれは今、王都上空を竜に乗って飛んでいる。

「さ、さむい……」

「大丈夫か？」

「さむい……」

「もうすぐ着くからなー」

「さむい……」

「ダメだこりゃ」

頭上でため息が聞こえるが、思っていた以上に寒い。風避けの魔法をかけてもらってはいるんだけど、周りの空気が寒ければ、寒く感じるものらしい。オウカ達は鎧を着ているから寒くないって言ってるけど、やっぱり鍛え方が違うんだと思う……

「ほら、団長達はあそこだ。あの光ってるとこ」

「早く降りて……」

「はいはい」とオウカは竜を下降させた。オウカの竜であるダイは久々の飛行だったようで、まだ飛んでいたかったみたいだが、あとで存分にやってくれ。おれはもう無理……

「――来たか」

予想よりもかなり丁寧に地面に降り立った竜達。その前にはダレスティアとアイルがいる。二人はあの後からずっと捜してくれたのだろう。もう太陽は少し傾き始めている。日暮れまでは時間があるが、大事になっている以上、早く見つけなければならない。

「ダレスティア、貴音は……」

「アイルがかけていた追跡魔法と竜王の魔力を辿っていたのだが、この門のすぐ先で途絶えてしまった。おそらく、既に王都の外だろう」

事態は悪い方向に進んでいるようだ。まさか王都の外に出ているなんて……

「本来なら辿れるはずの魔力がここで途切れているということは、おそらく転移魔法を使用した可能性が高い。そうなると人海戦術で王都周辺を探したところで無駄な時間がかかるだけだ。それに王都の守備を全て放棄するわけにはいかない」

「宮廷魔術師は？　サファリファスさんなら竜王の魔力を辿れるかもしれない！」

「かなり質の良い魔石を使ったようだ。魔石は魔法の性能を高めるだけではなく、威力も上げる。それなりに遠くに転移したはずだ。簡単に入手できる程度の魔石なら宮廷魔術師でも追えただろうが、今回は難しいだろう」

「だからもう神竜の力に頼るしかないんだよ。竜の番は結びつきが強い。竜王と神竜が本当に番同士なら、タカトも神子様の居場所が分かるはずだ」

二人の視線がおれに突き刺さる。でもおれは、まだどうやって番を見つけ出すのか理解できていない。理解できていないことは実践できない。感覚でやれというのが一番難しいんだ。

「ダレスティア団長、アイル殿下。タカトはまだタカト自身に眠る神竜の存在を実感できていません。急にやれと言われても難しいでしょう」

「ロイ……」

そっと肩を抱かれる。見上げると優しい微笑みがあった。その柔らかい目にいつも助けられる。おれは知らぬうちに身体に力が入っていたことに気が付いて、息を吐いた。思っていたより気を張り詰めていたみたいだ。

「でもタカトが出来るようになるまで待て、と攫った連中に言えるわけがないだろ。やれないじゃ困る。やってもらわないと」

「元はと言えば、殿下が神子様の口車に乗せられて共犯になったことが今回の原因でしょう。その責任をタカトに押しつける気ですか？」

「そうじゃないさ。だけど、そうも言っていられないだろ。全てはタカトにかかってる」

二人の言い合いに胸が痛くなる。ダレスティアはおれを黙って見つめたままで、気まずさと罪悪感が襲ってくる。おれだってできないとは言いたくない。でも人間できないことはある。

——ダレスティアの手が動いた。思わず息を詰める。俯いたおれの視界から消えた手は、おれの頭の上に軽い衝撃と共に乗せられた。そのままゆっくりと撫でられる。

「——私は、タカトを信じている。お前なら出来る。妹を見つけ出せるはずだ」

「ダレスティア……」

撫で続ける手に促されるように、ダレスティアを見上げた。その両目のエメラルドは想像していたような凍てつくものではなく、温かい光でおれを包み込むかのような眼差しを向けていた。

「信じてるからな」「お前なら出来る」どれも会社で都合のいい言葉としてかけられ続けた言葉。それを初めて嬉しいと思った。この人に言われたら出来る気がする。

いや、出来る。

そう思わせるような、力がある言葉を伝えられるダレスティアは、やっぱりすごい。そういうところが好きなんだ。

グルルルルルルル――

おれ達の後ろで、竜が鳴いた。それは意味を持たないただの呼びかけ。振り向くと、ダレスティアの竜が主人と同じような目でおれを真っ直ぐ見ていた。

「ルース？」

ダレスティアが彼の竜の名を呼んだ。しかし主人のほうは一切見ずに、ルースはただおれを見つめる。まるで何かを促しているようだ。でも何を言いたいのか分からない。竜の言葉が分かると言っても、話してくれないと分からないのだから。

反応がないことに痺れを切らしたのか、ルースはその頭を隣に向けた。そこにはメイアとダイ、そしてハクの竜がいる。ルースが一声鳴くと、一斉におれを見た。その圧にたじろぐ。まるで恐竜の群れの中に放り出された気分だ。みんな無言で見つめてくるから怖いんだけど……！　せめて何か話してよ！　おれしか分からないけど……あ、もしかして、そういうことなのか？

おれが気付いたことを理解したのか、どことなくルースの顔がドヤっている気がする。あ、鼻をフンって鳴らしてるからドヤってるわ。とはいえ、あまりに遠回しなやり方には文句を言っても許されるだろう。

「ダレスティア。おれ、絶対貴音を見つける」

「……ああ」

おれは竜達のもとに駆け出した。竜のことが知りたいなら竜に聞けばいい。

SIDE ロイ

竜達のもとに駆け出したタカトを見送る。まだ出会ってそんなに経っていないのに、急な展開のせいで、急速に遠くへ行ってしまったようだ。竜と会話することができる力もそうだ。神竜が宿ったことで身についた力だろう。

竜がどのような原理で番(つがい)の居場所を察知しているのかは、ある程度解明されているが、同じことができるかと言われるとそうもいかない。ましてやタカトはまだ竜に関することをほとんど知らないのだから、急に番(つがい)の竜の魔力を捜せと言われても、不可能だろう。

しかし、妹のために頑張ろうとするその姿勢は、ダレスティア団長と方向性は違うがどこか似ている。大切なもののために自分を顧(かえり)みず行動する、その意思の強さに私は引き付けられるのだろうな。

「……タカトは竜達と何をしているのだ」

ぽつりと呟く声が耳に入り、隣に目を向ける。ダレスティア団長は私と同じようにタカトを見つめていた。私も再びタカトを見る。タカトは何やら竜達と話し合っているようだ。時々メイアがダイに向かって鳴き声を上げて、それをルースやタカトが仲介しているようにも見える。

「タカトは神竜の影響で竜と会話ができるようです。その力で竜達から番を見つけるヒントを得ようとしているのかと」

「竜と会話できるの!? いいなぁ、タカト」

「ルースが自分から呼びかけるとは、餌付けでもされたのかと思ったが、そういうことか」

「……餌付け、ですか？」

ダレスティア団長の竜で、騎士団の竜達の長でもあり、気品あふれるルースには似合わない言葉に、思わず聞き返してしまった。

「アイツは昔から食い意地が張っている。食事の時間には真っ先に食べるだろう？ 一時期、私が顔を出してやれなかったときには、私よりも食事係に懐いていたこともあったな」

思い出すように語られる内容は、戦場でのルースを知る者としては信じられないものだった。

「冗談かと思ったが本当だったんだな。タカトが言っていたことは」

「タカトが？ 何を言っていた」

「ルースが夕食に間に合うように、早く仕事を終わらせたいって言ってるって」

「……まったく、長としての威厳はどこにいったのか」

オウカの言葉に呆れたように眉間に皺を寄せて目をつむる団長の姿に、少し驚いてしまう。これまでの団長は、浮世離れした完璧な方だった。私が補佐になってから、仕事はほとんどお一人でしてしまって、実質私の仕事はオウカ副団長の監督だけ。副団長を部下が監督するのもおかしな話だが。

しかし、タカトと出会ってからのダレスティア団長は、これまで見せることのなかった人間らしい一面を多く覗かせるようになった。まさか団長と共に一人の青年を愛することになるとは思わなかったが、あの宿での一夜で、団長も普通の人間なのだと知ることができた。この方を遠い存在にしてしまったのは私自身なのだとも。

「ダレスティア団長、神子様はやはりあの商人に？」

「この門の番をしていた者の話では、その商人の馬車が門を通過したあと転移魔法を使って消えたとのことだ。確定だろう」

「でしたら、屋敷の捜索を行うことは可能ですか？　元々あの商人には奴隷売買の疑いが掛けられていました。これはその悪行を追及するチャンスでもあります」

「……では、現在王都の捜索にまわっている団員の半分を、屋敷内の確認という名目で突入させよう。万が一、という可能性も捨てきれないからな」

「ありがとうございます」

私が考えていることを、まるで頭の中を覗いたかのように的確に察して指示を出す団長に、恐れのようなものを抱いたこともあった。けれどそれは、団長が人の機微に敏感で、常人よりも察しがいいだけのことだ。

今も、私が気にしていることを察して屋敷の捜索を命じてくださった。それに甘えることなく、精進しなければならない。これからは団長と同じ想い人を守っていくのだから、団長に負けてはいられない。ダレスティア団長がタカトを愛する同志だなんて、数日前なら信じられないことだけれど、少し変わった関係の、しかし身近になった団長にいいところを全て持っていかれては敵わない。

「神子様を保護したら、商人の屋敷のほうはお前に任せる。……頼りにしているぞ、団長補佐」

この方には、一生敵わないかもしれない……。けれど、それとこれとは別だ。タカトも、公私を分けられない奴は嫌いだと言っていた。

なので、憧れの上司としてのダレスティア団長に今は負けを認めましょう。ですが、恋敵としての団長には絶対に負けを認めません。

「なんか、急にロイの魔力が漲ったんですけど。何か言いました？」

「どうせまたダレスティアが殺し文句言ったんでしょ」

部下達にそれぞれ指示を出していたオウカ副団長とアイル殿下が口々に軽口を言いながら戻ってきた。

今私達にできることは悔しいことに、ほとんどない。タカトに全て預けてしまって申し訳ない、と考えているとタカトも戻ってきた。心なしか、その頰は赤く色づいているように見える。もしかして、具合が悪いのだろうか。朝に無茶をさせた手前、罪悪感が押し寄せる。

「タカト、大丈夫ですか？　顔が赤いですが、もしかして朝の負担がまだ……」

「い、いや、それは大丈夫。気にしないで」

そう言うが、タカトの目はうろうろと彷徨って落ち着かない。私と話しているのに目が合わないのも気になる。タカトは優しいから、体調不良を隠そうとしているんじゃないだろうか。

熱を測ろうと頬に手を伸ばした瞬間、タカトが力強くその手を掴んだ。

「タカト……？」

「あー……えっと、ロイ!!」

「え、あ、はい？」

泳いでいた視線が真っ直ぐ向けられる。手を掴む強さと同じくらい、いやそれ以上の力を込めた視線で名前を呼ばれ、気圧されてしまった。覚束ない返事が宙に浮いたのも束の間、真っ赤な顔で放たれた言葉に私は完全に思考が停止した。と同時に、場の空気が凍り付いた。

「ロイ！　おれとキスしてくれ!!」

ピシッ……と、空気が凍った気がした。というか、目の前のロイは目を見開いて微笑みを浮かべたまま凍り付いている。おれは、努めて冷静に自分の発言を振り返ってみた。おれ、今なんて言った？

…………

「あーーっ、違う違う違う!!」

「……え？」

おれの叫びでロイの氷が解けた。おれは解凍するどころか燃える勢いで頬が熱い！

「えっと、正確に言えば違くないけど……！　でもそういう意味じゃないんだって!!」

「え、あ、そうですか……」

「そう!!」

めちゃくちゃ恥ずかしいじゃん、おれ！　混乱して伝えなきゃいけない順番間違えて、こんな恥ずかしい間違いをするなんて……

一人恥ずかしさに悶（もだ）えて必死に訂正するおれは、周りの安堵のため息とは対照的にしょげた様子のロイに気付かなかった。

「あー、タカト。なんか間違えたのは分かったから。とりあえず落ち着け」

「うん……」

オウカがロイの肩に腕を乗せた。なんかロイ、落ち込んでる……？

「それで？　竜達から何か聞けたのか？」

「あー、うん。なんか、番（つがい）を見つける方法は感覚的なものっていうか、竜にとってできて当然のことらしいから、よく分かんなかった」

「理解してやってるわけじゃなく、本能ってことか」

「そう。いくら神竜と融合してても人間のおれには無理だって、ルースも言ってた」

「アイツらに話したのか？　神竜のこと」

「いや、バレてたよ。竜王と神竜はこの世界の全ての竜のボスだから、竜は本能で魔力が分かるんだって。なんで俺と融合してるかまでは興味がないらしいけど」

ルースに言われておれは驚いたけど、竜達はめちゃくちゃドライな反応だった。「へー、そうなんだ。おもしろいね」って感じ。あっさりしすぎて、少し拍子抜けした。

「で、おれができないの分かってるのに、なんでおれを呼んだのかルースに聞いたんだ。そしたら、番（つがい）を捜すのはおれじゃないって」

おれは、ルースの言葉を思い出しながら、静かにおれの話を聞いてくれているみんなに伝えた。

「『おれ』が『貴音』を捜すんじゃなくて、竜王の番（つがい）である『神竜』が『竜王』を見つけるんだって」

ルースはおれにこう言った。

『お前と神子（みこ）は番（つがい）ではなく兄妹だ。我々が番（つがい）の居場所を見つけ出す方法で捜すことは不可能。そもそも、お前が捜すという前提が間違っている』

――そもそも人間のおれが竜王を竜の本能で捜すということが無謀だったということだ。

言われてみれば、それはそうだ。おれも含めて、おれが神竜と融合してるからできると思い込んでいただけ。人間が竜の本能を扱うなんてできない。

けど、実際に番（つがい）である神竜が竜の本能で竜王を見つけるのは自然なことだ。つまり、『おれ』では無理だということ。どうにかしておれの中で眠る神竜を引っ張り出さなければならない。

「ルースは、おれが神竜の存在を知ることができないのは、神竜の魔力が不足しているからだって言ってた。おれをこの世界に転移させた時にかなり魔力を消耗したらしい。魔力を供給できれば神竜の意識が浮上して竜王を見つけることもできるはずだって」

竜達に聞いたら、なに当たり前のこと聞いてんの？　みたいに首を傾けてたし実際に言われたんだけど、こっちはむしろなんで竜達はそんなに知ってんの？　って驚いたよ。竜達の中で、特にルースは物知りだった。おれを呼んだのも、竜が番を捜す方法を教えるんじゃなくて、根本的な問題を理解させるためだったし。

「ルースがなぜそんなことを知っている」

ダレスティアは厳しい顔をしている。ロイとオウカから、おれが竜と話すことができるのは聞いたんだろうけど、半信半疑なのかもしれない。ロイとオウカも何か考えているようだ。そりゃ、急にそんなこと言われたら信じられないと思うけど……

「あぁ……別にタカトを疑っているわけではない。単純に、アイツがそこまでの知識を持っていたとは、と思っただけだ」

ダレスティアがおれの顔を見て軽く微笑んだ。その笑みにほっとする。

ダレスティアは常に冷静で、疑わしいものは全て疑う慎重派だ。だからこそ、竜の牙の団長を務めることができるんだろう。その彼が、おれが言っただけの言葉を簡単に信じることのほうがありえないはず。けれど、ダレスティアはおれの話を受け入れてくれた。信頼されていることがとても嬉しい。その気持ちがあふれて胸のあたりがぽかぽかする。

「我々は竜とコミュニケーションをとることができますし、ある程度信頼しあっています。ですが神竜の存在があるからといって、初めて会った人間にあのように竜が気を許すなんて考えられないことです。あのルースの様子は、タカトの話に信憑性があるという証明になります」

「そうそう。俺達は団長の言う通り、竜がそういった知識を持つことに驚いてるんだ。竜舎の竜達は生まれたときから竜舎で育つ。いったいどうやってそんな知識を身につけたのか」

ロイとオウカも、おれの話が真実かということよりも、竜達がなぜそのような知識を持つのかと思っていたらしい。ずっと飼っていた猫が猫又だったみたいな衝撃なのかな。

「ルースが言うには、これは竜の血に刻まれているものだから、年を重ねるごとに血に刻まれた知識を吸収する？　らしいよ。よく分からなかったけど」

「竜の研究者達が狂い死にそうな情報だな。今は聞かなかったことにしようぜ」

「そうですね。それはまた後程にしましょう」

「面倒なことになるだろうからな」

「えー、面白そうなのに」

三者三様……というよりは、アイル以外はみんな聞かなかったことにした。絶対アイルが研究者達に洩らすだろうけど。

「それで、だ。さっきの魔力の話からなんでロイにキスなんてことになったんだ？」

「うっ……」

おれはさっきの失態とオウカの質問の答えを思い出してしまった。正直、それに関しては何も聞かないでほしいのが本音だけど、そうもいかないのは分かってる。

「えーと……魔力を早急に補充するためには、他から魔力を吸収するのが手っ取り早いんだけど、神竜の場合は雌だから性行為が一番いいってルースが……。でも今は軽いものでも大丈夫なくらいの魔力は溜まってるから、キスくらいでも神竜の意識は呼び出せるって言われて、ロイがいいなって思ったんだ」

「朝のアレで魔力が溜まったのか……ロイはいったいどれだけ神竜に魔力を奪われたんだ？」

オウカがぼそぼそ呟いているが、何を言っているかまでは聞こえない。すると、ダレスティアにできれば触れられたくなかった部分を質問されてしまった。

「何故、ロイがいいと思ったんだ？」

「それは俺も聞きたいな」

若干硬いダレスティアの声と、揶揄うようなアイルの声。何故声しか分からないのかというと、恥ずかしくて顔を上げられないから。

「いや、あの……ルースが、魔力をもらうならロイかオウカかアイル王子の誰かがいい、って言ったんだけど……ロイはおれとキスしたことあるし、おれもロイならキスしてもいいなって思った、から」

それにロイとはキスのその先もしちゃったからね！　キスくらい恥ずかしくな……いや、恥ずかしいです。

この程度の話もめちゃくちゃ恥ずかしいって思っちゃうのは成人男性としてどうなの……。そっち方面でも恥ずかしい！

「……それは私ではいけないのか」

「ダレスティアはロイよりも保有魔力が少ないから候補に挙がらなかったんだろ？　ロイの代わりになるなら俺かオウカだろう」

少し不機嫌気味なダレスティアを揶揄（からか）うように、アイルが絡む。するとオウカはあからさまに顔を引き攣（つ）らせた。

「俺は遠慮するぜ。代わりならアイル殿下がお願いします」

「そんなに拒否られると少し傷つくんだけど」

「俺はタカトなら大歓迎だよ？」

「そもそも私は断るつもりなどないのですが」

嫌悪という感じではなく、単にお断りという感じのオウカにどう反応するのが正解なのか悩むんだけど。アイルは手慣れたウィンクで星を飛ばしてくるし、ロイは好き勝手言う彼らに苦言を呈している。

「あ、でもロイ、魔力不足で休んでたよね……。もしまた魔力を貰いすぎたら倒れちゃわない？」

「大丈夫です。むしろ魔力が戻りすぎてしまったので、役立てていただけるのでしたら願ったり叶ったりです」

「そうなの？」

「坊ちゃんの魔力増強剤のせいだな……」

「ええ……ですのでタカト」

「ん？」

ちゅっ……と柔らかいものが唇に触れた。知らぬ間にすぐ側にあったロイの顔が離れていく。どことなく得意げなその顔に、キスされたことをようやく理解した。ま、またやられた！

「ではタカト、一時的に人払いしますのであちらに行きましょうか」

「ぅん……」

「あ、もしかして、皆さんに見られながらの方がお好きですか……？」

「そっ、そんなわけあるかっ！　早く行くぞ！　ササッと終わらせるんだからな!!」

そんな衆人環視の中でキスする趣味はありません！

おれは羞恥で熱い顔のまま、くすくす笑うロイを引っ張って、みんなからは陰になっている場所に移動した。

「おうおう……あんな顔してるロイ初めて見たぜ。ダレスティアといいロイといい、この数日で驚くほど人間らしくなったよな。感情が出やすくなったというか……。タカトのおかげか？」

「……そうだな。タカトのおかげで、恋情という感情を知ることができた。よく母上が仰っている心臓が痛くなるほど胸が熱く焦がれるという意味を、私が知ることになるとは思わなかったがな」

「熱く焦がれる……か。恋にうつつを抜かすなんてことだけは勘弁してくれよ？　まぁ、それこそありえないと思うけどな」

「当たり前だ。無駄口はここまでにして、神子の居場所が分かり次第出発できるように竜達の準備をしろ。それと、一応戦闘の用意もな」

「了解」

誘拐犯達を追う準備に動き始めた騎士達の気配を感じて、おれは若干緊張してきた。

「タカト、緊張することはないですよ。私に全て預けてください」

「そ、それはなんか男として思うところがあるんだけど……」

年上としての威厳とかもあるんですよ。今更そんなものって感じがすごいけど。

「では、あなたからキスしていただけませんか？」

「お、おれから!?」

ロイの眩しい笑顔が憎い……。そんな顔で待たれると断りにくいじゃないか。めちゃくちゃ恥ずかしいけど、もうあんまり時間の余裕もないし……えぇい！　ままよ!!

「んッ！」

ロイの両頬に手を伸ばして、引き寄せるようにして口づけた。隙間を全て埋めるように、ぴたりと互いの唇を合わせる。温かい体温が唇の合わさったところから鋭く伝わってくる。

「んん……ぅん、ふっ、ンぁ」

「ふ、ぅ……」

少し離れては吸い付くようにまた触れ合う。湿り気を帯びた艶めかしいリップ音がおれとロイの間に響く。薄っすらと赤く色づき始めた唇が少し開かれ、熱い舌先が覗く。たまらなく淫らな動きでおれの口内に侵入してきたソレは、抵抗なく招き入れたことを褒めるかのように上顎を撫でた。

そのぬるっとした舌の感触に腰の奥が痺れ、膝が震える。

「んァ……ぁ、んむ、ふぁ」

「ぁ、ンッ、ん……」

ぴちゃぴちゃと淫靡な雰囲気が満ちる。おれは身体を支えるようにロイの首に両手を回してしがみつき、ロイはおれの腰に腕を回して崩れ落ちないようにしながらも、互いの下腹部を押しつけるように抱き込んでいる。全身が熱い。

「っ……は、っふ、んむ、ぅ、ッ、はふ……」

「んッ、タカト……」

濡れた吐息混じりに囁かれ、心臓が高鳴った。再び口内に入り込んだ熱いロイの舌が、おれの舌と絡み合う。ぐちゅぐちゅと唾液までも絡ませ合う交わりに、口端から収めきれなかった、どちらのものとも分からない唾液が零れ落ちていく。触れ合う舌から注ぎ込まれる熱に翻弄され、おれは顎を伝って落ちていくソレに気を留めることもできない。

「ンンっ⁉」

濡れた顎を気にすることなく掴み、真上から噛みつくようなキスをされる。注ぎ込まれる熱の質量が増した。おれの体内に沁み込むようなその熱は魔力なのだろう。あまりの熱さに、おれはロイの胸元をギュッと握りしめ、薄っすらと目を開けた。ロイが欲望の炎を奥に揺らめかせた瞳でおれを見つめている。目尻が赤く染まっていて、ロイも興奮していることが伝わってくる。注ぎ込まれる魔力による熱で茹った思考は、何も生み出してくれない。

「ンん……ロイ、ぅ、ぁ、は、ンぁ、ああッ！」

どぷり……と、ひと際ねっとりとして熱い塊が喉元を通り、心臓の辺りが燃えそうだと思った瞬間、おれの意識はゆっくりと身体から乖離し始めた。段々暗くなる視界。不安になりそうなほどの暗闇に変わっていく。しかし怖くはなかった。ほわほわとした柔らかいモノに包まれている。そんな気持ち良さに、おれは抗えなかった。

SIDE　ロイ

タカトが纏う雰囲気が変わった。されるがままだった身体に力が入り、しがみついて震えていた腕は首筋に纏わりついていく。変化に気付いた私は身体を離そうとしたが、逆に引き寄せられてさらに密着することになった。

魔力を与えていたキスが一転、奪い取られるようなキスへ。意思に反して熱くなる身体と速さを増す鼓動。この感覚には覚えがある。つい最近。今日の朝だ。

「――んッ」

「っはァ……」

ようやく離れた舌先を、それでもなお繋がっていた糸が切れた瞬間、熱くなっていた身体の血の気が一瞬で下がる感覚に襲われた。これも、今朝体験したばかりだ。魔力不足の症状。王宮魔術師の介抱で魔力が有り余っていたことは事実だが、まさかここまで持っていかれるとは予想外だ。タカトに大丈夫だと大見得をきった手前、倒れるなんてことはできない。

震える膝に手をつき、込み上げる眩暈と吐き気、頭痛に耐える。今朝よりはだいぶマシだが、普段ここまでの魔力不足にはならないため、耐えるのが精一杯だ。

「――大丈夫？」

黙り込んでいたタカトが声をかけてくれたことで彼に異常はないことを察して安堵した。あれほどの魔力を吸収したのだから、何かしらが起きてもおかしくない。神竜と融合しているからか。いや、だからこそ気を付けなければならない。こちらからも体調を問いたいが、止まらない不調が喉を塞ぐ。

「うーん……思ったよりも重症？　あの逃げた狼ほどじゃないけど、魔力が美味しくてツマみすぎたかも」

一人で呟いているタカトの口調に、違和感を覚える。ズキズキと痛みを増す頭痛のせいで、考えることが難しいが、意地でも意識を失うわけにはいかない。

――と、冷や汗が浮かぶ額とこめかみに冷たい何かが触れた。ひんやりとした、真夏の川の水のような気持ちいい冷たさ。それが首筋を通って胸に触れたとき、それがタカトの手だと気付いた。タカトの手は、本人も子ども体温なのだと笑っていたくらい、いつも温かくて、こんなに冷たいことはない。

「下手に魔力を戻すと面倒なことになるから、君自身の魔力生成能力を高める。そのまま動かないで楽にしてて。大丈夫大丈夫！　ちょっと貰い過ぎた魔力使うだけだから！」

どこか無邪気な声が降ってくるが、その内容を理解する前に、胸にあてられた手から白い光が溢れ魔法陣が浮かび上がる。

思わず息を呑んだ。

自身が決めた呪文を唱えさえすれば魔法が発動するようになった現代において、物に魔術式を刻むのではなく、魔法陣に術式を刻んで発動する魔法の使い方はとうに廃れたものだ。使われなくなったことには効率の問題もあるが、もう一つ理由がある。

それは、魔法陣に術式を刻むほど強い魔法の使い手が、ほとんどいなくなってしまったことだ。そのため、もはや召喚の儀くらいでしか魔法陣を使った魔法が使用されることはない。

つまり、私は今ありえないものを見ている。

「んん？　魔力の生成回路少なすぎない？　今の人間ってこれが普通なの？　いや、でもマシな方なのかな……あの団長はもっと魔力少なかったからなぁ」

タカトが少し屈んだことで、その絹のように白い髪が目に映る。オウカ副団長の銀の髪とは違う、光沢のない真白な髪が、光っている。

光の反射ではなく、キラキラとした魔力の残滓がタカトの全身から溢れ、髪からは一層その粒子が零れている。

魔力を持つ者には、それぞれ生まれながらに持つ魔力の色がある。白い魔法の粒子は白と黒の色素が人間に存在しないのと同じく、人間は持たないものとされている。しかし、今溢れている魔力の残滓の色は白。

タカトは神子とは違い、まだ魔法はたいして使えない。こんな古代魔法といえるものは論外だ。痛みが引いた頭でようやく理解した。

「ん。まぁ、これくらい回復できればいいでしょ！」

そう満足げに呟いて魔法陣を消すタカト……いや、タカトの身体を借りた別人。

正面から向かい合った、私の目の前にいる人物の身体はタカトそのもの。しかし中身は別人だと、その目の色が語っている。

「はじめまして……じゃないね！　今朝ぶりだね、ロイ。君の魔力、とても美味しかったよ」

神秘的な黒い目ではなく、ホワイトオパールのような光彩へと変化した目を細め、神竜はそんな無邪気な物言いとは対照的な妖艶な微笑みを浮かべ、赤く熟れた唇をニヤリと歪めた。

「今朝も結構魔力奪っちゃったのに、よくここまで魔力回復できたね。なんだっけ？　あの人間が薬作ったんでしょ？」

「えっと、サファリファス殿のことでしょうか……」

「そうそう！　そんな名前だった気がする！　あの人間もあの狼と同じくらい魔力が多かったけど、味はあんまり美味しそうじゃなかったんだよね。色々混ざってそうで」

「あの……あなたは『神竜』……ですよね？」

「ん？　そうだよ？　ボクが、君達の言うところの神竜だ。肉体があった頃は、ハクロって呼ばれてたよ。本当の名前は別にあるけど、それで呼ぶのはボクの夫の特権だから！」

タカトの姿を借りていると言えばいいのか。神竜はタカトの顔で表情豊かにあれこれと話している。今朝、少しだけ対面した時とはかなり違う印象だ。あの時は先ほどのような男を誘う笑みを浮かべながらも、獲物を狙う肉食獣のような目をしていた。格が違う。そう思わされるような雰囲気だったのに。

「ボクのことは神竜でもハクロでも、どっちでもいいよ！　とりあえず、タカトの男達のところに戻ろうか。どうせ同じことを聞かれるなら、説明は一回の方が楽だしね」

神竜は何故か機嫌良く歩き出した。少々聞き捨てならない言葉が聞こえた。そこだけは訂正しなくては。

「ハクロ様」

「んー？」

「タカトの男は、私とダレスティア団長だけです」

「……そっかぁ！」

振り返った神竜は、にんまりと目を細めた。タカトなら絶対にしないその表情に、言いようのない不安が押し寄せる。タカトの意識は、今はどこにあるのだろうか。

「今は確かに、君とあの強い人間だけがタカトの夫候補だ。今後、どうなるかは分からないにしろね」

「……はい」

気になる部分はあったが、あまり追及して神竜の機嫌を損ねるのは良くない。私は冷静になろうと、息を吐いた。

「やきもちかぁ！　可愛いじゃん！　ボクの夫はそこらへん達観してたからなぁ……」

「あ、今回ハクロ様をお呼びした理由なのですが」

「あぁ、大丈夫！　分かってるから。ボクの夫、というよりはタカトの妹か、見つけたいんでしょ？」

「ええ。そうです」

神竜の夫、竜王のことを思い浮かべた彼の横顔はどこか切なげで、思わず息を呑んだ。憂いを含んだ、伏せられた眼差し。その顔をこちらに向けさせたいという衝動に駆られる。これが、魅了の力なのだろうか。反射的に動きそうになった腕を抑える。目の前の細い身体を抱きしめたくなったのはタカトの身体だからだ、と言い訳じみた考えが浮かんだ。いや、言い訳ではない。これは真実だ。私の身体が動いたのは、タカトが悲しんでいると思ったから。魅了のせいじゃなく、タカトだから。そう自分を納得させた。

すると今度は違う問題が出てくる。この男ホイホイがレベルアップしそうなタカトを、確実に守れるのかということ。魅了の力が放出されている状態なら、そこら辺の男にも襲われそうだ。団長が仰っていたゼナード伯爵のことも注意しなければならない。神竜は魔力を求めて副団長を襲うかのように誘ったらしいし、また勝手にタカトの身体を使って何かしかねない。

「……君が何を考えているのか何となくわかるけど、今回は何もしないよ」

「え」

「次があればボクも自由に動くけどね！　あの狼の魔力を味わってみたいし、団長？　の魔力が綺麗すぎる理由も知りたいし。あと純粋に逆ハーレム築きたいし！」

「そ、それは止めていただきたいのですが」

「えー？　わがまま過ぎない？」

「今はハクロ様の身体でも、本来はタカトの身体ですので。大切にしていただきたいのです。タカトは、私の愛する人なのですから」

「……まあ、ボクの魂の入れ物でもあるから大切にはするけどさ」

そう言うと、神竜はそっけなく団長達の方に駆けていった。神子には竜王の守りがあるから怪我を負うことはないと思うが、タカトは神子ではないため守りがついていない。しかし、あの感じだと、竜王ほどではないがちゃんと守ってくれるだろう。そうだ。今度、また神竜がタカトの身体を乗っ取ったら誓約書を書いてもらおう。

駆けていった先でオウカ副団長に抱きつこうとするタカトの姿をした神竜を見て、私は神竜に必ず誓約書を書かせようと決意した。

SIDE　ダレスティア

タカトとロイが戻るまで、私達は今できる範囲の準備を行っていた。元々、追跡や捕縛の準備はある程度完了させていた。おそらく神子の居場所が分かり次第、竜に乗って向かうことになるだろう。本格的な作戦の準備として、私とアイルに従って馬で行動していた団員を、竜に乗って上空から捜索していた団員と入れ替えるなどの指示を出す。そろそろ上空にいた団員全員が揃うはずだ。

「――っ!?」

「どうした」

私と共に空から降りてくる竜達を見ていたアイルが、何かに反応したように突然振り返った。視界の端で、オウカも同じように振り返っていた。アイルの目は信じがたいものを見たかのように見開かれ、私の問いにも答えない。二人が見ているほうに目を向ける。そこはタカトとロイがいる場所だった。こちらからは窺うことができないが、何かあったのだろうか。私は何も感じなかったが、王国随一ともいえるほど魔法に優れたアイルとオウカが揃って反応したのなら、魔法に関することなのかもしれない。

「――殿下」

近付いてきたオウカが、アイルに同意を求めるように話しかける。オウカはアイルが苦手だ。それなのに、自分から話しかけるとは。

私の魔力はそれほど多くない。だが、異なる点で私の魔力は他と違う。そのため、魔力の量に関心は持っていなかったのだが、タカトに関することでまさか魔力の量が問題になるとは思わなかった。即座に異変を察知できることは素直に羨ましいと思う。良くも悪くも、普通ではない私が、まさか、そんな風に思う日が来るとは思わなかった。

「何か問題が起こっているのか？」

「いや、驚いてるだけだ。確かに魔法は使われてるけど、これはロイの魔力じゃない」

「ではタカトが？　タカトはまだ魔法が使えないはずだが」

「タカトの中に感じた魔力に似てる。正確に言えば、今朝のタカトだがな」

普段のタカトではなく、今朝のタカト。それはつまり。

「神竜か」

「ああ。おそらく意識の呼び出しには成功している。だけど魔法を使う理由が分からないな。それも、これは古代魔法だろう」

「坊ちゃんに引きずられて遺跡巡りに連れ回されたときに感じたものと、よく似た気配だ。ほぼ確実に古代魔法でしょう」

古代魔法とは、もう廃（すた）れてしまい過去の遺産と化している魔法の発動形態のことだった。魔法陣に術式を刻んで発動する方法は非効率的だと言われ、儀式でしか残っていない。しかし、魔法陣に刻むことで魔法が安定し、威力も規模も上がると言われている、らしい。

現代にはもう、召喚の魔法以外に魔法陣を使った魔法を使える魔術師や魔法士がほとんどいないため、その実態は曖昧なのだそう。物に術式を刻む魔法を使う魔術は、古代魔法の形式を残している唯一の後継魔法術だということは、初めて知ったが。

「あ、消えた。もしかして治癒魔法だったのかもね。ロイがまた魔力不足になっちゃったとか」

「坊ちゃんに話したら大騒ぎしそうな経験だな……。いや、この場合なんで呼ばなかったのか怒られそうだ。今の、坊ちゃんには内緒にしません？」

「嫌だよ。俺だって古代魔法の気配感じたこと、自慢したいもん」

どうやらその古代魔法の気配は消えたようだ。アイルとオウカのじゃれ合いを横目に、周囲の様子を探ると、竜達の様子が変わっていることに気付いた。

ルースを筆頭に、全ての竜がタカトとロイがいる場所を見つめていて、緊張しているようにも見える。神竜は竜王と同じくこの世界にいる全ての竜の長。我々からすれば、長年不在だった王が帰還して初めて謁見する、という感覚なのかもしれない。

と、竜達の視線が集中するそこから、白い人影が飛び出した。

「あれ？　タカト？」

アイルが首を傾げる。無理もない。今、タカトは神竜に意識を譲っているはず。だが、こちらに駆け寄ってくる様子は、無邪気な子どものようだ。

「なぁ……なんか俺に向かってきてないか？」

アイルの説得に失敗して意気消沈していた様子のオウカが、先ほどあげた情けない悲鳴よりも更に絶望した声で問いかけてきた。私は、真実を答えてやった。

「そのようだな。神竜にとっては、魅力的な餌なのだろう」

「っ!!」

青い顔で身をひるがえそうとしたオウカだが、一歩遅かった。

「狼くんつーかまーえた！　魔力ちょうだい？」

「おわっ⁉」

オウカの腹に抱きつき、タカトであればありえない媚びた笑みを浮かべる、タカトの姿をした神竜。オウカに抱きついたまま私を仰ぎ見た彼は、その存在の証明であるホワイトオパールの目を細め、にやりと挑発的に唇を歪めた。

「魔力はもうロイが供給したのでは？」

「冗談だよー。でも、ちょっとくらいつまみ食いしてもいいでしょ？」

「ちょっ、それはシャレにならないって……‼　なんで外せないんだ⁉」

「とか言って本気出してないくせにー。ま、そしたらこの腕はポキッといっちゃうけどね！」

「ハクロ様、タカトの身体を借りているということをお忘れなく」

思ったよりしっかりとした足取りで歩いてきたロイが笑顔で神竜に話しかけた。笑顔は笑顔でも、圧がある。タカトには絶対に見せないあの笑みを向けるということは、今のタカトはやはり神竜そのものとなっているということか。

「このボクに命令するつもり？」

「まさか。約束していただくだけです。私との約束がお嫌なら、竜王と約束していただきましょうか。神子様はタカトの妹ですので、これくらいは許していただけるでしょう」

「思ったよりいい性格してるね、君」

頬を膨らませた神竜は、渋々といったようにオウカから腕を離した。ようやく解放されたオウカは耳を伏せて後退っている。彼は獣人であり、優れた魔法士でもある。普通の人間とは違った印象を強く感じて、神竜に苦手意識を抱いている可能性もある。魔力を狙われているから、ということが一番大きいのかもしれないが。

「それで、わざわざボクを呼び出したのはタカトの妹を見つけるためなんでしょ？」

「そうです。我々にはもう手がない。残された最後の手段が、あなたが竜の本能で番である竜王を、ひいては神子様を見つけることなのです」

「正しい選択だね。君達が竜王と呼ぶ僕の夫の居場所は、番のボクなら正確に把握できる。ボクも、彼氏達ならともかく夫を奪われたままなんて嫌だし。それも人間の策略に利用されるなんて冗談じゃないよ」

「では竜王の居場所まで誘導していただけますか」

「うん、いいよ！　神子の身の安全は夫が守ってると思うから安心していいけど、とりあえず爆速で向かってね」

「……ん？」

静かに話を聞いていたアイルが首を傾げる。

「先ほどの魔法の残滓から、神竜様は相当な魔法の使い手でしょう。でしたら我々を転移魔法で飛ばすことも容易いのでは？」

「殿下、流石に神竜……様に対して運べってのは無礼なのでは？」

「あ、そっか。普段父上と他の国の王族以外に気を遣うことがないからさぁ」

「しれっと王族アピールするの止めてくれません？」

まさか神竜に対してもろくでもないことを言うとは思わなかった。

そもそも転移魔法は難易度が高い魔法だ。それをこんな大人数相手に発動するとなると、最悪タカトの身体にも負担がかかる。

「ボクのことは好きに呼んでくれていいよ。ここにいる全員を転移魔法で飛ばすのは簡単なんだけど、下手に難易度が高い魔法を使うと、魔法を使うことに慣れていないこの身体が悲鳴をあげちゃう。大事なボクの器に傷をつけたくないからね！　元々あの子達に乗っていくつもりだったんでしょ？　ならそっちの方がまだ安全だよ。安全飛行できるかはともかくね！」

「さぁ、早く乗って！」と神竜ハクロの一声で私達は慌ただしく動くことになった。それぞれの相棒に乗り、空へ飛び立つ。神竜は私と共にルースの背に乗ることになった。竜達の長（おさ）といえる神竜がいることで、竜達の士気も上がっているようだ。騎士団の竜の長（おさ）を務めるルースも、普段は夕食間近になると飛びたがらなくなるが、今はやる気に満ちている。神竜を背に乗せていることが誇らしいのかもしれない。

「この空を飛ぶ感覚、久しぶりだなぁ……」

私の前に座っている神竜が、懐かしそうな声をあげる。防風魔法の障壁がなければ聞こえないほど、小さい声だった。

「んー……ヴァル」

先程よりも小さな声で何事かを口にすると、神竜の身体から白い魔力の粒子が溢れた。身体を包むように光が収束すると、一気に宙に放出される。幻想的ともいえるその光景に目を奪われる間もなく、神竜は腕を伸ばした。

「あそこ。彼はあそこにいる」

「あそこ?」

指し示す先は先日通ったばかりの道。まさかと思った答えを神竜は告げた。

「ユダの森。今は遺跡と化したボクの神殿。神子と夫はそこにいる」

神子を攫ったのは、タカトを襲った奴隷狩り達を裏で操っていたと思われる商人。奴らの拠点があるのはユダの森だった。主要な拠点だったアジトを潰したことでユダの森から消えたと思っていたが、まだ拠点があったとは……

「あまり自分を責めなくていい」

私の心情を読み取ったかのように、神竜は静かに言葉を落とす。

「ですが、この案件は我々竜の牙が受け持ったもの。我々がもっと情報を得ていれば、このように時間を無駄にする事態は避けられたはずなのです」

「本来ボクの神殿は見つかるはずがないんだ。だからこの時代にボクの存在が伝わっているとも思えない。恐らく奴らは、神殿に刻まれた術式に不具合が生じた時に偶然見つけたんだと思う。それでも、目印となるものを仕掛けなければ再び見つかることはないはずなんだ。君達が情報を得ていたとしても、その情報をもとに探したところで見つからない。存在しない幻を探す羽目になる」

「……では、我々も限られた時間で神殿を探すのは難しいのでは」

腕の中で神竜は私を振り仰いだ。煌めく瞳が挑発的な視線を放つ。ニッと、口端を上げて笑った。

「ボクはその神殿の主だよ？　神殿が唯一の主を迎えなくてどうするのさ」

道は開けた。神竜の言葉通りであれば、その神殿は主の意思に従い、我々の味方となるだろう。問題はなくなった。であれば、あとは進むだけだ。

「目的地はユダの森！　最速で空を駆けろ!!」

部下と竜達の応答を聞く前に、風を切る音が耳に響いた。

SIDE　貴音

「ユダの森に何故こんな建物が」

「さあな。部下がたまたま見つけて都合が良かったから使っているだけだ。あの砦は跡形もなく竜の牙の奴らに潰されたからな」

忌々しいとばかりに男は舌打ちした。なるほど。もう一つ秘密のアジトを持っていたってわけね。

この森は見上げれば首が痛くなるほどの大木が立ち並び、方向感覚が狂う。野生の竜が度々訪れていることも相まって、この森の全てを知ることは未だに難しいと聞いた。そのため王都最強の騎士団、竜の牙でさえお兄ちゃんが捕まっていた砦しかアジトを把握できず、調査もままならなかったのだろう。

「特別にこの古臭い遺跡の中でマシな部屋にしてやったんだ。大人しくしていろよ」

ガシャンと、この正しく遺跡と言える建物に相応しくない金属製の格子を部屋の入口に下ろし、私と彼を文字通り放り込んだ男達はどこかへ消えた。

「ヴァルシュ。何で暴力からは守ってくれるのに腕を掴まれるのとかは見逃すのよ」

馬車から蹴落とされた衝撃で気絶している彼の様子を確認しながら、竜王ことヴァルシュに不満をぶつける。アイツら、力加減を知らないから腕を掴まれるだけでも痛いんだよね。

『あまり過剰に防衛すると余計に面倒なことになる。実験台にされたくはないだろう？』

「物騒すぎる」

『しかし事実だ。人間は残酷な生き物だ。私はそれを知っている』

「それ、人間である私の前でよく自信満々に言えるね」

嫌味にも偉そうに鼻を鳴らすだけで返答してきた。いくら竜王だからって偉そうなのはイラっとくるんですけど。

『そもそも、お前だけなら簡単に逃げられただろう。何故その男をそこまでして助けようとする』

「放っておけるわけないでしょ。彼を助けることは、後々私の助けにもなるの」

『なるほど。打算故か』

もちろん本当の理由は違う。しかしどちらにしろ『竜の神子』のストーリーでは彼を助けることが後のストーリーに大きな影響を与える。この世界が本来の『竜の神子』の世界とは違うとしても、彼を助けないという選択肢はありえない。

「うっ……」

縛られている身体ができるだけ苦しくならないように体勢を変えてあげると、彼はうめき声を上げたが意識は戻らない。

「痛そう……。私が治癒魔法を使えたら治してあげられるのに」

『治癒魔法は人間にとっては高度な魔法ではなかったか？　この世界に来てまだ数日のお前が使えるはずがないだろう』

「分かってるよ！　ほんと、そういうところどうにかしてほしいわ。よく神竜と番えたものね」

『私のモノが一番好きだと妻は言っていたが』

「いつもならめちゃくちゃ萌えるはずなのに、ただのリア充の惚気を聞いた気分だわ」

思わずため息が漏れた。理想と現実は違うってこういうことね。ものすごく残念感が強い。というか相手するのが単に疲れる。

『ん？』

「……ん？」

こんなにもヴァルシュと私は気が合わないのに、竜王とその神子であるために反応が同じなのが解せない。

「これは……お兄ちゃん？」

『……いや、どちらかといえば私の妻だ』

「神竜が表に出てきてるってことは、それだけの魔力を注いだってこと？　何それ気になる」

『そんなことを言っている場合か？　来るぞ』

ドガァァァァァァンンン!!

直後、凄まじい衝撃が襲った。ヴァルシュが貼った防壁が私と彼を崩れ落ちる天井から守る。

「な、なんだぁ!?」

「おい！　大丈夫か!!」

「何をしている！　早くあの女と奴隷を見てこい!!　大事な取引の道具なんだぞ!!」

瓦礫（がれき）が崩れ落ちる音に混じって、微かに男達の怒鳴り声が聞こえてくる。どうやら商人とその他大勢の部下達のほとんどが建物外にいて、崩落に巻き込まれなかったらしい。運がいい奴らだ。

「くっそ……瓦礫（がれき）が邪魔で前に進めねぇ……っぐぁ!!」

こちらに近付いてきていた男が、胸から朱色の液体を噴き出しながら崩れ落ちた。瓦礫（がれき）に足を取られたのではなく、明らかに狙撃されたその死に様を商人達も目撃したのだろう。この場にいる者達の間に沈黙の幕が下りる。しかし身体の芯から畏怖を抱かせるような竜の咆哮（ほうこう）で、静寂は切りとられた。

「あ、あの鎧（よろい）の団章……竜の牙じゃないか？」

「間違いねぇ！　先頭にいるのはあのダレスティアだ!!」

「何だと……？　なぜ竜の牙がここにいる……」

商人達に気付かれないように降り注いだ瓦礫（がれき）の間を抜けて、崩壊で開いた壁の穴から建物の外に出る。彼は気絶したままだ。疲労もあったのだろうが、ここまでの惨事にも目覚めないのはもはや才能だと思う。流石に意識がない男性一人を抱えられるわけがないから、一時的に実体化したヴァルシュに抱えてもらって、男達からは死角になる位置に移動する。突然現れた竜の牙に意識が向いているからといって、あのまま建物にい続けるわけにはいかない。それに、戦闘が始まる前に森の中に隠れた方がいい。

周りの木々を見渡すと、フードを被った人が木の間に佇んでいるのが見えた。その人物は私が気付いたのを察したのかフードを上げて顔を見せた。木の陰になっていても分かる白い髪が見えた。

「お兄ちゃん？」

お兄ちゃんは、アンニュイという言葉が似合う切なげな微笑みで私を見てくる。……いや、見ているのは私じゃない。ヴァルシュだ。そして彼もまたお兄ちゃんを……神竜を見つめ返していた。

「久しぶりだね、ヴァル」

「……セフィ」

感情をどこかに置いてきた彼らしくもなく、その呟きには色んな感情が込められているように感じた。

「セフィ。もうそこまで回復したのか」

「うん。ヴァルも実体化できるまでになったんだね」

「あぁ……長い年月がかかったが」

「そっか……積もる話はたくさんあるけど、とりあえずこっちに。タカトの妹ちゃんも」

「え、あ、はい」

脇に抱えた彼のことを忘れて神竜のもとに駆け出すんじゃないかと心配したけど、その必要はなさそうだ。身体はお兄ちゃんなのに他人のような気がする。やはり魂というのは大事なんだ。

「ヴァルが抱えてる子は、君が助けようとした子？」

「あ、はい」

「じゃあ、彼らに預けよう。ちょうど意識を失ってるみたいだし」

神竜の後ろから現れた人達が、彼をヴァルシュから引き受けて治療を施す。思惑と違う結果になったけど、彼を助けられて良かった。捕まってから背負っていた肩の荷がようやく下りたような気がした。

「ありがとうヴァル、シュ」

振り返ってヴァルシュにお礼を言おうとした私は固まった。

ヴァルシュと神竜が熱いキスをしていたのだ。驚かないはずがない。いくら中身が神竜とはいえ、外見だけ見れば兄と、精悍な雄！　って感じの美丈夫とのキスシーンを目撃したことになる。

「っはぁ……ただいま、ヴァル」

「あぁ」

「また、しばらく会えなくなるからもっとキスしていい？」

「あぁ……私も、長時間の実体化はまだ難しい」

「そうかぁ……。でも、ここに至るまでにかかった時の長さを考えたらあっという間だよ！　それこそ、瞬きするくらいのね」

「……そうだな」

濃厚なキスシーンによって煩悩に支配され思わず合掌しそうになっていた私は、二人の会話に自分を殴りたくなった。

そうだ。この二人はとてつもなく長い間、それぞれが孤独のまま傷を癒してきた夫婦なんだった。

ビッチだけど愛する雄は竜王だけの神竜と、独占欲とは無縁と思いきや実はとてつもなく重い愛を抱えている竜王。ちぐはぐな夫婦だが、気が遠くなるような孤独を過ごして、やっと再会してキスをする。そんな感動の場面なのに、私は……

色んな意味で心が痛い。

……ついでに、さっきから聞こえている悲鳴と爆発音は、聞かなかったことにしてもいいかな……

◇◇◇◇

「ん……？」

「む」

なんかちょっとひんやりしたものに抱きしめられているような……？

「相変わらず気まぐれな奴だな」

えっと……？　どちらさまです？

目の前にいたのは艶やかという言葉が似合う、黒髪を後ろでポニーテールにしているクール系美丈夫。晒されている見事な筋肉は芸術と言ってもいいほどだが、しなやかさも感じられまさに雄々しい竜のような肉体美。一言で言えばギリシャ彫刻。

『ボクの夫だよ！　名前はヴァルシュ。君の妹は知ってるみたいだから特別に教えてあげる！』

「んぇ⁉」

こ、こいつ⁉　直接脳内に……‼

って思ったけど、目の前にいる男と声が合わな過ぎて逆にビビった。

『ボクはハクロ。本当の名前はヴァルだけが呼べるからこっちで我慢してね！　ボクは君達が言うところの神竜だよ』

「神竜……⁉」

「……お兄ちゃん？」

「あ、貴音⁉　お前無事だったのか‼」

気が付いたら目の前にいたはずの男は消えていた。後ろから声を掛けられて、振り向くと攫われたはずの貴音が立っていて……んん？　おれ大混乱。

『ボクは君の中にいる。ボクが起きてたら、こうやって話すことができるかもね！　他の人にはボクの声は聞こえないから、そこだけ気をつけてねー』

『じゃ！』と言った声が聞こえると、心の中からほわほわしたものが消えていくのが感じられた。

今のが神竜？　なんか、思っていたのと違ってすごく子どもっぽいというか……

「お兄ちゃん、神竜と話してたの？」

「え、うん……なんかこう、脳内で？」

「私もそうやってヴァルシュ、竜王と話してるから分かるよ。神竜はまだ眠ってることが多いから、向こうから話しかけてこない限りは大丈夫だと思うけど、周りに誰もいないかは確認した方がいいよ」

「そっか……というか、貴音！　お前無事なんだよな!?」

「わっ！」

貴音をくるくる回して全身を確認する。少し埃っぽい感じがするけど、怪我をしてる様子はない。ちゃんと竜王は貴音を守ってくれたようだ。

「はぁ……良かったぁ」

この目で無事を確認して身体から力が抜けた。地面から飛び出している大木の根に腰かけて項垂れる。

「心配させたよね……」

「当たり前だろ……いや、おれも楽観的に考えてたとこはあるけどさ」

アイルがかけたという変装魔法が解けて元の黒髪に戻った貴音が、おれの目線に合わせてしゃがむ。その頬をむぎゅっと掴んで少し強めに引っ張った。

「いてて」

「いくらゲームの世界である程度ストーリー分かってるって言っても、おれっていう例外があるんだからさ。気を付けないとダメだろ！」

それに、この世界はもうおれ達にとっても現実なんだ。ゲームみたいに生き返ることもない。この世界で最も安全と言ってもいい立場にいるおれ達だけど、一歩間違えれば命の危険もある。

「竜の牙だけじゃなくて、近衛騎士団も他の騎士団も総出で王都を捜し回ってくれて、どれだけの人が心配したか！　いくら竜王が守ってくれるといっても、怖い思いしてたらって本当に心配したんだぞ！」

「うん……」

「みんなが明るく振舞ってくれたから気を逸らすことができたけど、本当はずっと怖かったんだからな！」

「うん……ごめんなさい」

もう一度ぎゅっと柔らかな頬を摘んで解放した。少し赤くなったそこをもみ込むように擦ってやる。

本当に、良かった。この世界でも一緒に生きていけるって喜んだのに、死に別れるなんて恐ろしい思いはもうしたくない。

「私一人だったら竜王の力を借りて魔法で逃げ出せたんだけど、彼も助けたかったの」

「ああ。ラーニャのことだろ」

「うん。いくらこの世界が本当の世界じゃないとは言っても、この後のことも考えると彼を見捨てるなんて考えられなかった」

「確かにラーニャを助けなかったことでこの後どうなるかを考えたら、ストーリー通り助けたほうがいい。でも何も全部同じように行動する必要はないだろ」

「そ、それは確かに……そうだね」

おれが言ったことを貴音は思いつかなかったらしい。おれがこの世界に来たことで変わってしまったことは多々ある。この先どうなるかはまだ分からないが、この世界にも修正力があるんじゃないだろうか。

おれを襲った奴隷狩りのボスで貴音を攫った男は、元のストーリーでは神子がラーニャを助けて逃げたことで捕まる。だけど今回はそこにおれという異分子が割り込んでしまったから、ごちゃごちゃしちゃったんだと思う。でも結局、黒幕はこうして竜の牙に制圧されている。おれ達の位置から戦闘は見えないけど、やたら土埃がたってて建物が崩壊してるから、まだ逃げ回ってる奴らを竜の牙が追いかけてるんだと思う。

「どこまでこの世界の修正力が働くかは分からないけど、無理に『ゲームの主人公』をしなくていいんじゃないか。この世界の主人公はお前なんだから、お前らしく主人公したらいいと思うよ。貴音らしくね」

「そっか……そういう考え方もあるんだ。私、この世界にはまり込んでいたのかもしれない……。確かにこの世界の一部を創ったのは私だから、実質私が今後の展開をどうにかできるってことね」

「え、ちょい待ち……この世界を創った？」

そういえばさっきも、この世界が本当の世界じゃないとか変なこと言ってた気がする。貴音は、あからさまにやべぇって顔をしている。これは何か重大なことを隠してるな……？

「——貴音、お前今度この世界について二人で話そうって言ってたよな」

「えーっと……うん」

「今、全部吐け」

「きょ、拒否権は……？」

「そんなのないに決まってるだろ」

「はい」と肩を落とした貴音は、ついに観念してこの世界の真相を吐いた。

「はぁっ!? つまり、この世界はお前が書いた『竜の神子(みこ)』の二次創作!?」

「ウィッス。しかもBがLすることに違和感がない世界設定にしてました！ 竜が両性とか聞いたことないよね！ お兄ちゃん達も、発情したからって何の抵抗もなく男同士でセックスするか？ 違和感ありまくりだったわ！ いやー、私的には全部大歓迎でしかないから気にしてなかったけど!!」

「それはお前が欲望満載で作った世界だからだろ！ てかそれなら、お前というか神子(みこ)の立ち位置ってどうなるの？ 乙女ゲームの主人公補正がなくなるんじゃないか？」

「私はいいの。これはこれで精神的に満たされるし。男が多いならそこにはもうBがLする世界が生まれるのよ。私はモブになる」

「女がいてもBLにするくせに……」

「よくお分かりで」

「そもそも主人公がモブ宣言するなよ」

お兄ちゃん絶対叫ぶからと貴音特製の防音魔法をかけられた結界の中で、おれはこの世界のとんでもない事実を知ってしまった……。これは叫ばずにはいられないだろぉ。

「お兄ちゃんにパソコン貸してたでしょ？　あのパソコンにその作品のデータが入ってたの。竜の神子のデータもね。この世界はそのデータ同士が混ざった世界らしいね。あの二次創作、神子は当て馬か空気みたいな存在にしようとしてたから、私の存在はあまり攻略対象達に影響を与えないと思う」

「まず兄になんてものが入ったパソコン貸してるの……。でもなんでここがお前が創った世界だって分かったんだ？　竜の性質だけなら、たまたまそうだったたってこともあるだろ？　おれが気付かなかったくらいだから、ストーリーはほとんど変わらないんだろうし」

「あー、それはね、ロイ・アレクシアっているでしょ？」

「え、ロイ？　いるけど」

そういえば昨日ロイの名前にやたら反応してたな。

「彼ね、私の作品では主人公なの。ダレスティアに片思いしてるって設定の」

「んん？」

「つまり、ロイは私の作品にしか出てこないオリジナルキャラクター。原作にはいない人物ってこと。お兄ちゃんも竜の牙の団長補佐なんて役職も知らないし、重要ポストにいるのに登場してなかったの不思議に思ったでしょ？」

「いや、まぁ、確かに原作にはいなかったよなとは思ったけど、そんなのこの世界で生きてるだいたいの人に言えることじゃん……え、じゃあ、ロイはダレスティアに片思いしてるの？　ダレスティアのこと好きなの？」

おれにダレスティアを取られたくないから、逆におれをよく構ってたとか？　ダレスティアもそうだったりして……そういうこと？　ええー……知らない間に三角関係に紛れ込んでたの!?

「いや、今の段階ではまだロイはダレスティアのことを尊敬しかしてない。この後のミレニアでの紛争を制圧に行く任務の途中で恋心に発展する予定……だったんだけど」

「あ、そうなの……予定？」

負け確の修羅場に巻き込まれなくて良かったぁ……ってもっと不穏なフラグを立て始めるな！

「実は書き始めたばっかりだったから、まだこの神子脱走事件までしか書いてなかったんだよね。しかもお兄ちゃんが来たことで、ダレスティアとロイがくっつくことは未来永劫なさそうだし。ヤッたんでしょ？　二人と」

「ヤっ……!?　シ、シたけどっ……そんなはしたないこと言うなよ！」

「それはもう今更だから諦めて。けど、これで確定ね。設定自体は私が書いていた『竜の神子』の二次創作の世界だけど、私が書こうとしてたストーリーからは外れてる。なんならもう設定しか残ってない。今後は原作のストーリー通りに事が進んでいくはずだけど、今回みたいに何かが起こる可能性はあるかも。だけど、それは私にも分からない」

「な、なんで？　作者は貴音なんだろ？」

「作者は私だし原作基準でいえば主人公も私だけど、この世界ではお兄ちゃんも主人公なんだよ。ロイの代わりのね。その時点でこの世界はもう私の手から離れてるの。だから作者が使える『神のみぞ知る』も使用不可ってわけ」

「……嘘だろ？」

「マジです」

　おれはあまりのショックに、ロイが迎えに来るまで思考停止状態に陥った。


「はじめまして。兄がお世話になってます！　妹の貴音です」

「お初にお目にかかります、神子様。竜の牙で団長補佐を務めております、ロイ・アレクシアと申します」

　ニコニコと笑顔で挨拶する二人。貴音、よく自分があれこれ妄想しようとした人の前で動じることなく挨拶できるよな……。ロイ、目の前にいる神子が実は一番ヤバい奴だぞ！

「制圧は無事に終わりましたので、こちらにどうぞ。アイル殿下がもうじき到着されますので、王子と共に竜に乗って王宮にお戻りください。安全にお送りしますのでご安心を」

「ありがとうございます！」

「貴音、お前ちゃんとみんなに謝るんだぞ。いくらアイル王子が脱走の共犯だっていっても、首謀したのはお前なんだからな」

「分かってる。国王様に怒られてからになるかもだけど、ちゃんと巻き込んだ人達に謝りに行くよ。

ロイさんも、ご迷惑をおかけしました」

貴音は肩を竦めるとロイに頭を下げた。ロイは頭を上げてくれと慌てているが、これから貴音には謝罪行脚が待ってるからね。他にもロイには後ろめたいことがあるみたいだから、甘んじて受け入れてほしい。

「そういえば誘拐犯達は？　ぼっこぼこにした？」

「はい。ダレスティア団長とオウカ副団長がそれはもう完膚なきまでに。まだ吐いてもらうことがあるので、命はありますが」

ロイが言葉を切った瞬間、瓦礫の陰になっている辺りからオウカの楽しそうな笑い声が聞こえると同時に、悲鳴と岩が砕けるような音が森の中に響いて消えていった。

「……命は？」

「命は」

爽やかな笑顔で言われては敵わない。おれと貴音は顔を見合わせて、背筋を震わせた。


『ダイ、大丈夫か？』

『今日は歩いて帰る』

『竜にあるまじき発言ね』

『それでは夕食に間に合わないぞ』

「そういう問題じゃないと思うよ、ルース」

あまりにも緊張感のない竜達の会話に思わず割り込んでしまった。ぐるっと竜達の首が動いておれに集中する。ちなみに貴音とロイはアイルを迎えに行った。

「ルース、アドバイスありがとうね。おかげで助かったよ」

『礼には及ばぬ。我もかの神竜を背に乗せて飛ぶことができて、久々に身が震えた』

「なら良かった」

ルースは言葉通り胸を張って得意げだ。竜舎に戻ったら他の竜にも自慢しそうだな。

「タカト」

「あ、ダレスティア……ひぇ」

振り向くと鎧を血で汚したダレスティアが近づいてきていた。返り血なんだろうけど、意識しないようにしていた戦いの生々しい痕跡を見せられて、ちょっと悲鳴が出ちゃった。ロイは全然汚れてなかったから余計に、ね。

「あぁ……配慮が足りなかったな。すまない」

ダレスティアはおれの様子で察したらしい。すぐに汚れを魔法で落としてくれた。もしかしてロイも事前に魔法で戦いの痕を消してくれていたのかな。みんな優しいなぁ。これがスパダリ……え、使い方違う？

「ここはもう神竜の遺跡としての機能を停止している。戦いで目隠しの魔法式も破損して見失う心配がなくなったから、ここの捜査は他の班に引き継ごうと思う。ちょうど良く奴らが乗ってきた馬車があるから、それに奴らを詰め込んで移送する手はずだ」

「ん？　ここって神竜の遺跡だったの!?」

もはや瓦礫の山と化している元遺跡を見る。重要な場所っぽいのにあんなに破壊しちゃっていいのか？　今更だけど。

神竜に意識を明け渡してる間、おれはふわふわした気持ちがいいところで寝てたような感じだったから、何が起こったのかはロイに聞いたことしか知らないんだよね。

「神竜自身から破壊の許可をもらった。そこまで重要な場所ではなかったようでな。残っているのは無駄だから盛大にやっていいと」

「言葉通り盛大にやったわけね……」

「一連の奴隷売買事件と今回の誘拐事件の首謀者とその部下達、そして隣国へのパイプ役になっていた者達も捕らえることができた。どうやらここは捕まえた者達を秘密裏に隣国に受け渡す取引場所になっていたようだ。その拠点を潰すことは重要だからな」

「それなら仕方ないか。これで、奴隷として隣の国に連れていかれてしまった人達のことも助けられる？」

「捕縛した男がすぐに口を割る。タカトだけではなく神子様も巻き込んだのだ。国王陛下も奴隷売買について、より厳しい措置を取られるだろう。それはこの大陸全土に及ぶはずだ」

この大陸で一番の大国は竜王と神子を有しているこのラディア王国。自国の害にならなければ、その命令に大陸の全ての国が従うということだろう。あの王様、やっぱすごいなぁ。

「それで奴隷なんかになる人がいなくなるなら、おれも捕まった甲斐があったのかもしれないな。

怖かったけど、そのおかげでダレスティア達に拾ってもらえたわけだし。貴音が攫われたのは笑えないけどね」

「お前が捕まっていたことも冗談にはできないが」

ダレスティアがおれの肩を掴んだ。その少し苦痛が滲んだ顔に息を呑む。

「神子様ではないが、タカトも極力宿舎の外に出ないほうがいい。いや、むしろお前のほうが厄介事に巻き込まれそうだな」

「い、いや、そんなことはないと思う……」

「お前に怖い思いをさせたくない。本音を言えば、宿舎に軟禁したいくらいだ」

「そ、れはちょっと……」

軟禁はちょっと過保護の域を超えてると思うんだけど……。でもダレスティアが本当に悩んでいるのが、揺らぐエメラルドの瞳から分かる。神子の兄だから大事にしたいってことだろうけど、おれの意思を尊重しようとしてくれているのだろう。大切にされているのが分かって、ちょっと怖いこと言われているのに胸が温かくなった。

「何を笑っている」

「いやぁ……おれ、大切にされてるんだなって感じて、なんか嬉しくなった」

「ッ……！」

「へぁ!?」

急に掴まれた肩をそのまま引き寄せられたと思ったら、キスをされていた。え、なんで？

『ほぉ、あの主がこうも情熱的になるとは』

『アツアツだね』

『キャーえっち!!』

外野がうるさい！　とてもよろしくない！

「んんーっ……んぁ!?」

「……何をする、ロイ」

戻ってきたロイが、おれの肩を勢い良く掴んでダレスティアからおれを引き離した。そしてそのままバックハグしてきた。目の前のダレスティアの顔がなぜか険しくなる。

「ダレスティア団長らしくないですね。周りのことを忘れてそのようなことをされるなんて」

「ほんっと、恋って怖いわぁ」

「キャー、ダレスティアのえっち!!」

「お兄ちゃんとダレスティアさんとのキス……イケるわ」

こっちの外野もうるさい！　あと貴音は実の兄をそういうことのネタにしないで！

「な、なんでキス……」

「……ロイとはしただろう」

「え、まぁ、必要なことだったし」

「私とのキスは嫌か」

「う……そんなことは、ないけども」

「それならいいだろう」

謎理論～。でも、なんか拗ねてるようなダレスティアが可愛かったので、ＯＫです。推しが拗ねると可愛いとかもう最高か？　ありがとう、世界。

「ダレスティアがそんなこと言うなんてねぇー。これは何か起きそうだ」

「それは言っちゃダメなやつ……」

「アイルがフラグ立てちゃったね。お兄ちゃん」

「うるさい」

「フラグって何？」

フラグって言うからフラグが立つんだよ。怖いからやめて。


ダレスティアとその部下達は諸々の後始末をアイルと貴音にしてやられた近衛騎士団に押しつけ、日が沈む前に王都に帰還した。正確には、先頭を飛んでいたルースが夕食を早く食べたくて超ハイスピードで飛んだ結果、全体も（何故か既に疲れていたダイを除いて）超ハイスピードで飛ぶしかなくなったのだけど、早く帰りたかったおれからすれば結果オーライだ。

ついでにオウカは、途中でダイが飛ばなくなってしまったため、おれ達の一時間後にやっと王都に帰ってきた。大きな竜が王都の街中を歩く光景はまさにモンスター映画さながらの大混乱だったらしく、王都の秩序を乱したとして始末書を書かされて謹慎期間が延びたそうだ。南無。

アイルと貴音は王様からそれはもう盛大に叱られたらしい。あの王様のことだから、怒鳴るんじゃなくて静かに怒ったんだろうね。想像しただけで怖い。今は二人揃って詫びの品を持って謝罪行脚(あんぎゃ)している。捜索に関わった全員から謝罪を受け取った証拠のサインをもらうまでは許されないやつ。これはおれが提案しておいた。お仕置きは必要だしね。

貴音と一緒に保護されたラーニャは現在、騎士団の病院で治療を受けている。暴行で骨が折れていたのと、心身を苦しめるような魔法がかけられていたようで重傷だったが、順調に回復中。騎士団の事情聴取にも応じられるようになったらしい。

彼はオレンジの毛並みを持つ猫の獣人で、身なりを整えたらとてもダンディなイケおじ。ゲームでは陰のある少し被虐的なイケおじとして、女性達を年齢を問わず恋するお嬢さんにしていた曲者(くせもの)だ。ちなみに貴音の最推し。貴音は『結婚したいタイプの推し』って言ってたけど、お兄ちゃん的にはまだ結婚は早いと思う。

そしておれは今、竜の牙の宿舎に軟禁されています……

「ねぇ、クー？　おれもそろそろ商店街に行ってみたいなー」

「ダメ！　またタカト危ない目にあっちゃう！」

「えー……」

あの日、かなりクーロを心配させてしまったらしい。宿舎全体が物々しい雰囲気だったたし、やっと帰ってきたおれはクーロからしたら「なんか違う」って感じだったらしいし、ダレスティア達は魔法で綺麗にしたとはいえ血の匂いが残っていたし……と色々な要因で、クーロはおれが危ない目にあったと思ったようだ。

おれが部屋から出ると、どこからともなく現れてずっと付いてくるし、絶対に宿舎の外に出そうとしない。プルプル身体全体を震わせながら通せんぼされてみてよ。絶対通れないから。

「団長が手を出すまでもなく、クーロがタカトの見張り役になってくれてますね」

「あぁ。あれがタカトにとっては一番効果的な方法のようだ」

「ダレスティアぁ……ロイぃ……」

ダレスティアとロイは、おれがクーロに外出を阻止されているのを見ると、二人して揶揄ってくる。確かに無暗に外に出るなとは言われた。それなら護衛してくれる人が一緒ならいいんだろと言うと、相応しい者がいないとかわされる。

「私と団長はしばらく忙しいので、買い物にお付き合いできません。外出はしばらくお預けですね」

「そんなぁ……あ」

少しいじわるな声でロイから宣告された外出禁止延長に、ガックリと肩を落とした。と、視界の端に銀色の尻尾が……

「オーウーカ!!」

「うげっ!?　タ、タカト!?」

「何その反応ー。酷くない？　尻尾がいい毛並みだから許すけどぉ」

「急に尾に抱きつかれたら驚くだろうが！　しかも、よりにもよってあの二人がいる時に……」

「私達がいては問題があるのですか？」

「むしろお前がタカトに抱きつかれていることのほうが問題だと思うのだが」

「俺にどうしろと⁉」

むぎゅっと抱きついた尻尾は相変わらずいい毛並みをしていらっしゃる。クーロは子どもらしくもふっとしてるんだけど、オウカは狼獣人の大人だってこともあるのか、しなやかで艶やかな、ずっと撫でていたくなるような毛なのだ。

「ねぇオウカ、おれと買い物デートしようよー」

「はぁっ⁉」

「というか、してよー」

「待て待て待て……それはどういう意味だ？　なんかの隠語か？」

「どういう意味って、言葉通りの意味だけど」

「あー死んだー……俺死んだわー」

オウカは副団長だから強いし、謹慎期間が延びて暇している。つまりおれの買い物の護衛にぴったり。オウカが護衛ならダレスティアもロイも不満はないでしょって思ったんだけど。

「タカト、オウカ副団長とはどういう関係ですか？」

「え？　んー……気軽に話せる友達？　みたいな関係」

「では、デートとは？」

「それはただの冗談だよ。俺の世界ではこういう誘い方で遊びに誘うこともあるんだ。もちろん友達同士でだけど。あ、もしかしてこっちの世界だとこういうのは冗談でも言っちゃダメなやつだった？」

「……いえ、そういう訳ではありませんよ。では、私とデートしませんか？」

「え、でも仕事あるんじゃ」

「今仕事はなくなりました。副団長、よろしくお願いしますね」

「は……？　はぁっ!?」

ロイは有無を言わさぬ口調と微笑みで、紙の束をオウカに押しつけた。反射的にそれを受け取ってしまったオウカだが、ロイに文句を言おうとした瞬間に手の中の重みを増やされた。

「では私の分も任せることにしよう。謹慎中で暇だろうからな」

「いやいや謹慎中だから仕事しちゃいけないんだろうが！　俺はこれを団長室に運ぶことしかできねぇよ!!」

「元々はお前の仕事だ。留守番ついでにそれを全部読んでおけ」

「おや、ダレスティア団長もタカトとデートするおつもりで？」

「護衛は多い方がいい。タカトもそう思うだろう？」

「え、まぁ、おれは街に行けるなら別にいいんだけど」

チラッとオウカの顔を見る。もはやチベットスナギツネのような表情になっているオウカは完全に蚊帳(かや)の外のようだ。仕事を押しつけられる絶望はよく分かるから可哀想だけど、その顔ちょっと面白い。

「では行くとしよう。行先は王都の中で一番治安がいい商店街で構わないか」

「うん。そこは任せるよ。おれは街に行くこと自体初めてで分かんないし」

「あぁ、お金の心配はいりませんよ。今日はデートですから」

「え、でも申し訳ない……」

再度デートだからと言い聞かせるように言われてしまっては敵わない。デートとは言ったけど、友達と遊びに行くようなものなんだけどなぁ。結局ロイに口では勝てないから、今日は大人しく奢ってもらうことにした。

「ぼ、僕も一緒に行っていい？」

「いいよ。クーも一緒に買い物デートしよ」

「やったぁ！」

「副団長、留守番くらいはきちんとしてくださいね」

「わあってるよ！」

「僕がお留守番できるんだから、オウカさんもお留守番できるよー」

「そうだぜ！　オウカさんナメんなよ！」

「ちゃんとお土産買ってくるからね！」

「ありがとよ！」

「土産は追加の書類だ」

「この悪魔!!」

オウカの悲痛な叫び声が宿舎中に響き渡る。オウカには悪いけど、おれはこのふざけたやり取りが楽しくてたまらない。楽しくて、温かい気持ちになる。
おれはその温かい気持ちを噛みしめた。
幸せは、痺れそうなほど甘い味がした。

番外編　最強騎士団長の嫉妬

瞼を通り抜けてくる眩しさで目が覚める。腕の中に温かい存在を感じ、そっと抱きしめた。タカトは「んんっ……」と声をこぼしたが、まるで飼い主に懐く猫のように私の胸にすり寄ってくる。陽の光を浴びてその白く煌めいている柔らかい髪を優しく撫でると、彼は小さく息を吐いて瞼を開けた。

「起きたか」

「……？　んぅ……」

とろんとした目がうろうろと彷徨っている。まだ眠気から解放されていないのだろう。このまま寝かせたままにしたいところだが、今日はタカトを連れて王城に行く予定だ。身内であっても、神子であるタカトの妹と気軽に会うことはできない。だから、久しぶりに妹に会うのだと楽しみにしていた。

クーロを紹介するのだと言っていたから、あの子がもうすぐ迎えにくるだろう。両親を亡くしてから村の宿屋で育ったクーロは常に早起きだ。楽しみという気持ちが勝って既に準備を終えているかもしれない。

「タカト、もう起きる時間だ」

「んにゅ……ぃや…………」

「まったく……」

彼の肩を揺さぶるが、嫌がって毛布の中に潜(もぐ)ってしまった。仕方がない。私だけでも先に用意を済ませよう。他の者なら、容赦なく叩き起こすのだが……これが惚れた弱みというやつだろうか。

「んむ……？　ダレス……？」

「今度こそ起きたか？　そろそろ用意しなければ間に合わないぞ。妹のところに行くのだろう？」

「いもぅと……たかね……？」

「あぁ」

「ん……ぉきる……むぅ」

タカトは妹という言葉に反応し、ベッドに手をついて起きようとした。その努力は認めたい。しかし、耐えきれずに崩れ落ちてしまった後に聞こえた寝息には、思わず苦笑いがこぼれた。

「タカトー？　起きてるー？」

扉が軽快にノックされ、続いて聞こえてきた明るい声。クーロはまだ変声期を迎えていないこともあり声が高い。これだけ元気に声をかけられたら、大体の者は起きるだろう。しかし、いつもの起床よりも早いその呼びかけに、部屋の主は執念深く毛布に包(くる)まって唸(うな)っている。

「クーロ」

「わっ！　ダレスティアさん!?」

「タカトはずっとあの状態だ。すまないが、起こしてやってくれないか」

「あ、タカトまだ寝てるのー!?」

扉の隙間から中を見せてやると、すぐにベッドに寝転んでいるタカトを見つけて走っていった。

先ほどの静かで穏やかな空気は消え、騒がしさに満ちあふれる。

「タカト！　早く起きて準備して！」

「うぐッ!?　お、重い……」

「おーきーてー!!」

ベッドに飛び乗ったクーロに圧し掛かられて、呻き声が毛布の中から上がる。しかしクーロはそれを気にも留めずその上で飛び跳ねている。子どもだからか、容赦がない。これには流石に起きざるを得ないはずだ。

服を着替えながらその様子を見ていると扉がノックされ、返事をする前に開いた。

「子犬、声がでけぇよ。お、ダレスティアもいたのか。はよ」

「オウカか。おはよう。お前も今日何か予定があるのか？」

「いや、まだ謹慎中なんでな。特にはないが、どうした？」

「謹慎中のお前はいつも起きるのが遅いだろう」

「今日はアイツがついでとばかりに起こしてきたんだよ。よっぽど楽しみだったんだろうな。陽が昇る頃に俺の部屋にやってきて、満足するまでしゃべり倒していきやがった。まだ寝足りねぇよ……」

まさかクーロがオウカのところに乗り込んでいたとは……クーロはこの男の何がそんなに気に入ったのだろうか。狼と犬という似た種族の獣人という仲間意識にしては、やたらと懐いている気がする。タカトはタカトで、よくオウカの耳と尾を触ろうと追いかけまわしていて気に入らない。クーロの耳と尾で我慢してくれないかと常々思っているのだが。

「起きてってばー!!」

「あーーーーっ!!」

未だに攻防を繰り広げていたらしい二人を見ると、クーロに毛布を剥がされているタカトの姿があった。

「子どもってすげぇな……」

「そうだな」

これだけ騒げばおそらく他の部屋にも聞こえているだろう。ここは厳格な騎士団員が集う宿舎だ。この宿舎がこれほどまでに明るく、無邪気な声に満ちたことがあっただろうか。不釣り合いではないかと思うのに、逆に居心地がいいとも思える。

「ほんと、変わったよなぁ」

「何がだ」

「前はよく表情筋が凍ってるとかアイル殿下に揶揄われていただろ。それなのに今は、そんなにやっさしい微笑みを浮かべるまでになって……誰も言わないが、みんな驚いたんだぜ? 『団長の凍っていた心が溶けた!』ってな」

「なんだそれは」

くだらないことだとは思いつつも、確かに自分でも表情が変わらないほうだという自覚はあった。表情で気持ちを表現する必要性をそれほど感じなかったからなのだろうが。

タカトと出会ってからは表情が変わることが多くなった気がしなくもない。元々私の周りには表情が豊かな者が多い。ロイにオウカ、アイルもそうだ。私と似たような者はあの宮廷魔術師くらいだろう。タカトもよく笑うし、百面相していると思うほどくるくると表情が変わる。何よりも、私が笑うとタカトも笑ってくれる。彼は私が笑うと嬉しいらしい。だから出来るだけ、タカトといるときは笑顔でいるように心がけた。そのせいか、近頃はタカトが側にいるだけで頬が緩むようになった。

「そういえばダレスティアはなんでタカトの部屋に？」

「……それを聞くのか」

「……あっ！　いや、えっと、なんでもねぇ！」

「あれ、オウカ？」

オウカのよく分からない叫びを聞いたことで、ようやくタカトはオウカに気付いたらしい。クーロとの格闘でもみくちゃにされたためか、服が脱げかけている。呼ばれた反射でタカトの肌を見てしまったオウカは、慌てたように顔を背けた。だが、その一瞬でタカトの肌に情事の痕跡がないことに気が付いたようだ。何とも言えない顔で私を見てきた。私は、唯一以前からよく使っていた笑みを向けてやった。

「ダレスティアぁ……！　お前なぁ……」

「私はそういう行為をしたとは一言も言っていない。お前が勝手に勘違いしたのだろう」

「それはないぜ……」

「もしそうであったなら、私がクーロを入れると思うか？」

「……そりゃそうだ。いやぁ、まさかダレスティアがそんな冗談を言うとはねぇ……」

オウカは気が抜けたように扉の横の柱にもたれかかった。深くため息を吐いたところを見ると、どうやらこのやり取りで相当疲れたらしい。勝手に勘違いしたのはそっちだというのに……。

「オウカ、急にしょげちゃってどうしたの？　あ、今日もいい毛並みだね！」

「なんでもねぇ……って尾を揉むな！　揉むならそこの子犬を揉めばいいだろ⁉」

「今クーは俺のネクタイを選ぶのに忙しいから。俺、服のセンスは皆無なんだよね」

「知るか！」

オウカに怒られながらも、その尾を触り続けるタカトもなかなかの度胸の持ち主だ。

そもそも、この世界に住む普通の人間は獣人の尾や耳を無遠慮に触ろうとはしない。人間より身体能力のポテンシャルが優れている彼らの分かりやすい弱点でもあるからだ。タカトが許されているのは、タカトが神子（みこ）の兄だからという理由もあるだろうが、オウカがタカトを気に入っていることもあるのだろう。逃げ回ってはいるが、タカトに対する態度は甘い。これ以上恋敵は増やしたくないのだがな。

「……楽しそうですね」

「え、ロイ!?」

「は!? お前、まだ帰ってこない予定だろ!?」

部屋の中でタカトに着けさせる装飾品などを選んでいると扉が突然開き、任務で王国の端にある商業都市に行っていたはずのロイが入ってきた。その顔は見たことがないほど疲労が滲んでいる。ロイが行っていた都市は王都からかなりの距離にあるため、王都に帰ってくるのは数日後の予定だった。しかし今ここにいるということは……

「ロイ。転移魔法を連続して使ったな」

「おいおい死ぬ気か!?」

「え、ロイ死ぬ!?」

「死にませんよ……でもかなり疲れました」

心底疲労を滲ませた声音で呟くと、そのままベッドに倒れ込んでしまった。まるで自分の部屋のような態度だが、そこはタカトのベッドだ。

「……何故、タカトのベッドからダレスティア団長の匂いがするんですか」

「こっわ」

低い声で呟かれたその内容に、オウカではないが少し寒気がした。獣人でもないロイが感じ取るほど私の匂いがついていたということか？ いや、その前に誤解を解かなければならない。タカトが少し赤くなっていることも拍車をかけているだろう。冷気がロイから漂ってくる。

「共寝しただけだ」

「そうそうっ！　添い寝してもらっただけ！　ほ、ほら！　ダレスティアって良い匂いするし、安心するんだよね！」

「……タカトがそう言うのなら信じます。確かに、良い匂いですし。どこの香水ですか？」

「……特に香水はつけていない」

「なるほどぉ……」

またしても冷気が漂ってくる。ロイは相当疲れているようだ。通常なら、上官である私やオウカの前でベッドに寝そべるという行為は絶対にしない。更にはベッドに沈みながらもじっとりとした目線を私に向けるということも。いつもとは違うロイの様子に、こちらの調子も狂ってしまう。

「ダレスティアさん、優しい匂いするから好きだよ！」

「よくやった子犬！」

オウカの賛辞に同意する。クーロのおかげで肌寒かった部屋が暖かくなった。しかし、次の言葉で氷点下まで一気に部屋の気温は下がることになった。

「今日のタカト、ダレスティアさんと同じ匂いする！」

「……ほぉ？」

いい匂いだと私の腰に抱きついてくるクーロの温もりだけが、唯一の救いだった。

「あ、ダレスティア！」

王宮での仕事を終え、宿舎に戻る道中。後ろから声をかけられ振り返ると、タカトがこちらに走ってきていた。

「お待ちくださいタカト様！」

「あ」

その更に後ろには近衛騎士団団長の姿が見える。まったく、現役の騎士が置いて行かれるとは……

目の前で躓いて転びそうになったタカトを受け止めながら、ようやく追いついたウィリアムにため息を吐いた。

「ウィリアム。タカトに置いて行かれるとは……身体が鈍っているのではないか？」

「た、確かに近頃は神子様の警護のために訓練をする時間がないのは確かだが……いや、それにしてもタカト様は足がお速いぞ」

「おれ、元々運動は得意なんだよねー。社畜時代のストレスも運動で発散してたくらいだよ。あ、今度ウィリアムさんも一緒に運動します？」

「私には勿体ないお誘いです。しかし、私は神子様の警護をしなければ……」

「なら貴音も一緒なら問題ないよね。貴音もソフトボールっていう、簡単に言うとボールを投げて打ち飛ばすっていう競技をしてたから、運動神経いいんだよ。しかも投げる球は速いし強いし、おれでも受け止めるの大変なくらい」

タカトはずっと引きこもっているのは身体に悪いということで、近頃は宿舎の中庭でクーロと走り回って遊んだり、オウカと訓練の真似事をしている。実際に剣を握るのは難しいため、主に魔法の練習をしているらしいが。

「ウィリアムさんにも時には息抜きが必要でしょう？　この前は貴音のせいでめちゃくちゃ心配させちゃったし……何日かは休みもらってもいいと思いますけど」

「い、いいえ！　そのようなお気遣いは恐れ多いことです！」

「ダメですよ、ブラックな働き方してたら。身体がボロボロになってからじゃ遅いんですからね」

働き方の話をする際、タカトはその目の黒さをより深くしながら「ブラックはダメ……ブラックは……」と呟く。身体を壊すような働き方をする労働環境をブラックというらしく、どうやらタカトが働いていた場所はその部類だったようだ。

私やロイが連日仕事を詰めていると鋭く察知するようで、夜に執務室にやってきてはじっと見つめてくる。その視線に負けて、私とロイの交代でタカトを部屋まで送るとそのまま共寝するようになった。送り届けるだけだとまた仕事をしないか不安なのか、無言で引き留めてくるのだから仕方がない。

昨日もそうして部屋に引き込まれたのだ。正直、好いた人とベッドを共にするだけというのはなかなかに厳しいものがある。しかし、翌朝クーロが起こしに来ると考えると、耐えなければならない試練だ。私にも人並みの欲があったことには、自分のことながら驚いたが。

「はぁ……ですが、休みと言っても何をすればいいのか分かりませんし……」

「タカト、この男は昔から仕事人間だ。私やロイ以上のな」

「えぇ……それじゃあ結婚したとき大変ですよ」

「何故です？」

何故仕事の話が結婚の話になるのか。私とウィリアムにはよく分からなかったが、タカトにとっては大事なことらしい。

「仕事が趣味とか言う男は、夫婦生活が上手くいかないことがほとんどらしいです。なので、なんでもいいから趣味を見つけてください。ほんと、なんでもいいので」

「け、稽古は……」

「御令嬢と、汗臭い稽古のことで話が弾むと思いますか？」

「うっ……」

確かにウィリアムの家柄だと、結婚相手はそれなりの地位の貴族のはずだ。家同士の利益を重視した結婚だとしても、不仲よりは良好な関係でいたいに決まっている。

「それなら、ウィリアムさんの有給を使って趣味探しをしませんか？　おれも貴音もお付き合いしますよ！」

胸の奥がざわついた。この不快さの意味を最近知ったのだが、これが『嫉妬』らしい。タカトが他の男と仲良くしている姿を見ると、よく感じるようになった。

ウィリアムのために何かをしてあげようとしていることが気に入らない。

私がいるというのに、ウィリアムとばかり話をしていることが気に入らない。

私は感情に促されるままに、話を続けるタカトの肩を掴んで引き寄せた。少し引くだけで、華奢（きゃしゃ）な身体は簡単に私の胸元に収まる。

「わっ……」

「ウィリアム。自分の趣味くらい自分で探せ。行くぞ、タカト」

「え、ちょっ」

「おいダレスティア！」

「ここから先は私が引き受ける。ご苦労だった」

背を押して促したタカトからは困惑を、背後からは呆れたような気配を感じたが、気にせずに宿舎に向けて足を運ぶ。どうやら私がタカトに惚れているという件は騎士団の垣根を越えて広まっているらしい。

犯人は分かっている。アイルだ。

これまで私に浮いた噂がなかったこともあるが、何よりも私とタカト、そしてロイの状況を面白がったあいつが積極的に広めているせいで、社交界にも広がりつつあると家からの使いが言っていた。近々、両親から呼び出しがあるだろう。

ガレイダス家は基本放任主義だ。学びたいことを学び、進みたい道に進む。貴族にしてはかなり珍しい家だ。しかし、それでもガレイダス家の影響はこの国の中枢に食い込んでいる。これも運か、それともガレイダス家の宿命か……。せめて、噂に変な尾ひれがついて伝わっていないことを願うしかない。

そんなことを考えている間に、宿舎に到着した。

廊下ですれ違う団員達に挨拶を受け、それに返す。彼らは私が信頼する者達ばかりだが、タカトに関しては油断できない。タカトは団員達にも、その礼儀正しさや成人しているとは思えない可愛らしさから気に入られている。クーロと共によく厨房に遊びに行くためか、料理人達にも飴をもらうほど可愛がられているらしい。

まったく。タカトの人たらしにも困ったものだ。そういうところも含めて好ましいと思っているのだが、それとこれとは別だ。

どうやってタカトを狙う男達を牽制（けんせい）しようかと考えていると、廊下の突き当たりの角からオウカが現れた。相変わらず隊服を着崩している。そのだらしなさに眉を顰（ひそ）めていると、やる気がなさそうに欠伸（あくび）をしていたオウカがこちらに気が付いた。

「お、戻ってきたのか。ダレスティアがお迎えに？」

「丁度戻ってくるタイミングが同じでな。ウィリアムからそのまま引き取った」

「いや、絶対奪ってきたんでしょ……。まぁいい。タカト、茶会はどうだった。楽しかったか？」

「うん、めっちゃ楽しかった！　出てきたお菓子も美味しかったし、何よりおれと貴音に揉まれて照れてるクーがめちゃくちゃ可愛かった……！」

「そ、そうか……って、その子犬はどうした？」

そういえば気付かなかったが、一緒に王宮に行ったはずのクーロがいない。そのことに今まで気が付かないとは……。本当に、タカトのことになると周りに気が向かない。

「なんか貴音がクーを気に入っちゃって、今日はあっちにお泊り」

「王宮の……しかも神子の宮にお泊まり……？　アイツすげぇな……」

オウカが感心したように……いや、これは呆れている。宿舎に滞在させる理由として、クーロにはタカトの従者兼騎士見習いという地位を与えているが、ただの平民であるあの子が国の最重要人物である神子と時間を共にし、宮に招かれるなどまるで下手な物語だ。タカトの言い方だと、おそらく子どもだからということを理由に共に寝るのだろう。タカトもそう言ってクーロと寝ることがよくある。そういう点では、クーロが羨ましかった。

「あ、そうだ。これをお前にやろう」

「ん？　なにこれ」

「俺の抜け毛で作ったストラップ」

「その言い方嫌。やり直し」

「事実だろ……俺の尻尾の毛で作ったふわふわストラップでーす」

「わーい！」

オウカが、ふと思いだしたようにポケットから取り出したものをタカトに手渡した。

見覚えのあるふわふわとした動物の毛が、尾のように束ねられている。確かにタカトが喜びそうな物だ。常ならタカトが喜ぶのであれば、私の目の前でプレゼントをしでも不問にするのだがな。

オウカの毛というのがいただけない。

「おい。これはどういう意味だ？」

「変な邪推はやめてくれよ。これは単なる虫除けだ。俺ら獣人は匂いで相手の強さが分かる。で、俺はそれなりに強い獣人だろ？　しかも狼。その俺の毛を身につけてたら、下手なチンピラ程度なら絶対に絡もうとはしない。無用なトラブルに巻き込まれなくなるってことだ。な？　実用的だろ？」

「なんでおれが絡まれること確定なの」

「そりゃあお前、街に行く度になにかしら絡まれてるだろ。しかも後ろ暗そうな獣人ばかり。なんかフェロモンでも出してんのかってくらい」

神子(みこ)誘拐事件のこともあり、神子(みこ)だけでなくタカトも町に出ることを禁止していたのだが、今はロイやオウカが共に行くのなら許可している。

私もタカトと出歩きたいのだが、団長の立場がなかなか許してくれない。今度の上役会議で、騎士団長の仕事量について話し合うとするか。

「うっ……それを言われるとなんも言えない。ありがと」

「おうよ。ってことなんで、ダレスティアも許してくれよ」

「理由は分かったが、個人的にお前がタカトにマーキングしたようで気に入らない。しばらくは忙しくなると思え」

「それはないだろ！」

騒がしく吠えるオウカをその場に残し、そのまま私の部屋に向かう。タカトはストラップのふわふわした感触が気に入ったのか、ずっと撫(な)でていてどこを歩いているのかすら分かっていないようだ。

それをいいことに、タカトに気付かれることなく私室に連れ込んだ。タカトがそのことにようやく気が付いたのは、私にベッドに押し倒されてからだった。

「えっ……え？　ここ、おれの部屋じゃない……？」

「私の部屋だ。今まで気が付かなかったのか？」

「ダレスティアの部屋!?　しかもベッドの上!!　え、無断で座ってごめんなさい!!」

「……気にするのはそこなのか」

「へ……ひゃっ、あッ」

自分が置かれている状況にまったく気が付かない様子に焦れて、その白い首筋を舌でなぞる。途端に寝室に広がる甲高い鳴き声と淫靡な雰囲気。それで私の胸にくすぶっていた嫉妬心が少しだけ解消した。

気分が上がるにつれ、その肌に這わせた舌を赤く染まった耳に移動させその耳朶の柔らかさを堪能するように愛撫する。更に上がる嬌声に引き出されるように、欲情が高まっていく。理性が呑まれる前にと、寝室に防音魔法をかける。私の部屋は他の兵士の部屋とは違い寝室が別にあるとはいえ、声が聞こえないとも限らない。ロイに聞かれれば、割り込まれるのは必至だろう。

――今は、タカトと二人だけの逢瀬を楽しみたい。

「ダ、ダレスティア!?　急に何を――」

「タカト、抱きたい」

「だっ⁉」

「ダメか……？」

「うっ……」

タカトは迷うように視線を彷徨わせる。

タカトは私とロイが彼を抱くのは神竜に魔力を吸収させるためだと思っている。また神竜の影響で発情状態になった際は、親切だから手を貸してくれるのだとも。今はその誤解を解く気はない。タカトが我々に恋愛感情を抱く前に拗れた関係になりたくはないからだ。アイルに言わせれば、今も相当拗れているらしいが。

「また魔力欲しさに神竜がオウカを襲うかもしれないだろう？　なら問題ないはずだ」

「そ、それはそうなんだけど……」

「ならいいだろう。タカトも、期待している」

「はあッ……！　んんっ……そこっ、急に触らな……ああッ」

一応同意を求めるが、これには意味はない。言葉で拒否されても、タカトの身体が期待しているのだから、否定の言葉など信じられない。

「タカト……んっ」

「んんッ、は、ぁん……ふぁ、ぁッ」

可愛らしい声を上げる口を塞ぎ、舌を滑り込ませる。奥の方で縮こまっている彼の舌を捕まえ、キツく絡ませる。その刺激に反応して組み敷いた身体がぴくっと跳ね、背を反らす。自然に遠ざかる唇を追いかけ、仰け反った身体を抱きしめて拘束する。

逃げられなくなった唇を深く合わせ、より激しく舌を絡ませた。くちくちという水音が響き、更に雰囲気を淫らに染める。目を閉じているタカトの眦に生理的な涙が溜まり、零れ落ちる。それを見て、私はようやくなすがままにされている小さな舌を解放した。

「ぷはっ……なに、するんらよ」

舌を吸われ続けたためか、舌足らずな様子が可愛らしい。目を開けたタカトの潤んだ黒い瞳の中の私は、まるで獲物を捕らえたときの獣のような目をしていた。タカトも気が付いたのだろう。その頬を染めて、股を隠すように足を擦り合わせようとするが、間に私の身体が入っているため意味がない。むしろ私の情欲を煽っているのだが、そのことに気付くはずもなく――

「ひぁッ!? まっ、そこ、まだダメ……!」

「ダメじゃないだろう？ ほら、もう指が三本入る」

「んやぁッ……！」

タカトの中は熱く、潜り込んだ私の指を締め付けてくる。しかし少しその柔らかい肉壁の中にあるしこりを揉み込むように弄ると、更にキツく締まりながらも段々と綻んでいく。後ろが私を受け入れる準備を進めていくにつれ、タカトの陰茎も硬く芯をもっていく。私は後ろを攻め立てる指はそのままに、先走りを零しながらふるふると快楽に震えるソレをもう片方の手で掴み、先走りを塗り込めるように扱いた。

「は、ぁッ!!」

後ろに与えられる快楽に夢中になっていたタカトは、不意に走った陰茎への刺激に背を反らして喘いだ。目の前に突き出された胸の飾りに唇を寄せ口に含む。ちゅく……と舌先で舐めると、声もなくタカトはその身体を震わせた。

「……もう大丈夫そうだな」

「あっ、ダレス、ティア……」

「入れるぞ……ッ」

「ああッ――！　は、あぅ、んあッ!!」

「は……タカト！　……っ」

「あっ、あっ、う、んんッ……まっ、はぁっ、ん、くっ、は、あああッ――!!」

「つく……」

タカトが達した衝撃で中の熱さが増し、きつく私のソレを締め付ける。

その締め付けにより与えられた快楽に抗うことなく、精を注ぎ込む。その瞬間、脳を痺れさせるほどの快感と胸を圧迫する幸福感、そして倦怠感が全身を包む。それを受け入れ、私の下で未だ小さく喘ぎ、熱い息を吐いて呼吸を乱しているタカトの身体を抱きしめる。そして頬にキスを贈り、再び耳朶に唇を触れさせながらその名前を呼んだ。

「……タカト」

「ツ……ぁん！」

びくっと、腕の中で身体が跳ねる。それを見て、私は満ち足りた気分になった。

タカトは私の声をとりわけ気に入っている。互いに精を吐き出した情事の後、私に囁かれるだけで再び甘く達するくらいには。

その時の顔はぐずぐずに蕩けあまりにも淫らで、そういう顔をさせることができるのは私だけ。

その事実が、他の者に抱いていた嫉妬心を打ち消す。

今日も愛らしい私だけの顔を見せてくれたタカトのソレを握り、再び絶頂を促す。この顔を他人に見せることは絶対にしない。そのためにはもう一度タカトに精を吐き出させ、身体を満足させるしかないのだ。

押し寄せる快楽に震えるソレを上下に扱き、段々とスピードを上げる。

「あ、んっ、アッ……！　ダメっ、もぅ、出るっ……！　あぁっ……!!」

白濁した液を噴き出してその薄い腹に散らばらせて、タカトは絶頂した。その瞬間の顔は劣情を誘い、私の身体に再び熱を灯そうとする。

しかし、これ以上すれば夕食に間に合わなくなる。そうなればタカトは拗ねてしまうし、クーロはタカトを捜し回り、ロイは察して釘を刺しに来る。オウカを始めとした団員達とも気まずくなる。不都合しかない。だから夕食前は極力我慢をするのだが、今日は嫉妬が募ってしまったのだから仕方がないだろう。タカトの存在を全身で感じたかった。

「タカト。大丈夫か」

「うん……ちょっと違和感あるけど、まぁ……」

結果として、食堂の椅子に座った際にタカトが反射的に声を上げたために、クーロ以外全員が察してしまった。

タカトからは縋るような視線、ロイからは笑顔だが刺すような非難の視線、オウカからは呆れたような視線、その他の団員達からは何とも言えない生温かい視線の集中砲火を浴びたが、タカトの視線以外は全て受け流したことは言うまでもない。

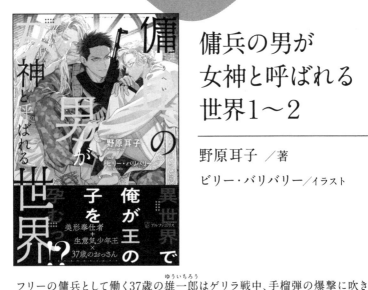

この作品に対する皆様のご意見・ご感想をお待ちしております。
おハガキ・お手紙は以下の宛先にお送りください。

【宛先】
〒150-6008 東京都渋谷区恵比寿4-20-3 恵比寿ガーデンプレイスタワー8F
(株) アルファポリス 書籍感想係

メールフォームでのご意見・ご感想は右のQRコードから、
あるいは以下のワードで検索をかけてください。

ご感想はこちらから

アルファポリス 書籍の感想

本書は、「アルファポリス」(https://www.alphapolis.co.jp/) に掲載されていたものを、
改稿のうえ、書籍化したものです。

巻(ま)き添(ぞ)えで異世界召喚(いせかいしょうかん)されたおれは、最強騎士団(さいきょうきしだん)に拾(ひろ)われる

滝こざかな (たき こざかな)

2021年 11月 20日初版発行
2021年 12月 5日2刷発行

編集ー山田伊亮・堀内杏都
編集長ー倉持真理
発行者ー梶本雄介
発行所ー株式会社アルファポリス
〒150-6008 東京都渋谷区恵比寿4-20-3 恵比寿ガーデンプレイスタワー8F
TEL 03-6277-1601 (営業) 03-6277-1602 (編集)
URL https://www.alphapolis.co.jp/
発売元ー株式会社星雲社 (共同出版社・流通責任出版社)
〒112-0005 東京都文京区水道1-3-30
TEL 03-3868-3275
装丁・本文イラストー逆月酒乱
装丁デザインーAFTERGLOW
(レーベルフォーマットデザインー円と球)
印刷ー中央精版印刷株式会社

価格はカバーに表示されてあります。
落丁乱丁の場合はアルファポリスまでご連絡ください。
送料は小社負担でお取り替えします。

ISBN978-4-434-29605-5 C0093